EIN FEUERWEHRMANN ZU WEIHNACHTEN

WEIHNACHTEN IN HEART FALLS
BUCH 1

VIVIAN AREND

1

———————

Es waren zwölf Tage bis Weihnachten, was nicht lange genug schien, wenn man alles bedachte, was Hanna Lane noch schaffen musste.

Trotzdem, einige Dinge waren einfach zum Genießen da. Sie legte beide Hände um die Tasse Mocca Latte, einen Luxus, den sie sich ausnahmsweise gegönnt hatte, und nippte langsam, während sie die Augen geschlossen hielt und zuließ, dass sich die Geräusche im Café *Buns and Roses* wie eine warme, winterliche Decke über sie legten.

Vertraute Stimmen, köstliche Gerüche. Tansy Fields' Zimtbrötchen brachten Hanna zum Sabbern, wenn sie nur an sie dachte. Aber sie wollte den Leckerbissen, den sie gekauft hatte, mit ihrer Tochter Crissy teilen, und das hieß, dass der obere Rand der Papiertüte fest verschlossen bleiben musste, um der Versuchung widerstehen zu können.

Das hieß nicht, dass Hanna nicht so tun konnte, als stünden ihr alle Optionen hinter dem Ladentresen zum Probieren offen.

Ein Stuhl quietschte, und sie klappte die Augen auf, um

festzustellen, dass ein riesiger Mann mit breiter Brust sich vorsichtig in dem schmiedeeisernen Stuhl ihr gegenüber am Tisch niedergelassen hatte. Brad Fords tiefblaue Augen musterten sie, in seinem Gesicht stand ein Lächeln.

„Hey, Hanna." Er griff nach oben und nahm seine Mütze ab, strich sich mit der Hand über die kurz rasierten Haare auf seinem Kopf. Hanna konnte den Blick nicht losreißen. Es war einfach nicht fair, dass ihr gleichzeitig heiß und kalt wurde, wenn sie ihn nur anschaute.

Er war einfach so *groß*. Große Hände, große Arme, große Armmuskeln, die sich zeigten, als er aus seiner Winterjacke schlüpfte und sie über die Stuhllehne hinter sich legte. Mit seinem langärmligen T-Shirt ging es wohl bald dahin, so sehr dehnte es sich über seinen Schultern und der Brust.

Ein leises Hüsteln drang an ihre Ohren.

Ups, sie hatte ihn angestarrt. Hannas Blick huschte zurück zu Brads Gesicht, wo sich ein erheitertes Lächeln ausgebreitet hatte. „Einen schönen Nachmittag dir, Hanna. Brauchst du noch einen Kaffee?"

„Nein, danke. Ich habe gerade erst mit dem hier angefangen."

Er bewegte sich wie üblich langsam, aber es war einfach so viel von ihm da, dass sie sich immer wie ein Zwerg vorkam, wenn er um sie herum war. Er stützte die Ellbogen auf den Tisch, beugte sich zu ihr hin.

Er sprach in der perfekten Lautstärke, sodass sie ihn verstehen konnte, aber niemand allzu leicht mithören konnte, nicht einmal, wenn man Tischnachbar an einigen der Tische in der Nähe war. „Tut mir leid, dass ich gestern Abend absagen musste."

Hanna tat es auch leid, und gleichzeitig vielleicht auch wieder nicht. „Du bist Feuerwehrmann. Du kannst nichts dafür, wenn du rausgerufen wirst."

„Aber ich habe mich auf unser Date gefreut. Du hast Dienstagabend nicht oft frei, und ich weiß, dass du extra einen Babysitter bestellt hast."

Hanna spielte mit ihrer Tasse. Es war leichter, ihn nicht anzuschauen, wenn sie redeten, denn es schien immer noch unmöglich, dass er Interesse an *ihr* hatte. „Vermutlich war es am besten so, denn es war Schule am nächsten Tag. Meine Babysitterin sagte, sie hätte eine Prüfung, für die sie lernen musste."

Sie wurden durch die Ankunft von Brads Essen gestört. Fern Fields, die jüngste aus der Familie Fields, stellte das Tablett vor Brad ab. Sie schaute zwischen ihnen hin und her, ihre wilden schwarzen Locken tanzten um ihren Kopf, während ihre Miene neugierig wurde. „Kann ich dir noch was zu trinken bringen, Hanna?"

„Nein, danke", sagte Hanna rasch zu ihr.

„Mach schon und hol ihr noch einen, und setze ihn auf meine Rechnung", beharrte Brad über Hannas Widerworte hinweg. „Du kannst ihn mit nach Hause nehmen und später aufwärmen, wenn du ihn nicht gleich jetzt trinkst."

„Ein Mocca Latte mit dunkler Schokolade, wird gemacht." Fern wartete, bis Brad die Teller auf den Tisch gestellt hatte, bevor sie mit der Handprothese das Tablett wieder aufnahm und zurück zum Tresen ging, fröhlich vor sich hinsummend, während sie Tischen und Menschen auswich.

Hanna tat ihr Bestes, um streng zu wirken, als sie Brad tadelte, aber sie war abgelenkt durch die schiere Menge an Essen. „Du musst mir doch nichts kaufen."

„Du hast recht. Muss ich nicht", stimmte er zu, noch während er sich ein Zimtbrötchen schnappte und den Teller vor ihr abstellte. „Hier. Das ist für dich."

„Brad."

Seine Augen funkelten. „Das ist meine Entschuldigung,

weil ich dich gestern Abend versetzt habe. Ernsthaft. Sonst würde ich mich doch den ganzen Tag schrecklich fühlen."

Er *war* schrecklich. Und unnachgiebig – und Hanna war nicht ganz sicher, wie sie mit ihm umgehen sollte. Sie schaute sich das Zimtbrötchen an und wieder zu ihm auf, doch als ihr Magen knurrte und er eine Augenbraue hob, gab es nicht viel, was sie aus Protest tun konnte. „Vielen Dank."

Er nickte glücklich, nahm seinen eigenen riesigen Muffin und biss genüsslich hinein.

Einen Augenblick lang waren sie still, während sie beide ihre Leckerbissen genossen, aber Hanna fragte sich wieder, was sie sich nur gedacht hatte. Dieser Mann hatte alles Mögliche getan, um klarzustellen, dass er sie attraktiv fand, und wollte, dass sie Zeit zusammen verbrachten, doch sie zögerte noch immer.

Sie war sich nicht sicher, ob ihre Sorge echt war, oder von den Geistern der Vergangenheit rührte.

Hanna riss ein weiteres Stück Zimtbrötchen ab und schob es sich in den Mund, während sie verstohlen in seine Richtung spähte. Jemand an einem Tisch in der Nähe redet mit ihm, nicht so, dass sie sich vorkam, als würde sie ignoriert, sondern vielmehr, als würde Brad ihr ein wenig Raum lassen.

Brad Ford mochte ein Riese sein, aber er war ein sanfter Riese. Nur dass Hanna eine achtjährige Tochter hatte, die ihre erste Priorität war, und nicht einmal die Schmetterlinge in ihrem Bauch reichten aus, um sie riskieren zu lassen, dass Crissy verletzt wurde.

Sein entschlossenes Werben war Hanna auf eine Art unbehaglich, wie sie es lange Zeit nicht mehr verspürt hatte. Sie war klug genug, um zu wissen, dass das nicht unbedingt die *falsche* Art war, aber sie musste trotzdem langsam machen. Ganz, *ganz* langsam.

Brad wandte sich wieder ihr zu, bot ihr einen Muffin an,

und als sie diesmal den Kopf schüttelte, ließ er sofort von ihr ab.

Sie waren zum Großteil still, teilten ein geselliges Schweigen, während Hanna ihre erste Tasse Kaffee austrank. Sie schaute auf die Uhr, um sich zu überlegen, was sie schaffen musste, bevor sie sich mit Crissy nach der Schule traf. Als erstes auf der Liste stand ein Nickerchen am Nachmittag, denn ihr Job spätabends, wo sie Büros putzte, bedeutete, dass sie entweder jeden Tag ein bisschen ruhen musste, oder am Ende der Woche zum Zombie wurde.

Sie sammelte ihre Sachen ein, während sie über den Tisch zu Brad schaute. „Danke, dass du mich zum Mittagessen eingeladen hast. Das habe ich nicht erwartet. Es war eine nette Überraschung."

Sein Gesicht leuchtete, als hätte sie ihm irgendeine Art Preis überreicht. „Das mache ich doch gerne, Süße. Ich hoffe, Crissy schmeckt das Zimtbrötchen."

Hanna konnte sich die Freude ihrer Tochter über die Süßigkeit vorstellen.

„Ich ..." Witzig, dass sie gleichzeitig bleiben und flüchten wollte. „Ich sollte gehen."

„Kann ich dich später in der Woche noch treffen? Vielleicht sollten wir ein Date tagsüber probieren, damit du dir keine Sorgen machen musst, einen Babysitter zu kriegen."

Es war verlockender, als es sein sollte. Es war ein großzügiges und sehr überlegtes Angebot. „Vielleicht."

Er beugte sich wieder vor, und es schien, als gäbe es in dem überfüllten Café nur sie beide. „Ausreiten?"

Überlegt und böse. Pferde waren ihr Kryptonit. Sie schaute ihn von oben bis unten an, und einen kurzen Augenblick lang gestattete sie es sich, dieses ganze wunderbare Paket von einem Mann zu betrachten. „Dienstag oder Mittwoch nächste Woche?"

„Freitag? Oder Montag?" Als wäre er zu sehr darauf versessen, um zu warten.

Hanna lachte. „Okay, Montag. Aber ich muss um drei Uhr zurück an der Schule sein, wenn Crissy fertig ist. Und ich kann erst um elf los." Denn obwohl sie ein wenig mit ihrem Terminplan herumspielen konnte, etwa wenn sie vor dem Mittagessen ein Nickerchen hielt anstatt danach, musste sie zumindest ein paar Stunden Schlaf bekommen.

Er wandte nichts dagegen ein. „Ich hole dich ab, denn ich glaube nicht, dass es dein Auto die Straße rauf zu unserer Ranch schafft."

Ein aufgeregtes Beben glitt über sie hinweg, doch als sie ihren Kaffee in eine Hand nahm und ihre Tüte mit dem Zimtbrötchen in die andere, lächelte sie ihn an und kämpfte gegen das Gefühl, dass ein weiteres Date eine gefährliche Idee war. „Okay, ich sehe dich dann."

Er war aufgestanden und drehte sich um, während sie ging. „Ich kann es nicht erwarten."

Hanna schob sich an ihm vorbei, der Geruch seiner Seife und seine reine Anwesenheit waren wie eine Berührung. Sie ging hinaus auf die Straße, ihre Stiefel rutschten im Schnee auf dem Bürgersteig, während sie zu ihrer und Crissys Wohnung zurückkehrte. Sie wohnten über den Geschäften im Erdgeschoss eine Straße weiter von *Buns and Roses*.

Während sie sorgsam ihr Getränk und die Süßigkeit in den Kühlschrank stellte und dann loszog, um wenigstens ein bisschen ins Bett zu kriechen, bestand sie nur noch aus bebender Aufregung.

War es möglich, dass ihr etwas Gutes bevorstand?

BRAD ERWISCHTE SICH DABEI, wie er vor sich hin pfiff, während er die steile Straße zu dem weitläufigen Ranchhaus hinauffuhr, in dem er aufgewachsen war. Obwohl er zum ärgerlichsten Zeitpunkt überhaupt zu einem Feuer gerufen worden war und bis fast zwei Uhr nachts hatte aufbleiben müssen, um sicherzustellen, dass kein weiterer Funkenflug von dem alten Schuppen ausging, wo es außer Kontrolle geraten war, freute sich Brad wie ein Honigkuchenpferd.

Noch mehr hätte er sich gefreut, hätte er es zu dem Date mit der süßen Hanna Lane geschafft, aber er war ein geduldiger Mann. Er war ziemlich sicher, dass es sich nicht lohnte, noch mehr zu drängen, als er es bereits machte.

Brad war nicht dumm. Er erkannte, dass sie Interesse hatte, aber sie war entweder auch unfassbar schüchtern oder nervös. Also sollte es so sein.

Er war geduldig, aber auch entschlossen. Die Rückkehr nach Heart Falls, wo er aufgewachsen war, war eine absichtliche Entscheidung gewesen. Nicht nur, damit er für seinen Dad da sein konnte, sondern auch, weil er das Leben in der Kleinstadt genossen hatte, als er jung gewesen war.

Seine Ausbildung als Rettungssanitäter und Feuerwehrmann hatte ihn weggeführt, aber nun war er zurück, und mit seinem guten Job und wegen der Erbschaft, nachdem seine Mom gestorben war, hatte er genug Geld auf der Bank. Er war bereit, sich niederzulassen und eine eigene Familie zu gründen.

Für Beziehungen war es allerdings eine riskante Vorgehensweise, in eine Kleinstadt zurückzukehren. Es ließ sich nicht wissen, wer noch da sein würde, und wer bereits einen besonderen Menschen gefunden hatte, und deshalb war er hocherfreut gewesen, als er festgestellt hatte, dass Hanna Lane in die Gegend gezogen war.

Oh, er hatte sie ein paarmal gesehen, während er im Lauf

der Jahre seinen Vater besucht hatte. Sie hatte lange braune Haare, die sie offen um die Schultern trug, und große braune Augen, in die er stundenlang schauen wollte. Sanfte Kurven an einer zierlichen Gestalt – sie war so spektakulär, dass sie seine Aufmerksamkeit auf sich zog, aber still genug, dass er sich niemals darum gedrängt hatte, ihr offiziell vorgestellt zu werden. Nicht bis zum letzten Juni, als er ganz zurück in die Stadt gezogen war.

Seit diesem Zeitpunkt hatten sie im Dating-Tanz zwei Schritte vor und drei zurück gemacht. Er meinte es ernst, aber Hanna schien das nicht zu glauben. Hanna schien nicht zu wissen, wofür sie bereit war, und er hatte sie nicht gedrängt.

Sie hatten seit Oktober ein halbes Dutzend offizielle Dates gehabt, und er hatte sie zweimal geküsst. Nicht mal echte Küsse, denn einmal hatte sie den Kopf gedreht, und sein vorsichtiger Versuch war auf ihrer Stirn gelandet, und beim zweiten Mal hatte er ihre Wange getroffen. Er hatte sich Sorgen gemacht, dass er sie zu sehr drängte, aber sie hatte süß gelächelt, und er hatte gehofft, und ...

Ganz gleich, dass er steif geworden und sich nach mehr gesehnt hatte, war er jedes Mal schockierend zufrieden damit gewesen, nach Hause zu gehen, entschlossen, in ihrem Tempo weiter zu machen.

Brad fuhr über den Hügelkamm, und das Ranchhaus von Lone Pine tauchte auf, die eindrucksvolle Holzverkleidung mit der Zeit verwittert, aber immer noch robust. Sein Vater war in den letzten Jahren langsamer geworden, besonders nachdem Brads Mom Connie vor zwei Jahren gestorben war.

Aber Patrick Ford hatte sich um das Haus gekümmert, so gut er konnte, bis zu seinem Unfall im frühen Juni. Seitdem hatte er sich langsam von den Tieren getrennt und die Felder an die Nachbarn verpachtet.

Mit der Sozialversicherung und ein bisschen Einkommen

von der Ranch ging es seinem Vater finanziell gut. Brad hatte gerne die Reparaturen und seinen Anteil an den Ausgaben übernommen. Himmel, er würde sie auch alle zahlen, wenn es nötig wurde.

Er wollte einfach nur, dass sein Dad glücklich war. Patrick war immer noch geschwächt von dem Unfall mit dem Traktor, und es war eine schwere Jahreszeit, da sich der Zeitpunkt von Connies Tod langsam wieder jährte.

Dass Patrick seine Partnerin verloren hatte, die fast vierzig Jahre lang an seiner Seite gewesen war, hatte ihm in gewisser Weise eine größere Behinderung hinterlassen als der Schaden an seinen Beinen, die von schwerem Gerät zermalmt worden waren.

Vor dem Haus war der zerbeulte Chevy-Truck seines Dads nah an der Tür geparkt. Daneben stand ein glänzender neuer Hyundai, der in der rustikalen Umgebung ziemlich fehl am Platz wirkte. Brad fragte sich, wie um alles in der Welt das Fahrzeug über die verschneite Zufahrt heraufgekommen war.

Als er sich durch die Hintertür schob und erhobene Stimmen hörte, marschierte Brad, ohne die Stiefel auszuziehen, durch den Eingangsraum weiter ins Wohnzimmer.

„Wenn du vielleicht je gezeigt hättest, dass ich dir nicht egal bin, würde ich anders denken", sagte Patrick Ford, das silberweiße Haar auf seinem Kopf stand ab, als wäre er mit der Hand durchgefahren. Er funkelte Brads älteren Bruder Mark streng an. „Es lohnt sich nicht, zu streiten. Ich habe mich entschieden."

„Was ist los?", ging Brad dazwischen. „Mark, was machst du hier?"

Sein Bruder wandte sich zu ihm, in seinen Augen stand Zorn. Er war insgesamt nicht so groß wie Brad, eher hager gebaut, einen schmalen Körperbau, den er von ihrer Mutter geerbt hatte. „Es ist auch mein Haus. Ich habe jedes Recht, hier zu sein."

„Du kannst gerne auf Besuch kommen, aber *dein* Haus ist es nicht", warf ihr Vater entschlossen ein und lehnte sich in seinem gemütlichen Sessel zurück, als würden die erhobenen Stimmen nicht von den Wänden widerhallen.

„Mark. Dad." Brad trat zwischen die beiden, legte seinem Bruder eine Hand auf die Brust. Mark vibrierte beinahe vor Wut. „Ich habe nicht gemeint, *was machst du hier*, als würde ich es dir nicht erlauben, aber ich habe dich nicht erwartet. Was ist denn los? Und schrei doch nicht, mein Gehör ist ganz gut."

Mark trat zurück und ging im Zimmer auf und ab, die abgetragenen Holzdielen ließen einen Protest hören, und jeder Schritt hallte in einem Stakkato-Knirschen wieder. „Er hat mir gesagt, ich soll kommen. Er behauptete, er hätte uns etwas zu sagen, aber eigentlich meinte er, dass ich hier sein sollte, damit er mir ins Gesicht spucken kann."

Brad holte tief Luft und kämpfte um Kraft. Sein Vater und sein älterer Bruder hatten sich vor Jahren zerstritten, und obwohl er versucht hatte, sie davon zu überzeugen, endlich darüber wegzusehen, wollte keiner von ihnen auch nur einen Zentimeter nachgeben. Es war nur schlimmer geworden, nachdem Connie gestorben war.

Brad legte so viel Autorität in seinen Tonfall wie möglich, schnippte mit dem Finger zu dem Sessel in der Ecke gegenüber der, in der sein Vater saß. „Mark, setz dich, und wir kriegen das schon gebacken."

Zu seinem Entsetzen kooperierte sein Bruder tatsächlich, ließ sich in den Sessel fallen und funkelte Patrick an.

Brad konzentrierte sich auf seinen Vater. „Dad? Hast du Mark darum gebeten, dass er herkommen soll?"

Patrick nickte. „Ich wollte ihm nichts sagen, bis du auch hier bist. Aber er macht mich so verdammt wütend ...“

„*Ich* mache dich wütend? Du solltest versuchen, mal mit dir zu klarzukommen, alter Mann. Du bist der schlimmste ...“

„Seid still“, brüllte Brad, seine Stimme hallte von den Wänden zurück. „Beide.“

Sie ordneten sich beide unter, sture Wut lag auf ihren Zügen, aber zumindest hielten sie jetzt den Mund.

Was für ein Hin und Her an diesem Tag. Was für unterschiedliche Gefühle, mit den Tagträumen über die süße Hanna heimzukommen, um sich mit der explosiven Lage seiner Familie herumschlagen zu müssen. „Ich habe nicht die Zeit oder Geduld, mich damit auseinanderzusetzen, wenn ihr einander nur anbrüllen wollt. Mark, hör auf zu unterbrechen, und lass Dad seine Sache sagen. Aber Dad, du kannst reden, ohne jemanden zu beleidigen.“

Patrick löste seinen starren Blick von seinem ältesten Sohn, um Brad in die Augen zu schauen. „Ich kümmere mich nur um meinen Besitz. Mache die Dinge, die deine Mutter und ich besprochen haben, als sie noch lebte. Verdammt soll ich sein, wenn ich will, dass das Finanzamt fünfzig Prozent von allem bekommt, was wir zusammen aufgebaut haben.“

„Du bist doch noch lange nicht tot“, erklärte Brad, „und um es mal grob auszudrücken, wenn du weg bist, ist es nicht mehr dein Problem. Mark und ich werden uns darum kümmern müssen.“

„Genauso wie er sich um das Geld gekümmert hat, das Connie ihm hinterlassen hat? Indem er es sich die Finger laufen lässt wie Wasser?“

Mark machte ein Geräusch, als wolle er etwas sagen, schloss dann aber den Mund wieder fest, seine Fäuste ballten sich auf den Armlehnen des Sessels.

Patrick schaute zu Brad auf. „Natürlich sterbe ich.“

Brad spürte, wie seine Beine nachgaben, und er ließ sich auf das Sofa fallen. „*Was?* Was ist denn los?“

Sein Vater hatte den Anstand, schuldbewusst zu wirken. „Nein. Das meine ich nicht. Nur dass wir *alle* sterben. Und mein Unfall hat bewiesen, dass man niemals weiß, wann sich das Leben verändern könnte. Jetzt mit meinen verdammten Beinen, und ...“

„Himmel, Dad, mach uns doch nicht solch eine Heidenangst.“ Brad warf einen Blick auf seinen Bruder, weil er hoffte, dass der kurze verletzliche Moment seines Vaters durch seine harte Schale gedrungen wäre.

Mark hatte immer noch ein finsteres Gesicht auf. Es schien, als wäre das Herz seines Bruders wirklich aus Stein.

Patrick räusperte sich und sprach dann fest. „Es war meine Entscheidung. Ich habe einen Brief an meinen Anwalt geschickt, um alles regeln zu lassen, also ist es erledigt. Ich habe ihm gesagt, dass ich alles dir gebe, Brad. Was bedeutet, dass du nun offiziell für mich verantwortlich bist, aber *dir* vertraue ich. Ich weiß, dass du mich nicht rauswirfst oder mich in irgendein Altenheim steckst und niemals zu Besuch kommst.“

„Das ist auch meine Heimat. Du kannst nicht einfach alles Brad geben“, fuhr Mark ihn an. „Du verlierst doch deinen gottverdammten Verstand.“

Sein Vater hob eine Augenbraue, aber anstatt zu brüllen, sprach er leise. „Und vielleicht ist genau das hier die Antwort, weshalb ich Brad vertraue, sich um mich zu kümmern, und dir nicht.“

„Also entziehst du mir einfach alles?“

„Es ist bereits erledigt“, sagte Patrick.

Brad seufzte. „Ich wünschte, du hättest erst mit mir drüber geredet, Dad. Ich meine, es ist deine Entscheidung, was du mit deinem Geld und dem Haus machst ...“

„Natürlich sagst du sowas, da du ja alles kriegst“, fuhr

Mark ihn an, während er sich erhob. Er schaute zwischen ihnen beiden finster hin und her. „Da ist das letzte Wort noch nicht gesprochen. Du kannst doch nicht einfach so alles ihm geben."

Alle Streitlust schien seinen Vater verlassen zu haben. Patrick starrte seinen ältesten Sohn traurig an. „Es gibt nichts, was du tun kannst, damit ich es mir damit anders überlege. Du hast die letzten fünf Jahre damit verbracht, mir zu zeigen, wie wenig du mich, die Ranch, oder deine Mutter, als sie noch am Leben war, respektierst. Ich vertraue dir gerade jetzt nicht. Was immer für Schulden du also aufgebaut hast, für deren Tilgung du auf ein Erbe gehofft hast, du wirst du dir wohl einfach mal Eier zulegen und dich allein aus den Schwierigkeiten herausarbeiten müssen. Du hast deine Entscheidungen getroffen, Sohn. Jetzt musst du mit ihnen leben."

Er hatte leise gesprochen, aber messerscharf.

„Aha. Das ist es also?"

„Ich schätze schon."

Mark stampfte aus dem Zimmer, knallte die Tür hinter sich zu. In der Stille, die sich herabsenkte, röhrte ein Motor, bevor er in der Ferne leiser wurde.

Patrick wirkte blass. Brad ging hinüber, um sich zu Füßen seines Dad hinzuknien, nahm seine Hand und prüfte seinen Puls.

Sein Vater schüttelte den Kopf. „Es tut mir leid, dass das so barsch ausgefallen ist."

„Mir auch." Brad rückte zurück an den Beistelltisch, hielt die Hand seines Vaters fest. „Dieses Gespräch ist noch nicht vorbei. Ich habe es ernst gemeint – es ist deine Entscheidung, zu tun, was du mit der Ranch tun willst. Und du hast recht. Mark muss Verantwortung übernehmen und erwachsen werden. Aber ich glaube nicht, dass es eine gute Idee ist, die

Tür vor ihm zu verschließen. Er ist immer noch dein Sohn und mein Bruder. Menschen können sich ändern."

Patricks silberweißer Kopf neigte sich langsam. „Ich weiß. Es ist schwer, das große Ganze zu sehen, wenn ich voller Wut bin. Connie wäre jetzt gerade nicht sehr zufrieden mit mir." Er seufzte schwer. „Ich hätte erst mit dir reden sollen."

„Das hättest du, aber wir werden tun, was wir können, um jetzt weiterzumachen. Wie wäre es, wenn wir Mark ein bisschen Zeit geben, um sich abzukühlen, und dann eine E-Mail an ihn schicken", schlug Brad vor. „Ihm sagen, dass er auf Besuch kommen soll. Es wäre schön, eines Tages wieder damit anzufangen, eine Familie zu sein."

Patrick starrte ins Nichts. „Verdammt, ich vermisse deine Mom. Sie hätte das auch nicht hinbiegen können, aber die Last wurde immer leichter, wenn ich einfach nur mit ihr geredet habe."

Brad wusste besser, als er es sich je hätte vorstellen können, wovon sein Dad redete, denn in nur wenigen Monaten hatte sich alles verändert.

Das stärkste Verlangen in ihm war, Hanna zu suchen und sie an sich zu ziehen. Sie festzuhalten, während er ihr erzählte, was gerade passiert war. Er wollte sie in seine Welt lassen, sich von ihr unterstützen lassen.

Es war etwas, über das man nachdenken musste ...

2

———————

Am Freitagabend kroch Crissy auf Hannas Schoß, das Lesebuch für die Hausaufgaben bereit. „Wann musst du zur Arbeit, Mommy?"

„Bald. Mrs. Nonnie sollte jeden Augenblick hier sein."

Ihr kleines Mädchen kuschelte sich fest an, dann blätterte es langsam die Seiten um, las die Worte sorgfältig. Hanna gab ihr Hinweise, wenn es nötig war, aber zum Großteil saugte sie einfach die Wärme ihres kostbaren Kindes auf.

Jeder Augenblick der Mühen bis zu diesem Punkt hatte sich wegen Crissy gelohnt. All die Beziehungen, denen sie den Rücken hatte kehren müssen, konnte Hanna keineswegs bedauern, denn Crissy war hier und glücklich, und sie blühte auf, so gut es ging.

Es gab schon eine traurige Wahrheit. Crissy hatte keine Oma und keinen Opa, denn als Hanna herausgefunden hatte, dass sie schwanger war, war das erste, was ihre Eltern getan hatten, nachdem sie sie entsetzt und schockiert angeschaut hatten, ihr zu sagen, dass sie eine Tasche packen und verschwinden sollte.

Hanna schob die Erinnerung zur Seite. Das waren Albtraumgedanken, nichts, was sie in ihrem Leben wollte. Sie konzentrierte sich auf Crissy, die sie anlächelte, nachdem sie ein besonders schwieriges Wort ausgesprochen hatte.

„Das heißt *wunderschön*", erklärte Crissy ihr.

„Ganz genau. Gut gemacht."

Crissy hob eine Hand berührte sie an der Wange. „Ich finde, du bist wunderschön."

Hannas Herz war übervoll. „Vielen Dank. Ich finde, du bist auch wunderschön."

Das Handy läutete, und Hanna nahm ab.

„Hanna, meine Liebe. Es tut mir leid, aber ich kann auf gar keinen Fall rüberkommen." Etwas in Mrs. Nonnies Kehle verursachte ein schrecklich raspelndes Geräusch, und die Frau hielt inne, um sich die Nase zu putzen, bevor sie mit einem kehligen Flüstern schloss: „Ich hätte früher anrufen sollen, aber ich bin eingeschlafen."

Dieser Abend wurde ja immer schlimmer. „Es tut mir leid, dass Sie sich nicht gut fühlen. Natürlich sollten Sie zu Hause bleiben und gesund werden."

„Passen Sie auf sich auf."

Noch während Hanna auflegte, tadelte sie sich, weil ihr nicht klar geworden war, dass es dazu kommen konnte. Mrs. Nonnie hatte erst vor ein paar Abenden abgesagt, und Hanna war dazu gezwungen gewesen, zu improvisieren und Crissy bei Freunden unterzubringen.

Obwohl Hanna für das abgesagte Date von ihr und Brad eine andere Babysitterin gebucht hatte, stand es am Freitagabend in letzter Minute gar nicht zur Debatte, einen Teenager zu bekommen.

Sie schaute auf die Uhr. Es war zu spät, um ihre Freundinnen um Hilfe zu bitten.

Crissy holte tief Luft. „Ich bin groß genug, um allein zu Hause zu bleiben", sagte sie mit einem leisen Flüstern.

„Ach, meine Liebe. Nein, bist du nicht. Es tut mir leid, aber du wirst mit Mommy mitkommen müssen. Wir nehmen deinen Schlafsack mit, und du kannst einen Campingausflug machen, okay?"

Es würde alles nur schwieriger machen, aber was für eine Wahl hatte sie denn? Und es war ja nichts, was sie nicht schon im Lauf der Jahre öfter mal hatte machen müssen.

Crissy ging los, um ihre Sachen einzusammeln.

„Zieh keinen Schlafanzug an. Trag deine weiche Jogginghose, und den blauen Kapuzenpulli", rief Hanna ihr in Erinnerung.

Die meisten ihrer Putzutensilien waren bereits im Auto. Hanna schnappte sich einen Korb mit Dingen, die sie jeden Tag mitnahm, damit sie nicht einfroren, dann packte sie einen Snack und eine Wasserflasche für Crissy ein. Sie fügte ein paar Bücher und eine Taschenlampe hinzu, damit es auch ein Campingabenteuer werden konnte.

Es brauchte eine Extratour, um vom Auto ins Büro zu kommen, und es dauerte, bis sie Crissy in ihrem „Zelt" eingerichtet hatte, aber als Hanna sich daran machte, bei der Buchhaltungsfirma zu putzen, die ihr erster Job von vieren in dieser Nacht war, war es ein wenig, als würde sie in der Zeit zurückreisen.

Nachdem Crissy zur Welt gekommen war, hatte Hanna einen Job gebraucht. Ein Jahr lang hatte sie für eine andere Frau gearbeitet, hatte sich mit zwei alleinerziehenden Müttern eine Wohnung geteilt. Sie hatten ihren Zeitplan so eingerichtet, dass sie abwechselnd babysitten konnten.

Als das allerdings nicht mehr funktioniert hatte, war Hanna nach Heart Falls gekommen. Am Anfang hatte sie einen tragbaren

Laufstall für Crissy mitgenommen, in dem sie schlafen und spielen konnte, und wenn das nicht geklappt hatte, hatte sie einen Rucksack, den sie trug, und die Bewegung, wenn sie sich beim Staubsaugen vor und zurück beugte, und die restlichen Aufgaben reichten aus, um einen müdes Kleinkind einschlafen zu lassen.

Jede Aufgabe hatte etwas länger gedauert, aber so hatte Hanna genug Arbeit erledigen können, um die Rechnungen zu bezahlen. Die Tatsache, dass Crissy ein liebes, süßes Kind war, hatte es damals leichter gemacht, und das tat es auch jetzt. Bis das dritte Büro erledigt war, war es nach Mitternacht, und Hanna begann allmählich die zusätzlichen Mühen zu spüren, die nötig gewesen waren, um ihre Aufgaben zu erledigen.

Sie trug die schlafende Crissy nach oben zurück in ihre Wohnung und legte sie ins Bett. Das würde sie sich gestatten. Das letzte Büro, das geputzt werden musste, war die Anwaltskanzlei direkt unter ihrer Wohnung. Und während das Babyphon lief, konnte Hanna in weniger als einer Minute oben sein, falls Crissy sie brauchte.

Sie drückte ihrer schlafenden Tochter einen Kuss auf die Stirn. „Mommy liebt dich", flüsterte sie.

Crissys Arme hoben sich und legten sich um ihren Nacken, drückten sie fest. „Ich liebe dich, Mommy. Das ist mein Bett", sagte sie verschlafen.

„Ja. Der Campingausflug ist vorbei. Mommy muss runter und die Arbeit fertig machen, wenn du mich brauchst, rufst du einfach, okay? Ich habe das spezielle Telefon dabei."

„Okay." Crissy schlief schon, bevor sie sich ganz herumgerollt hatte.

Es war harte Arbeit, das letzte Büro zu schaffen. Vermutlich, weil Hannas Nachmittagsschläfchen eher ein Herumwälzen als Schlafen gewesen war, während Bilder von Brad sie viel zu oft gestört hatten.

Sie musste herauskriegen, was sie mit dem Mann anfangen

sollte. Es war nicht gerecht, weiterhin mit ihm auszugehen, wenn sie kein Interesse daran hatte, es zu etwas Ernstem werden zu lassen.

Anderseits konnte sie nicht entscheiden, ob sie interessiert war, außer sie wusste, ob er es wirklich ernst meinte. Das schien er schon zu tun, und er war hartnäckig, aber es war ziemlich klar, dass sie nicht sonderlich gut verstand, wann Typen es ernst meinten, und wann sie einfach nur versuchten, etwas zu kriegen. Und mit etwas kriegen meinte sie Sex.

Der hintere Küchenbereich der Anwaltskanzlei wirkte, als hätte jemand eine Party abgehalten, bevor ein Erdbeben stattgefunden hatte. Und als Hanna die Kaffeemaschine wegstellen wollte und sie umkippte, sodass kalter Kaffee überallhin schwappte, wurde die Katastrophe nur noch größer.

Bis das Zimmer wieder glänzte, war sie so müde, dass sie sich setzen musste. Sie legte den Kopf auf die Arme und schloss kurz die Augen.

Sie hätte vermutlich mit etwas weniger Arbeit durchkommen können, aber Mr. Boise war nett zu ihr gewesen, gleich als sie in Heart Falls eingetroffen war. Er war der erste gewesen, der sie angestellt hatte, und hatte eine Empfehlung ausgesprochen, damit sie die Wohnung über seinem Büro bekommen konnte.

Er hatte ihr auch geholfen, die Papiere auszufüllen, die notwendig waren, um sicherzustellen, dass ihr niemand jemals Crissy wegnehmen konnte. Nicht, dass sie erwartet hätte, dass der Spermienspender auftauchte und nach elterlichen Rechten verlangte, aber sie wollte kein Risiko eingehen.

Sie konnte sehen, dass Crissys klare graue Augen sie vertrauensvoll anschauten. Hanna träumte davon, sie irgendwohin zu bringen, wo es schön war, auf einen Berg, mit einer Schaukel und vielleicht einigen Pferden – Crissy liebte

Pferde genauso sehr, wie Hanna sie in ihrem Alter geliebt hatte.

Ein lautes Summen füllte ihre Ohren, und Hanna merkte, dass sie am Tisch eingeschlafen war. Sie schaute schockiert auf, um festzustellen, dass der Raum voller Rauch war, und das Summen ein Feueralarm, der losgegangen war.

Crissy.

Hanna sprang auf, rannte durch den Gang zur Eingangstür.

Sie kam abrupt im Eingang zum Stehen, als Hitze ihr ins Gesicht schlug. Das ganze vordere Büro war in Flammen gehüllt, und sie drehte sich um, schoss zurück zum Hintereingang, klopfte sich panisch die Taschen ab nach ihrem Handy, während sie lief.

Sie drückte den Notruf, noch während sie die Schulter an den Notausgang schob und ein weiterer Alarm laut wurde.

Hanna raste zum Eingang, der zu den Treppen hinauf in die Wohnungen führte, als sie merkte, dass die Schlüssel noch in der Anwaltskanzlei waren. Sie stand draußen in der hinteren Gasse, hatte nichts als ihr T-Shirt und ihre Jeans an, ihre Handtasche und ihre Jacke waren auf dem Tisch beim Rest ihrer Sachen geblieben.

„*Nein.*" Sie hämmerte an die Tür, wollte unbedingt, dass Crissy es hörte.

„Hier ist die Notrufzentrale, was für ein Notfall liegt vor?"

„In der Anwaltskanzlei ist ein Feuer, mein kleines Mädchen ist oben, und ich kann nicht rein. Bitte, *bitte*, hilft mir doch jemand."

BRAD WAR UNTEN in der Feuerwache, als der Anruf reinkam, die erste Warnung kam von der Schalttafel, die mit dem

Alarmsystem der Anwaltskanzlei verbunden war. Als der Notruf einen zweiten Anruf erhielt, waren er und die ersten Freiwilligen der Feuerwache bereits unterwegs im Truck.

Erst als er das Gebäude tatsächlich sah, wurde ihm klar, dass dort Hanna lebte. Eiskalte Angst kroch sein Rückgrat hinauf, aber er bewegte sich mit geübter Präzision mit den anderen Mitgliedern seines Teams, das vor dem Gebäude zum Stehen kam und die Schläuche herauszog, um sich um die unmittelbaren Flammen zu kümmern.

Er brüllte seinen Männern Befehle zu, dann ging er hinten herum, auf der Suche nach weiteren Eingängen.

Er fand Hanna, die an eine verschlossene, abgesperrte Tür hämmerte und aus vollem Hals brüllte.

„Holt jemand eine Decke", rief er zurück zum Ausguck an der Ecke, bevor er sie rasch musterte. Er überprüfte ihre Hände und Arme, strich ihr mit der Hand über den Kopf. „Alles in Ordnung? Warst du in dem Feuer?"

„Crissy. *Crissy* ist oben", sagte sie, versuchte, an ihm vorbei und zurück zur Tür zu kommen.

Sein Herz fiel ihm bis zu den Zehen hinab. Er packte Hanna an den Schultern und beugte sich hinab, um ihr die Augen zu schauen. „Ich hole sie. Du bleibst hier."

Hanna schüttelte panisch den Kopf. „Ich weiß, wo sie ist."

„Sag es mir. Im hinteren Schlafzimmer oder im vorderen?" Er kannte den Grundriss der Wohnung von vor vielen Jahren, und er wusste auch, dass in einem Feuer Kinder nicht unbedingt da blieben, wo sie gewesen waren.

Ein weiterer Rettungssanitäter war aufgetaucht, der Hanna eine Decke um die Schultern legte.

Sie versuchte, sie wegzuschieben, in ihren Augen glänzten Tränen, aber auch Wut. „Ich muss sie retten", rief sie.

Die Mannschaft hatte die Tür geöffnet, und Brad konnte nicht mehr warten.

„Kümmert euch darum, dass sie hierbleibt", befahl er den Rettungssanitätern, bevor er sich nach unten beugte und sie packte, ihr direkt in die Augen schaute. „Hanna, ich werde Crissy für dich holen. Du *musst* hierbleiben."

Er drückte sie rasch, und sie nickte, ihre Miene wurde gefasster, als ihr etwas einfiel. „Ihr Geheimcode ist Santa Claus. Sie kommt vielleicht nicht freiwillig mit dir, wenn du ihn nicht sagst."

„Verstanden." Er drängte sie vorsichtig zurück in die schützenden Arme eines Freiwilligen. Dann wirbelte er herum, zog sein Visier herab und deutete auf seinen Partner, damit er sich ihm anschloss, während sie das rauchgefüllte Treppenhaus betraten.

Das schwere Gewicht seiner Ausrüstung gab es gar nicht, als er nach oben sprintete und auf dem Treppenabsatz herumschwenkte zu Hannas Wohnung. Er und Mack überprüften rasch beide Türen.

Mack fluchte, während er sich von der leeren Wohnung zurückzog. „Da bildet sich eine Rauchgasexplosion."

„Die hier ist noch kühl", erklärte Brad. Ein fester Tritt auf der Höhe des Schlosses reichte aus, damit das Holz splitterte.

Zu jedem anderen Zeitpunkt hätte er sich Sorgen gemacht, wie windig die Unterkunft von Hanna und Crissy war, aber im Augenblick freute er sich darüber.

„Crissy. Ich bin Mommys Freund Brad. Wir sind hier, um dir zu helfen." Der Ruf wurde von seiner Maske zerstückelt, und Brad fluchte leise, bevor er sie ein wenig hob, während er Mack zum vorderen Schlafzimmer wies. „Crissy, wir müssen dich aus der Wohnung holen. Hanna sagt, du musst mit uns kommen."

Rauch trieb durch die Bodenleisten und entlang der Wandpaneele, und das Geräusch von Sirenen und Feueralarmen trieb über das schwache, aber stärker werdende

Knistern der Flammen hinweg. Viel zu vertraut, und viel zu gefährlich.

Brad schlüpfte in etwas, das auf jeden Fall das Zimmer des kleinen Mädchens war, ein hübsches Lila mit Einhörnern und Märchenwesen auf Postern, die an den Wänden hingen. Nur dass der Prinzessinnenpalast sich rasch in eine Szene aus der Hölle verwandelte, als das Feuer aus dem Erdgeschoss den Boden unter diesem Teil des Gebäudes erfasste. Die Wände wölbten sich vor Hitze, und die Fläche unter ihm knirschte unheilverkündend.

„Crissy?"

Sie war nicht im Bett, unter dem Bett oder im Schrank, all die üblichen Orte, an denen sich verängstigte Kinder versteckten. Er schaute in der Spielzeugkiste nach, aber die war nicht groß genug für ein Kind, nicht einmal ein dünnes achtjähriges.

„Das andere Schlafzimmer ist auch leer", rief Mack. „Crissy, deine Mom wartet unten auf dich. Du musst jetzt mit uns kommen."

Die Hitze nahm zu. Das Bad war eine Sackgasse, die Küche klein genug, dass es nur zehn Sekunden dauerte, alle Schränke zu öffnen und hineinzuspähen.

Brad rief erneut Crissys Namen, während Mack am Rand des Wohnbereichs arbeitete, mit der Hand über Decken und Vorhänge strich, Kissen zur Seite warf. Die Sicht ließ nach, das alte Gebäude gab auf, während die Flammen ihren Tribut vom Holz und der Isolierung forderten, es ging in Flammen auf, noch während Wasser an die geschlossenen Fenster hämmerte.

Sie musste doch da sein.

Sein Blick fiel auf einen Beistelltisch in der Ecke. Ein kleiner künstlicher Weihnachtsbaum stand darauf, die Zweige nackt wie in einem Charly-Brown-Film.

Oben drüber lag ein fröhlicher Stoff in Weihnachtsfarben,

der bis zum Boden hing. Der hatte wohl das schlimmste vom Rauch abgehalten und war sehr viel sicherer gewesen als ihr Schlafzimmer.

War es möglich?

Ein Krachen erklang draußen vom Gang. Mack rief eine Warnung. „Höchstens noch zwei Minuten. Mach mal, Bro."

Brad fiel auf die Knie und hob den Rand des Stoffes, schaute in zwei große graue Augen und das tränenverschmierte Gesicht einer kleineren Ausgabe von Hanna. „Hey, Crissy. Mommy sagt, Santa Claus will, dass du mit mir kommst. Okay?"

Falls er musste, würde er sie in unter zwei Sekunden herausgeholt haben, aber als sie sofort zu ihm kroch und sich in seine Arme warf, war er erleichtert, dass er einer bereits traumatischen Erfahrung nichts mehr hinzufügen musste.

Er wirbelte herum. „Ich hab sie, Mack. Raus mit uns hier."

Seine Füße bewegten sich bereits, während er eine Decke von der Couch holte. „Crissy, du musst dich für mich kurz mal da drunter verstecken, okay? Ich bringe dich zu deiner Mom."

Sie packte ihn fester, drückte das Gesicht an seine Brust, während er die Decke über ihren Kopf warf und sich tief bückte und zur Tür sprintete, wo Mack wartete. Seine Hand packte Brads Ausrüstung und schob ihn in die richtige Richtung.

Die Treppen brannten.

Brad sprang sie letzten fünf Stufen hinunter, eine Hand auf dem Geländer, um seinen Schwung zu lenken, die andere hielt Crissy an sich gepresst. Sie schossen aus der Tür, als hätten sie Düsenantrieb, ein schreckliches Krachen ertönte hinter seinem Rücken.

Mack legte einen Arm um Brads Schultern, und zusammen rannten sie in die sichere Zone. Hinter ihnen heulte das Feuer über ihre Flucht, ein ohrenzerfetzendes Kreischen, das nachhallte, als das Gebäude nachgab.

Er warf einen Blick zurück, und die Decke über Crissys Kopf rutschte, als sie sich wand, um aufrecht zu sitzen. Verstörte Augen eines kleinen Mädchens betrachteten die Flammen und zusammenbrechenden Wände, während Hitze über sie hinwegwogte.

Sie wandte den Blick nach oben, als er zum Krankenwagen rannte, wo Hanna unter Zwang zurückgehalten wurde, damit sie nicht auf sie zu raste. „Alles ist in Ordnung, süße Maus", versicherte er ihr. „Und Mommy ist gleich da. Wir sind doch tapfer für sie, okay?"

Crissy presste die Lippen fest aufeinander, doch ihr Kopf neigte sich ein winziges bisschen.

„Umarm du mal deine Mommy, dann lassen wir meine Freunde kurz nachsehen, um sicherzustellen, dass du keinen Rauch abbekommen hast. Kannst du das machen?"

Hanna hatte sich befreit und kam auf sie zu, eine übrige Jacke, die ihr jemand gegeben hatte, hing ihr bis fast zu den Knien.

Brad nickte Mack zu. „Übernimm du mal. Ich brauche kurz."

„Kein Problem." Sein Stellvertreter schlug ihm rasch auf die Schulter, bevor er einen Arm hob und Befehle rief, und die Freiwilligen kamen herbei, um ihn auf den neuesten Stand zu bringen. Sie schleppten zusätzliche Schläuche heran, aber an dieser Stelle bezweifelte Brad bereits, dass sie verhindern konnten, dass die anderen Gebäude in der Straße auch in Brand gerieten.

Seine Aufmerksamkeit richtete sich auf Hanna, er beugte die Knie so weit, dass er den Arm öffnen und sie Crissy halten lassen konnte, ohne ihm das kleine Mädchen ganz abzunehmen.

„Ist sie okay? Bist du okay …?"

„Alles ist gut", versicherte Brad ihr rasch. „Sie ist gleich gekommen, als ich es gesagt habe, und sie ist nicht verletzt."

„O mein Gott, Kleine. Es tut Mommy so leid. Es tut mir so leid." Hanna deckte das Gesicht ihrer Tochter mit Küssen ein, beugte sich vor und drückte die Stirn an ihre. „Ich liebe dich."

„Ich liebe dich, Mommy." Crissy schob eine Hand vor und wischte eine Träne von Hannas Wange. „Santa Claus hat gesagt, ich soll mich verstecken."

„Ich freue mich …"

„Hanna, wir müssen zurück zum Krankenwagen", unterbrach sie Brad. „Komm schon."

Er legte den Arm um sie und lotste sie zu dem Krankenwagen, und in seinem Bauch kam dabei ein höchst seltsames Gefühl auf.

Das Adrenalin nach einer Rettung hinterließ immer ein Summen, aber das war mehr. Etwas Verworrenes und Mächtiges. Die reine Erleichterung auf Hannas Gesicht zu sehen, wurde verstärkt durch den Griff ihrer Tochter um seinen Hals. Crissy hatte einen Arm um ihn geschlungen und hielt sich fest wie ein Äffchen.

Als sie an dem Krankenwagen ankamen und er versuchte, Crissy auf der Trage abzusetzen, wollte sie nicht loslassen.

Hanna hielt Crissy an einer Hand, aber die andere war nach unten gerutscht, um sich an den Riemen seiner Jacke festzuklammern.

Brad schloss die Finger über ihren. „Hey, Kleine. Ich hab dir doch davon erzählt. Du musst die Ärzte einen Blick auf dich werfen lassen."

Sie zog wieder an ihm. „Bleib."

„Crissy, Brad muss noch arbeiten. Mommy wird bei dir bleiben."

Crissys Augen waren auf Brad gerichtet. „Kommst du zurück?"

„Ich bin zurück, sobald ich kann", versprach er. „Sei brav bei deiner Mommy und hilf den Rettungssanitätern." Er tippte sie sanft mit einem Finger im Handschuh auf die Nase, ließ den Blick über Hanna gleiten.

Sie stand kerzengerade aufgerichtet, beobachtete wie eine Bärenmutter, während der Rettungssanitäter näherkam, um die Untersuchung zu beginnen. Alles, was ihr gehörte, brannte hinter ihnen ab, aber ihr schien es nichts auszumachen. Ihre ganze Aufmerksamkeit lag auf Crissy.

Brad zwang sich zum Weggehen. Er musste Entscheidungen treffen.

Hinter ihm ließ sich Hannas Stimme hören, klar und tröstlich. Die Stimme eines Engels, keiner Frau, die kurz vor dem Zusammenbruch stand. „Alles kommt in Ordnung, Liebling. Alles kommt in Ordnung."

Es brachte ihn fast um, zu gehen, doch dieser Augenblick reichte aus, um eines ganz klarzumachen. Alles *würde* in Ordnung kommen, denn er würde tun, was immer nötig war, damit das für Hanna und Crissy in der Zukunft wahr werden würde.

Was immer nötig war.

3

____

Es war drei Uhr nachts, und Hanna schlief im Stehen ein. Man hatte sie auf die Kante des Stoßdämpfers eines Trucks gesetzt, eingewickelt in so viele Decken, dass sie sich vorkam wie eine Mumie. Crissy war ohne Beanstandungen durch die Gesundheitsuntersuchung gekommen, aber es hatte zusätzlich Zeit gebraucht, denn sie hatten die Unternehmung den halben Weg den Block entlang verlegen müssen.

Die ganze Ladenzeile brannte, und tragende Wände stürzten ein.

Hanna hatte hilflos dagestanden, während ein Teil des alten Ziegelgebäudes nachgegeben hatte und in Richtung Süden zusammengebrochen war, dabei waren Ziegel und Schutt auf ihr Auto herabgeregnet. Alles war weg, darunter auch ihr Handy, das ebenfalls diesem Abend zum Opfer gefallen war, als es ihr während der Krise aus den Fingern geglitten und zertrampelt worden war.

Auf ihrem Schoß schlief Crissy wie die Unschuldige, die sie auch war, zufrieden, in den Armen ihrer Mama zu sein.

Obwohl sie, bis sich ihre Augen widerstrebend geschlossen hatten, genau auf jegliche Spur von *ihrem* Feuerwehrmann geachtet hatte, der womöglich zurückkehren könnte.

Und nun, da Crissy schlief, stellte Hanna fest, dass sie den Blick nicht von ihm abwenden konnte.

Er schien gleichzeitig an mehr als nur einem Ort zu sein, bewegte sich rasch vor und zurück, seine schwere Ausrüstung verlangsamte ihn nicht im Geringsten.

Der Rettungssanitäter war wieder da, schaute sie besorgt an. „Ist Ihnen warm genug?"

Aus dem Nichts erschien Brad, sein Visier war zurückgeschoben, Asche verschmierte sein Gesicht. „Was ist denn los, Tyler? Warum ist Hanna noch da?"

Der Mann warf einen Blick auf Hanna, bevor er wegtrat, und obwohl er leise redete, trugen die Worte bis an ihre Ohren. „Es gibt Schwierigkeiten mit Platz in der Notunterkunft. Und das Motel vor Ort ist belegt durch das Brückenreparaturteam. Sie hat eine Freundin angerufen, also hat sie einen Ort, an dem sie über Nacht bleiben kann draußen auf Silver Stone, aber ihre Chauffeurin ist noch nicht eingetroffen."

Brad nickte, wandte sich zurück an Hanna. „Hältst du noch durch?"

„Mir geht es ..." Ein weiteres Krachen erklang hinter ihm, und sie fuhr unwillkürlich zusammen. Sie richtete das Rückgrat auf, schaute ihm in die Augen und gab ehrlich zu: „Ich bin müde, aber ich freue mich, dass wir in Sicherheit sind. Vielen Dank noch einmal, dass du Crissy gerettet hast."

„Sie ist ein kluges kleines Ding. Du verbringst die Nacht bei der Familie Stone?"

Sie hatte es verabscheut, so spät noch anzurufen, aber es war der einzige Ort, der ihr einfallen wollte, wo Crissy es gemütlich haben würde, wenn sie morgens aufwachte. „Sie sollten bald da sein."

Er sah aus, als wolle er noch etwas sagen, aber dann wurde sein Name gerufen, und mit einem Nicken zum Abschied ging er wieder an die Arbeit. „Sag Crissy, dass ich sie bald mal besuche."

„Hanna." Ein Ruf drang aus der anderen Richtung, während Caleb Stone vortrat. Das vertraute Gesicht des Ehemanns ihrer Freundin gab ihr etwas Neues, auf das sie sich konzentrieren konnte, anstelle von Brad, der zurück in die Gefahrenzone ging.

Obwohl sie zugeben musste, dass sie ihm immer noch nachsah.

„Lass mich Crissy nehmen", sagte Caleb, seine Stimme ein tiefes Grollen. „Wir bringen euch nach Hause, wo ihr euch aufwärmen könnt."

Sie waren beide still während der Fahrt. Am Haus bot die verschlafene Tamara, die ganz grün im Gesicht war und sich langsam bewegte, Hanna ein Nachthemd und ein Handtuch an. „Im Spielzimmer unten ist ein Gästebett. Du kannst Crissy bei dir behalten, oder wenn du sie rüber zu Emma ins Bett stecken willst, ist das auch gut."

„Wir sind ganz verraucht ..."

„Wenn ihr duschen wollt, macht das, aber keine Sorge, falls du sie nicht aufwecken möchtest. Man kann alles waschen."

Letztlich trug Caleb Crissy nach unten und legte sie auf das Ausziehbett. Hanna schaute lange Zeit hinab auf ihr schlafendes Kind, bevor sie unter die Dusche ging und das heiße Wasser über sich hinwegströmen ließ.

Es war, als würde ihr niemals wieder warm werden.

Der Morgen kam viel zu bald, und Hanna öffnete die Augen, um festzustellen, dass sie von einer Blondine mit gelockten Haaren und blauen Augen beobachtet wurde, die auf der Armlehne des Sofas saß. Emma Stone, eine der besten Freundinnen von Crissy.

„Guten Morgen", sagte Hanna leise.

Emma warf einen Blick auf Crissy, die sich leicht wand, um sich an Hannas Seite zu schmiegen. „Seid ihr zu einer Übernachtungsparty gekommen?"

Hanna schätzte, das war eine Art, um es zu formulieren. „Irgendwie schon."

Crissy richtete sich jetzt auf, schaute ihre Freundin ernst an. „Alles ist verbrannt, aber Santa hat mir gesagt, was ich tun soll."

„Santa hat mit dir gesprochen?" Emma kroch auf das Bett, ohne es zu merken, setzte sich gegenüber von Crissy hin, als hätte sie nichts anderes auf der Welt zu tun, als das genauer zu besprechen.

Hanna glitt vom Bett, während die Mädchen weiter redeten, schaute ihre nach Rauch riechende Kleidung angeekelt an.

Das zweite kleine Mädchen aus dem Haushalt, Sasha, tauchte oben an den Treppen auf. Sie hatte ein Kleid in der Hand und kam damit herab, um sich Hanna sehr viel herrschaftlicher von oben bis unten anzuschauen, als eine Zehnjährige das hätte tun sollen. „Mommy sagt, das kannst du anziehen und nach oben kommen."

„Vielen Dank."

Nur dass es nicht Tamara war, die sie in ihrer Küche begrüßte, sondern deren Schwester Lisa. Hanna hatte die dunkelhaarige Frau erst ein paar Mal getroffen.

„Wie geht es dir heute Morgen?", fragte Lisa.

Sie hob eine Kanne Kaffee, und Hanna nickte, zog das Vorderteil des Kleides etwas fester um sich. „Ich bin am Leben."

Lisa stellte den Kaffee ab und kam um die Insel. Sie breitete die Arme weit aus. „Ich weiß, ich bin nicht Tamara, aber wenn du es brauchst, hat sie mir alles beigebracht, was ich über Umarmungen weiß."

Hanna entschlüpfte ein bebendes Lachen, während sie nach vorn trat und zuließ, in eine feste, großzügige Umarmung genommen zu werden. „Vielen Dank."

Die Frau klopfte ihr noch einmal mehr auf den Rücken, bevor sie sie losließ und zurück an den Herd ging. „Ich habe mal rumgefragt, um dir ein paar Klamotten zu besorgen. Tamara und ich würden dir unsere anbieten, aber darin würdest du schwimmen. Kelli James, die hier arbeitet, hat schon eher deine Größe. Sie sagte, sie würde ein bisschen Zeug rüberbringen, damit du um die Runden kommst. Und bei Sasha und Emma werden wir Sachen für Crissy finden."

Hanna konzentrierte sich auf die Kaffeetasse in ihrer Hand, die Enge in ihrer Kehle nahm immer mehr zu. Sie holte tief Luft und hob mit einem Nicken den Blick. „Das weiß ich echt zu schätzen."

„Kein Problem." Lisa beschäftigte sich am Herd. „Tamara wird in einer Weile wach sein. Diese Schwangerschaft wirft sie echt aus der Bahn, darum meidet sie es, sich zu bewegen, bis wir mit Essen und Trinken fertig sind."

Lisa trug Hanna auf, ihre Tasse zu nehmen und sich ans Feuer zu setzen, und Hanna hatte nicht die Kraft, etwas dagegen einzuwenden. Sie ignorierte die Sessel und ließ sich auf dem Boden vor den Flammen nieder, dachte darüber nach, was für ein großer Unterschied es war, diese Wärme und den Trost zu haben, verglichen mit dem allumfassenden Schrecken der letzten Nacht.

Eines war sicher; sie konnte ihre Freundin nicht ausnutzen, indem sie zu lange auf Silver Stone blieb.

Die Entscheidung wurde sogar noch deutlicher, als Tamara etwa eine Stunde später ins Zimmer wankte, schrecklich bleich, während sie sich vorsichtig zu einem Sessel bewegte und an einem Cracker knabberte.

„Tut mir leid, dass ich nicht mehr helfe", entschuldigte sich Tamara. „Ich werde mich nie wieder über jemanden mit Morgenübelkeit lustig machen."

„Die ersten drei Monate mit Crissy hatte ich es ziemlich schlimm", gestand Hanna.

„Ich bin im zweiten Trimester, und wenn überhaupt, ist es nur schlimmer geworden." Tamara lächelte sie verlegen an. „Aber hey, es macht eben Arbeit, Babys zu bauen."

„Es lohnt sich", versprach Hanna.

Da es Samstag war und sie nichts hatten, wohin sie die Mädchen bringen mussten, hatte es sich zu einer Art Übernachtungsparty entwickelt. Crissy zog bei Sascha und Emma ein und fand ein paar Kleidungsstücke, die sie sich ausleihen konnte. Die Angebote zum Ausleihen kamen auch für Hanna rein, und sie duschte noch einmal, bevor sie eine abgetragene Jeans anzog, die passte, aber auch wieder nicht.

Erst nach dem Mittagessen richtete Tamara sich auf und bot Hanna eine Fahrt in die Stadt an, um sich ihre Wohnung anzusehen. „Ich fühle mich gut genug, um mit dir zu kommen. Du kannst Crissy hier lassen."

„Ich kümmere mich um die Mädchen", versprach Lisa.

Was etwas Gutes war, denn die Szene war nichts, was Hanna ihrer Tochter allzu bald zumuten wollte.

Die Flammen waren einem schwelenden Haufen geschwärzter Trümmer und Stützpfeilern gewichen. Eiszapfen tropften von dem Schutt wie wirre moderne Kunst. Selbst die Schönheit von Frost und Eis konnten die Zerstörung zu nichts weniger Schrecklichem als der Wahrheit machen.

Es war nichts mehr da.

Tamara legte einen Arm um sie. „Es tut mir so leid."

„Mir auch." Hanna schaute hinab auf dem Boden. Auf die Laufschuhe, die ihr einziges Paar Schuhe waren. Geborgte Hose, geborgte Jacke. Sie hatte wirklich nichts mehr, was ihr gehörte.

Doch sie hatte Crissy, und das war mehr als genug.

Sie hob entschlossen das Kinn. Sie hatte mit nichts angefangen, und obwohl es wehtat, auch nur daran zu denken, wie viel Arbeit es machen würde, es erneut zu tun, konnte sie das schaffen.

Sie wandte sich zu Tamara und versuchte zu lächeln. „Danke, dass du uns gestern Nacht aufgenommen hast."

„Du kannst gerne so lange bleiben, wie du es brauchst", bot Tamara an. „Wir müssen einfach die Dinge ein bisschen jonglieren."

Hanna nickte. „Kannst du mich an der Feuerwache vorbeibringen? Der Rettungssanitäter gestern hat gesagt, ich soll vorbeischauen, weil der Rettungsdienst Informationen für mich hätte."

Sie kehrten zum Truck zurück, doch Tamara blieb stehen, lehnte den Kopf ans Fenster. „Tut mir leid. Ich glaube, du musst fahren."

Es war etwas anstrengend, aber nachdem sie den Sitz gerichtet und sich so gerade wie möglich hingesetzt hatte, konnte Hanna beide Pedale erreichen und aus dem Vorderfenster sehen. Langsam fuhr sie zur Feuerwache, versuchte die Schlaglöcher in der Straße zu umfahren, während Tamara die Zähne zusammenbiss und ein fröhliches Gesicht aufsetzte.

„Bleib hier", bot Hanna an. „Ich brauche nicht lang."

Sie eilte ins Büro der Feuerwache.

BRAD HATTE es vor einer Stunde in die Arbeit geschafft, nachdem er sich den Schauplatz des Feuers angesehen hatte. Sie hatten Absperrungen rund um den Bereich angebracht, um Neugierige fernzuhalten, aber es gab nicht mehr viel, das die Neugier befriedigen konnte.

Er wünschte, er hätte mehr aus der Wohnung mitgenommen, als er die Gelegenheit gehabt hatte, aber das Bedauern war verschwendet. Crissy war am Leben, und genauso Hanna. Das war alles, worauf es ankam.

Er stellte sich gerade Hannas Gesicht vor, als sich die Tür öffnete und sie plötzlich da war, ein wenig verloren und verwirrt wirkte, woraus er ihr keinen Vorwurf machte.

„Hanna."

Ihr Kopf wandte sich in seine Richtung, die großen braunen Augen, von denen er viel zu oft geträumt hatte, konzentrierten sich betont auf ihn. Ein seltsames schiefes Lächeln zerrte an ihren Lippen, und sie traf ihn mitten im Raum, und ohne zu zögern legte sie die Arme um ihn und drückte ihn.

Er wusste nicht ganz, was er mit seinen Händen anfangen sollte. Er wollte die Umarmung genauso fest erwidern, aber stattdessen tätschelte er sie sanft, stellte sicher, dass sie sich lösen konnte, wenn sie das wollte. „Wie geht es dir heute Morgen? Wie geht Crissy?"

Hanna wich zurück, als wäre sie überrascht durch ihre Dreistigkeit, ihre Wangen waren gerötet. „Ich glaube nicht, dass es ihr schon richtig klar geworden ist. Sie hat eine Übernachtungsparty, das ist für sie das wichtigste auf der Welt."

Brad nickte. „Ich hoffe, so geht es auch weiter, aber wenn sie Hilfe braucht, oder falls du das tust, habe ich Telefonnummern für den Kontakt mit Leuten, die gut darin sind, nach einem Verlust zu reden."

Sie wirkte abgelenkt. „Der Rettungssanitäter sagte, dass es Dienste gäbe, auf die ich zugreifen könnte. Ich habe eine Mieterversicherung, aber ich weiß nicht, wie lange es dauert, bis ich daraus Geld bekomme. Und ich muss irgendwo unterkommen."

Er ging zu der Schublade, wo die Informationen aufbewahrt wurden, noch während er fragte: „Ich dachte, du wärst nach Silver Stone gegangen?"

Hanna schaute ihm in die Augen, und diese Entschlossenheit, die er schon früher gesehen hatte, war wieder da. „Es sind gute Freunde, und sie haben angeboten, uns zu helfen, aber ich kann dort nicht mehr als ein paar Nächte bleiben."

Er schob ihr das Blatt hin und fragte sich, was das Problem war.

Es hatte sich wohl auf seinem Gesicht gezeigt, denn Hanna schüttelte den Kopf. „Sie wollen, dass ich bleibe, aber Tamara ist schwanger, und ihr ist vierundzwanzig Stunden am Tag übel. Ich kann doch diesem Stress nicht noch zwei zusätzliche Hausgäste hinzufügen."

„*Ahhh.*"

Er schaute auf das Blatt unter seinen Fingern hinab, auf dem Informationen über ein Frauenhaus standen. Das nächste war in Black Diamond, eine vierzigminütige Fahrt entfernt. Er überlegte sich, was er über Hannas Freundinnen wusste, und er war sicher, dass jemand vom Ort ihnen vorübergehend einen Platz zum Schlafen geben konnte.

Weshalb sie auch beide schockiert wirkten, als die nächsten Worte aus seinem Mund ungeplant, aber völlig perfekt, lauteten: „Du kannst gerne bei mir wohnen."

Ihre Augen wurden so groß wie Teller.

Er beeilte sich, sich zu verbessern und es zu erklären. „Ich meine, bei meinem Vater und mir. Das Haus der Lone Pine

Ranch hat ein halbes Dutzend Zimmer, und es sind nur wir beide, es gibt keinen Grund, weshalb du nicht ein paar davon nehmen könntest, und um ehrlich zu sein" – er dachte rasch, versuchte eine Ausrede zu finden, die sie verstehen würde – „wäre es eine echt große Hilfe."

Hannas Mund öffnete und schloss sich, aber es kamen keine Worte heraus.

Was schon gut war, denn es schien, als hätte Brad plötzlich mehr als genug Worte für sie beide. „Mein Dad stand in letzter Zeit irgendwie neben sich, und es wäre gut, während der Feiertage ein bisschen Gesellschaft zu haben. Meine Mom ist vor zwei Jahren am ersten Weihnachtsfeiertag gestorben, und er vermisst sie. Wenn du und Crissy da wärt, wäre das gut für ihn. Teufel, Patrick würde vermutlich nur zu gerne den Babysitter geben, während du arbeitest."

Er brabbelte vor sich hin. Er brabbelte so richtig vor sich hin. Aber andererseits war es ihm egal, solange ihm eine Möglichkeit einfiel, ihr wieder dieses Lächeln aufs Gesicht zaubern. In Wahrheit hatte sie alles verloren, und es ergab keinen Sinn, dass sie lächeln sollte, und es brachte ihn um, sie so zu sehen.

Das Telefon läutete, und Brad musste rangehen, was bedeutete, wenn Hanna zur Tür flüchten wollte, wäre das der perfekte Zeitpunkt.

Doch als er fertig damit war, die Frage über Genehmigungen für Weihnachtsfeuer zu beantworten, und an seinen Schreibtisch zurückkehrte, war sie noch da. Sie hatte das Blatt mit den Notfallkontakten genommen, das er ihr da gelassen hatte, ihre Nase war auf liebenswerte Weise gerümpft.

„Frauenhaus. Das ist für Frauen, die misshandelt wurden." Sie schüttelte den Kopf. „Da können wir nicht wohnen. Wir können doch nicht Platz für jemanden wegnehmen, dessen Leben davon abhängen könnte."

„Das ist für alle, die es brauchen", erklärte er widerstrebend.

Jetzt runzelte sie die Stirn, erneut war Entschlossenheit im Spiel. „Dein Vater arbeitet ehrenamtlich an Crissys Schule."

Brad nickte. Es war eines der Dinge, die Patrick im Lauf der letzten fünf Jahre angefangen hatte, während er mit der Arbeit auf der Ranch langsamer gemacht hatte. „Er sagt, es ist sehr viel gemütlicher, in einem warmen Klassenzimmer zu arbeiten als in einer kalten Scheune."

Hanna starrte ihm ins Gesicht. „Ich kenne ihn. Ich bin ihm ein paarmal begegnet, als ich im Klassenzimmer geholfen habe. Glaubst du wirklich, ihm würde es nichts ausmachen, den Babysitter für Crissy zu geben, während ich abends arbeiten muss?"

Heiliger Bimbam, sie dachte tatsächlich über sein Angebot nach. „Wir sollten ihn fragen."

„Denn ich möchte Crissy nicht mit mir in die Stadt nehmen, und ich glaube nicht, dass Mrs. Nonnie raus aufs Land fahren würde." Ihr steter Blick huschte zur Seite, ihre Wangen wurden leuchtend rot. „Aber wenn wir das tun, nur weil wir im selben Haus sind ... falls ich dein Angebot annehme, heißt das nicht ..." Sie schluckte heftig. „Ich werde nicht – ich meine, ich weiß, dass wir irgendwie versuchen, zu daten, aber ..."

„Oh, nein. Das ist doch nicht – ich meine ..." Verdammt, seine Zunge kooperierte genauso wenig wie ihre. Er räusperte sich und wartete dann, bis ihr Blick sich hob, um ihn anzuschauen. „Wir daten schon, aber ich verspreche dir, es wird nichts passieren jenseits der Grenzen, die du ziehst. Das bedeutet, wenn du einziehst und wir nicht mehr tun, als manchmal gemeinsam am Tisch zu sitzen oder mit Crissy und meinem Dad fernzusehen, dann ist das alles, was passiert, während du bei mir unter dem Dach lebst."

Obwohl er mehr wollte, war das auf *gar* keinen Fall die richtige Zeit und schon gar nicht der richtige Ort dafür. Aber alles in ihm brüllte danach, diesen kleinen Schutz und die Behaglichkeit anzubieten, besonders, wo es doch auf Weihnachten zuging.

Sie neigte leicht den Kopf, und Hanna musterte ihn, als würde sie auf Santas Liste der Artigen und Unartigen nachsehen, wo sein Name gelandet war.

Nach einer Pause, die eine Ewigkeit zu dauern schien, meldete Hanna sich zu Wort. „Du musst mich mit dem Kochen helfen lassen."

„Was immer du willst", sagte er mit einem leicht neckenden Tonfall. „Besonders, wenn deine Kochkünste ein paar weihnachtliche Leckereien hervorzaubern. Ich kaufe die Zutaten, wenn du die Arbeit einbringst."

Ein Hauch ihres süßen Lächelns kehrte zurück. „Bist du etwa ein Süßer?"

Er nickte. „Es scheint, als könne ich nicht genug von dem süßen Zeug kriegen."

Er starrte sie etwas zu sehr an, als er das sagte, und ihre Wangen röteten sich, doch sie lief nicht weg.

„Wir sollten erst deinen Dad fragen, wegen des Babysittens."

Und wenn er seinem Dad etwas bezahlen musste, um sicherzustellen, dass er zustimmte, Hanna und Crissy würden ihre Hausgäste werden, komme, was wolle ... „Ich rufe ihn an und lasse es dich dann wissen."

Sie lächelte ihn trocken an. „Kannst du das gleich jetzt machen? Denn ich habe im Augenblick kein funktionierendes Handy. Ich kann warten."

Er gab die Nummer seines Dads ein und erklärte rasch die Lage. Patrick sagte natürlich, dass es kein Problem sein würde, und schlug vor, dass Hanna und Crissy sich ihnen zum Abendessen anschließen sollten.

Die Erleichterung auf ihrem Gesicht war offensichtlich, als Brad die Neuigkeiten mitteilte. „Das verschafft uns etwas Zeit, unsere Sachen zusammen zu suchen."

Sie rümpfte die Nase und verzog das Gesicht, als ihr klar wurde, dass sie dafür vermutlich ungefähr fünf Minuten brauchen würde.

Er bemühte sich, ihr ein stabiles, beruhigendes Tätscheln auf die Schulter zu geben. „Dann sehen wir uns heute Abend. Wenn du Caleb Stone dazu bringen kannst, dich nach fünf abzusetzen, werde ich da sein und kann dich herumführen."

Sie ging, die Schneeflocken, die hinter ihr durch die Tür wehten, schmolzen in dem Augenblick, in dem sie auf dem Boden auftrafen. Brad sah aus dem Fenster, während sie in einen besonders großen Pick-up stieg und vorsichtig losfuhr.

Es waren neun Tage bis Weihnachten, und Hanna Lane würde bei ihm einziehen.

4

———————

Es brauchte nicht viel, um Tamara davon zu überzeugen, dass sie die Unterkunft wechselte, was für Hanna schon an sich eine Bestätigung war, dass sie die richtige Wahl getroffen hatte.

Während Hanna den Truck vorsichtig zurück nach Silver Stone fuhr, lehnte sich Tamara mit dem Gesicht ans kühle Fenster und wirkte ganz elend. „Es tut mir leid. Ich bin eine schreckliche Freundin.“

„Sei doch nicht albern. Es ist schon schlimm genug, krank zu sein. Du musst dich dazu nicht auch noch schuldig fühlen.“ Hanna fiel etwas ein. „Ich will dich um einen Gefallen bitten, abgesehen von den Dingen, die du bereits machst, wie uns Klamotten zu leihen.“

„Was immer du brauchst. Na ja, alles, außer ein Tänzchen aufzuführen oder Zwiebeln zu braten“, scherzte Tamara.

Es war schwer, um Hilfe zu fragen, aber es ließ sich nicht vermeiden. Hanna konnte es sich nicht leisten, ein Fahrzeug zu mieten, und das Leben auf dem Land bedeutete, dass sie nicht zu Fuß zu ihren Arbeitsplätzen gehen konnte. „Gibt es

41

irgendein übriges Fahrzeug auf der Ranch, das ich mir kurzzeitig ausborgen kann? Meines wird eine Weile in der Werkstatt sein, um die Karosserie zu reparieren."

„Natürlich. Fragen wir Caleb, und er wird dir was herrichten." Tamara schaute zu ihr hinüber, ein trauriges Lächeln auf den Lippen. „Dir bleibt aber auch wirklich nichts erspart, oder?"

„Dafür sind wir lebend rausgekommen." Es war das Allerwichtigste, und Hanna würde sich darauf konzentrieren.

Zurück auf Silver Stone hatten die Mädchen ein großes Deckenfort gebaut, den Stoff über das Sofa gelegt und strategisch Kissen platziert. Crissy kam allerdings, als Hanna sie rief, an ihre Seite, die Finger ineinander verschränkt.

„Hattet ihr Spaß beim Spielen?", fragte Hanna.

Crissy nickte. „Emmas Tante Lisa hat uns gegrillte Käsesandwiches und Tomatensuppe zum Mittagessen gemacht."

„Klingt lecker." Sie erwischte Crissy an der freien Hand. „Mommy hat für uns vorerst einen Ort zum Wohnen gefunden, während wir uns ein neues Zuhause suchen."

Emma runzelte die Stirn. „Ich will, dass Crissy bei mir bleibt."

Hanna wollte ihr schon versichern, dass sie oft zu Besuch kommen würden, aber es war Crissy, die sich zu Wort meldete. „Santa Claus sagte, er würde sich gut um mich kümmern, weißt du noch?"

Verwirrung machte sich breit, zumindest für Hanna.

Emmas Gesicht leuchtete allerdings, als ob sie völlig verstand, was los war. „Okay. Willst du dir ein Stofftier ausborgen? Professor G kannst du nicht haben, denn der würde mich vermissen, aber jemand anderen kriegst du schon, um bei dir Übernachtungsparty zu feiern."

Ohne eine weitere Beschwerde liefen Crissy und Emma

aus dem Zimmer, um für Crissy einen Freund zum Ausborgen zu suchen.

Hanna marschierte in die Küche, fühlte sich ein wenig, als wäre sie von einem Laster umgefahren worden. Tamara war in ihr Schlafzimmer verschwunden, um sich hinzulegen, während sie sich lauthals entschuldigt hatte, bis Hanna ihr einen finsteren Blick zugeworfen und sie in ihr Zimmer geschickt hatte.

Lisa stellte einen Teller Essen vor Hanna ab. „Hast du eine Bleibe gefunden?"

„Einer der ..." Hanna hielt inne. Okay, das würde peinlicher werden, als sie es sich vorgestellt hat. Sie hielt sich an die grundlegenden Informationen. „Einer der Feuerwehrleute hat noch Platz, also bleiben wir dort, bis wir herausfinden, was wir als nächstes machen."

Lisa ließ sich auf dem Hocker neben ihr nieder. „Ich weiß, Tamara hätte dich nur zu gerne hier, würde sie sich besser fühlen, doch ihre Schwangerschaft spielt da nicht mit. Ich bin hier, um ihr zu helfen, darum habe ich das Gästezimmer belegt. Wegen der Feiertage haben wir auch noch weitere Familienmitglieder, die in den nächsten Wochen zu Besuch kommen."

„Entschuldige du dich doch nicht auch noch." Hanna nahm einen großen Bissen von einem saftigen Käsesandwich und ließ die Wärme bis ganz nach unten vordringen, bevor sie ein zufriedenes Seufzen ausstieß. „Ich weiß, wenn wir unbedingt bleiben *müssten*, würdet ihr es hinkriegen, aber das wird schon gehen."

Ein Dach über dem Kopf mit eingebautem Babysitter. Alles positive Dinge, besonders, wenn sie das Flattern der Vorfreude in ihrem Bauch ignorierte, sobald sie an die Tatsache dachte, dass sie im selben Haus wie Brad Ford leben würde.

Diese ganzen Muskeln und die Männlichkeit, und doch

war er sanft und vorsichtig gewesen, als er sie eingeladen hatte, sich ihm und seinem Vater anzuschließen. Und hatte versprochen, dass nichts passieren würde, was sie nicht wollte, während sie dort wohnten ...

Da wurde das Flattern sogar noch stärker, denn wenn sie ganz ehrlich die Wahrheit sagen sollte, war das, was sie wollte, dass passierte, mehr als nichts.

Caleb Stone trieb tatsächlich ein Fahrzeug auf, das sie nehmen konnte. Der Truck war ein wenig kleiner als das Schiff, das Tamara sie vorhin hatte fahren lassen, aber trotzdem noch robuster als ihr Auto. Und während Crissy ihren Freundinnen zum Abschied winkte und Hanna durch den Schnee zur Lone Pine Ranch fuhr, überwältigte sie wieder dieses Gefühl, dass sie in eine seltsame „Entscheide den nächsten Schritt"-Abenteuergeschichte geworfen worden war.

„Kann ich mein eigenes Zimmer kriegen?", fragte Crissy.

„Ja, aber denk dran, dass wir in ihrem Heim nur Gäste sind. Wir müssen höflich sein und an unsere Manieren denken. Und Mr. Ford wird helfen, sich um dich zu kümmern, wenn Mommy abends arbeiten gehen muss."

Crissy brauchte eine Weile, um das zu verarbeiten. „Nicht Mrs. Nonnie?"

„Vorerst mal nicht."

Noch eine Pause. „Ich sollte Mrs. Nonnie eine Weihnachtskarte basteln."

Entschlossenheit, dein Name ist Crissy. „Das wäre eine gute Idee."

Crissy wandte sich an sie, eine Hand auf Hannas Arm, während sie aufgeregt verkündete: „Ich werde Weihnachtskarten für alle Feuerwehrmänner machen. Denn sie haben geholfen."

Hannas Kehle wurde eng. „Sie haben gut geholfen, oder nicht?"

Die Finger ihrer Tochter fassten kurz ihre, bis Hanna die Hand wegziehen musste, damit sie beide Hände auf dem Lenkrad hatte, während sie die lange, gewundene Zufahrt hinauffuhren. Oben auf dem Hügel erschien der niedrige Bungalow, der das Haupthaus der Lone Pine Ranch darstellte. Verwittertes Holz zierte die Außenseite, und hohe Bäume umstanden es.

„Sieh mal, Mommy." Crissy deutete oben auf das Dach, wo Rauch aus dem Kamin trieb. „Santas Kamin."

Hanna lachte, das Geräusch überraschte sie. „Ich hoffe auf jeden Fall, dass er da gerade nicht jetzt durchklettert, oder er kriegt heiße Füße."

„Santa ist feuerfest", setzte Crissy sie in Kenntnis.

Das würde ja so viel erklären.

Hanna fuhr auf einen freien Parkplatz neben zwei sehr viel größeren Trucks und holte tief Luft, bevor sie herumging, um Crissy zu helfen. Sie reichte dem kleinen Mädchen die Tasche, die Emma ihr geborgt hatte, dann gab sie ihr die Hand, während sie zusammen zur vorderen Veranda gingen. In den Fenstern funkelten helle Lichter, als wären es Kerzen.

Crissy gab ein leises Geräusch der Verwunderung von sich, während sie auf die Bäume schaute, wo eine Gruppe Hirsche den Kopf hob, um vorsichtig zurückzublicken. „Sind das Rentiere?", fragte sie mit einem ehrfürchtigen Flüstern.

Aus dieser Entfernung konnte Hanna es nicht erkennen. „Vermutlich Weißwedelhirsche."

„Sie sind mit Rudolf befreundet." Crissy sagte es mit einer solchen Überzeugung, dass Hanna es nicht übers Herz brachte, etwas Gegenteiliges zu behaupten. Dann ging die Tür auf, und die Wärme, die herausströmte, trug einen Hauch Roastbeef und Zimt mit sich.

Brad trat zur Seite, als er sie hineinwinkte. „Stellt eure Sachen einfach irgendwo ab."

Crissy schlüpfte aus ihren Stiefeln und stellte sie sorgsam auf den Fußabstreifer, ihre Tasche platzierte sie ordentlich an den Zehenspitzen, bevor sie zurückkam und Hanna an der Hand nahm, plötzlich schüchtern.

Ein tiefes Lachen füllte die Luft. Hanna schaute zur gegenüberliegenden Seite des Raumes, wo ein Mann stand, der sehr viel kleiner war als Brad, die Hände auf zwei Krücken. Es war sein Vater, sein Gesicht vertraut, aber während Brad rasiert war, sowohl am Kinn als auch auf dem Kopf, waren Patrick Fords Haare und sein langer Bart schneeweiß geworden.

Seine Lippen wölben sich nach oben. „Na, schau mal, wer zu Besuch gekommen ist."

Crissy strahlte, als hätte irgendjemand am Times Square den Schalter umgelegt.

„Mr. Patrick", rief sie, lief über das kurze Stück des vorderen Eingangsbereichs und warf sich auf ihn.

PLÖTZLICH WANDELTE SICH DAS, was Brad sich voller Sorge als unangenehmen Augenblick vorgestellt hatte, in etwas, das einem Buffet für alle gleichkam. Crissy klammerte sich an die Knie seines Vaters, während Hanna mit einem großzügigen Lächeln zusah, bevor sie sich an ihn wandte. „Patrick und ich sind uns vor ein paar Jahren begegnet. Offensichtlich kennt Crissy ihn auch."

Patrick drückte Crissy sanft, bevor er sich mit einem Grinsen in Brads Richtung wandte. Offensichtlich stolz darauf, dass er es geschafft hatte, ihn hereinzulegen. Er hatte es mit keinem Wort erwähnt, außer, dass er sich freute, Leuten in Not während der Weihnachtszeit helfen zu können. „Ich bin ehrenamtlicher Vorleser in Crissys Klasse. Ihr gefällt es, wenn ich Stimmen nachahme, genauso wie es dir früher gefallen hat."

Crissy schaute auf zu Brad, bevor ihr ein Mädchenlachen entschlüpfte. „Dir gefallen auch die Stimmen?"

Sein Dad nickte, ernster jetzt. „Crissy, es tut mir so leid, das mit deinem Haus zu hören, aber trotzdem freue ich mich, dass du hier bei uns wohnst. Ich glaube, wir werden uns richtig gut verstehen."

„Vielen Dank, dass Sie uns einen Platz zum Wohnen geben", meldete sich Hanna leise zu Wort.

Patrick wedelte mit einer Hand. „Ich freue mich, helfen zu können. Das Abendessen ist in einer halben Stunde fertig, also haben wir Zeit, euch einzurichten."

Er bedeutete ihnen, das Wohnzimmer zu verlassen und einen langen Flur zu nehmen. „Die ersten Zimmer sind das Büro und ein Bad. Dann geht es in zwei Richtungen im Haus weiter. Mein Zimmer ist am Ende dieses Ganges." Er deutete nach rechts. „Und Brad hat ein Zimmer am Ende hier entlang."

Ein Summer machte sich hinten bemerkbar, und sein Dad deutete auf Brad, damit er sich darum kümmerte. „Schieb den Braten in den Ofen", befahl er. „Ich richte mal die Mädchen ein."

Was etwas Gutes war, denn es rettete Brad vor der Verlegenheit, herauszukriegen, wo genau er sie beide unterbringen sollte. Es gab vier freie Schlafzimmer, aber nur eines hatte Zugang zu einem angeschlossenen Bad. Es machte am meisten Sinn, dass Hanna dort wohnte, aber ...

Es war das Zimmer neben seinem. Auf gar keinen Fall konnte er ihr vorschlagen, dass sie es nahm, ohne dass dieser Vorschlag sich falsch anhörte.

Nein, es war besser, das Schicksal, das man P A T R I C K buchstabierte, die Kontrolle darüber übernehmen zu lassen.

Es war seltsam richtig, mehr Leute am Tisch zu haben.

Crissy bat Patrick um Hilfe beim Schneiden ihres Fleisches, und Hanna beobachtete jede Bewegung, um festzustellen, ob irgendetwas unbehaglich war. Mit der Zeit entspannte sie sich, und es war klar, dass ihre Tochter wirklich keine Probleme rund um Patrick und Brad hatte.

Brad war der Einzige, der sich unfassbar verlegen fühlte. Irgendwie schafften sie es zum Ende der Mahlzeit, ohne dass er über seine Zunge stolperte oder irgendetwas fallen ließ, während er das Essen um den Tisch reichte. Und danach, als Hanna darauf bestand, den Abwasch zu machen, bot Patrick Crissy einen Besen an und sagte ihr, auch sie würde jeden Tag Aufgaben zu erledigen haben.

Crissy redete leise. „Mommy sagt, ich bin gut mit Aufgaben."

„Schön zu wissen. Ich habe gern Hilfe", erwiderte Patrick. Er beäugte Crissy genau. „Wie stellst du dich damit an, Kätzchen zu kuscheln?"

Das kleine Mädchen würde gleich durch das Dach hüpfen, und die ganze Stille war wie weggeblasen. „Ihr habt Kätzchen?"

Während Patrick sich die Erlaubnis von Hanna holte, Crissy in die Scheune in der Nähe zu bringen, um die Kätzchen zu besuchen, musste Brad lächeln. Er hatte geahnt, dass Patrick das Ganze genießen würde – die ganze Zeit, während sie Kinder gewesen waren, war ihr Dad derjenige gewesen, der ihre Liebe zu Tieren gefördert hatte. Seine Mom war es gewesen, die ihn ermutigt hatte, Feuerwehrmann zu werden.

Brad verstaute die Überreste, bevor er sich Hanna am Waschbecken anschloss. „Crissy kommt gut klar."

Hanna bewegte den Lappen langsam über den Teller, ihr Kinn neigte sich. „Sie redet die ganze Zeit von Mr. Patrick.

Darum dachte ich, dass es funktionieren würde, dass wir eine Weile hier sind. Das sollte es für sie leichter machen."

„Na, dann bin ich froh, dass wir helfen konnten." Nur dass er sie genau beobachtet hatte, und sie spülte immer noch denselben Teller, bei dem sie gewesen war, als er an ihre Seite getreten war. Er nahm ihn ihr aus den Händen und stellte ihn auf das Trockengestell, bevor er an ihr zog, damit sie ihn anschaute. „Und wie geht es dir?"

Sie hatte Mühe, sich vom Weinen abzuhalten, so viel war klar. Er stand einfach da und wartete auf ein Zeichen dessen, was sie wollte.

Hanna holte bebend Luft, schluckte schwer, dann öffnete sie den Mund, um zögerlich zu fragen: „Kann ich eine Umarmung kriegen?"

O Gott. „Natürlich, Süße."

Es war etwas anderes als beim letzten Mal, als sie ihn im Büro überrascht hatte. Da war ihre Umarmung wild und entschlossen gewesen, als wäre die Bewegung aus ihr hervorgebrochen, fast auf dieselbe Art wie seine Einladung, bei ihnen zu wohnen. Anders als damals war diese Umarmung nichts Gebendes, sondern etwas Empfangendes.

Hanna lehnte sich an ihn, und er schmiegte sie an sich. Er beließ die Berührung ganz unschuldig, bot ihr seine Stärke an. Sie standen gute fünf Minuten dort, ihre Wange gedreht, sodass sich ihr Ohr an seine Brust drückte, ihre Arme um ihn geschlungen, während sie sich festhielt, als wäre sie nicht bereit, auf eigenen Füßen zu stehen.

In den letzten vierundzwanzig Stunden war sie genug auf eigenen Beinen gestanden, soweit es ihn betraf.

Langsam wurde ihre Atmung regelmäßiger, und als sie ihn ein letztes Mal drückte, bevor sie langsam zurücktrat und sich die Augen wischte, wartete er einen Augenblick, damit sie sich wieder sammeln konnte. Reichte ihr eine Packung Tempos, woraufhin sie bebend lachte.

„Das tut mir jetzt leid."

Brad schnaubte, und ihr Kopf fuhr überrascht hoch. „Ernsthaft? Du entschuldigst dich wirklich dafür, dass du eine Umarmung brauchst? Ich verstehe das nicht nur, ich bin überrascht, dass du noch keinen Zusammenbruch hattest. Das ist überhaupt kein Urteil über dich. Wenn man ein Feuer erlebt, ist das traumatisierend."

„Das kannst du laut sagen", erwiderte sie trocken. Sie trat weiter zurück und lächelte zu ihm auf. „Okay, ich verspreche, ich werde nicht weiter zusammenbrechen und vor dir weinen. Weshalb erzählst du mir nicht, was deine Lieblingsplätzchen sind? Ich kann morgen mit dem Backen anfangen."

Crissy kam ein paar Minuten später in den Raum gelaufen, gefolgt von Patrick, der zufrieden wirkte, während er sich weiter vorarbeitete und sich auf seine beiden Krücken lehnte. „Es sieht aus, als hätten wir eine äußerst talentierte Katzenkuschlerin in unseren Diensten", setzte er Brad in Kenntnis.

„Es gibt vier Kätzchen", sagte Crissy, die sich an Hanna schmiegte, mit Liebe in den Augen zu ihr aufschaute. „Und noch keines von ihnen hat einen Namen. Mr. Patrick sagte, ich darf ihnen einen geben."

„Das ist aber eine Sonderbehandlung." Hanna warf einen Blick auf Patrick. „Vielen Dank."

Sie sagte das für mehr als nur die Kätzchen, und es war klar, dass er das wusste, als er das Kinn neigte und dann zwinkerte. „Meine Lieblingssendung fängt in fünfzehn Minuten an. Will sich mir jemand anschließen?"

Crissy folgte ihm in das Wohnzimmer, aber Hanna zögerte in der Küche. „Kann ich euer Telefon benutzen? Ich muss ein paar Anrufe machen, um herauszufinden, was mit der Unterkunft und allem anderen passiert."

Brad zeigte ihr das Festnetztelefon, dann ging er zu den hinteren Räumlichkeiten, um die Polizei anzurufen und noch mal nachzusehen, ob es etwas gab, was sie für ihre Ermittlungen brauchten, die Hanna betrafen. Er wollte nicht, dass sie überrascht wurde. Er dachte sich, wenn er sie vorwarnen konnte, wäre es vermutlich am besten.

Er betrat sein Schlafzimmer, als ihm klar wurde, dass die Tür auf der anderen Seite offen war. Und obwohl nicht zu viel im Zimmer war, lag ein Kleid auf dem Bett, und zwei Hausschuhe warteten auf dem Boden daneben. Kleinere Hausschuhe, als er sie trug, aber viel zu groß für Crissy.

Er würde seinem Dad entweder etwas Wunderbares zu Weihnachten schenken, oder einen Kohleklumpen.

Brad ging hinaus zu den Scheunen, um sich um die letzten paar Tiere zu kümmern, die sie noch hatten. Die Pferde stießen mit den Nasen an seine Hand, und Brad genoss das entspannende Tempo, aber nicht einmal die vertraute Aufgabe reichte aus, um ihn von seiner derzeitigen Lage abzulenken.

Hanna Lane war in seinem Haus. Die süße, entschlossene, zartbesaitete Hanna, die im Lauf des letzten Tages seine Füße auf einen ganz anderen Kurs gebracht hatte, als er erwartet hatte. Ja, er wollte mit ihr ausgehen. Und ja, seine Pläne hatten immer eine Art vagen Beigeschmack von *Zukunft und Familie* gehabt.

Aber das war echt. Sie und Crissy hier in seinem Haus zu haben, hatte *eines Tages* in *eines baldigen Tages* verwandelt.

Er marschierte draußen herum, stieß in den Schnee und starrte hinauf in den sternenübersäten Himmel, schlug Zeit tot, während er seine Gedanken auf Wanderschaft schickte. Probleme hatte er immer am besten gelöst, indem er zu Fuß unterwegs war.

Man musste sich immer noch um seinen Bruder kümmern und weitere familiäre Lasten vertäuen, aber gerade jetzt war das Einzige, auf das er sich konzentrieren konnte, sie. Und es schien sehr viel logischer zu sein, draußen in der eisigen Kälte zu bleiben, als hineinzugehen und sich ihr stellen zu müssen.

Irgendwann, während er in den Scheunen gewesen war, waren die beiden Mädchen zu Bett gegangen, was vermutlich das Beste war. Trotzdem bedeutete das, dass er dazu gedrängt wurde, sich bettfertig zu machen, auf die Wand zwischen ihren Zimmern zu starren und sich zu fragen ...

Einfach nur zu fragen.

Als er schließlich einschlief, war er zu ruhelos, um gut zu schlafen, was bedeutete, als er um sechs Uhr aufwachte wie üblich, torkelte er in die Küche, um die Kaffeemaschine einzuschalten, und kam schlitternd zum Stillstand, als ihm klar wurde, dass die Kanne voll war. Und heiß.

Und er nicht allein war.

Brad drehte sich langsam und blinzelte, um aufzuwachen. Hanna versteifte sich auf ihren Platz am Tisch, ihr Blick wanderte über ihn, während feurige Röte auf ihren Wangen aufblühte. Sie blieb an seiner Taille hängen, und da fiel ihm auf, dass er, wie an den meisten Vormittagen, nichts als seine Schlafanzughose trug.

Die Tatsache, dass sie den Blick nicht von seinem Körper zu lösen können schien, stellte etwas Gutes mit seinem Ego an.

Doch als andere Teile von ihm zu reagieren begannen, ging er vorsichtig hinter den Küchentresen und winkte ihr zu. „Tut mir leid. Ich hab's vergessen."

„Erst Kaffee, dann wird das Hirn angeschaltet?" Sie hob den Blick zu seinen Augen, und obwohl sie immer noch äußerst rot war, lächelte sie. Sie kicherte beinahe, als er seine leere Tasse nahm und versuchte, daran zu nippen. „Ähm, Brad? Nimmst du noch irgendwas zu deiner Tasse voller Luft?"

Er funkelte sie an, ohne funkeln zu wollen. Ihre Lippen wölbten sich einfach noch mehr.

Er verschränkte die Arme vor der Brust, senkte die Stimme zu einem Knurren. „Ein fröhlicher Morgenmensch. Verdammt. Ich ziehe die Einladung zurück."

Hanna lachte. Das reine, helle Geräusch brach über die Küche herein und erfreute ihn beinahe so sehr wie die Tatsache, dass ihr Blick einmal mehr wohlwollend über seinen Körper wanderte. Ihr schien sein Bizeps zu gefallen.

Ihm gefiel, dass ihr sein Bizeps gefiel.

Er deutete über die Schulter, während sie auf die Beine kam. „Ich hole mir ein T-Shirt."

„Ich schenke dir Kaffee ein. Schwarz?"

„Dreimal Zucker", gab er zu.

„Verstanden." Sie beschäftigte sich am Küchentresen, und er marschierte zurück durch den Flur, aber ein Blick über die Schulter sagte ihm, dass sie auf seine Rückansicht spähte, während er das Zimmer verließ.

Brad wurde schon damit fertig, dass sie ein Morgenmensch war.

5

____

Hanna rührte den dritten Löffel Zucker in Brads Kaffee und fragte sich, ob sie in eine Falle gelaufen war.

Vermutlich, aber sie war auch nicht wirklich verstört deswegen. Das sollte sie sein. Sie wusste nur zu gut, dass es lebensverändernd und zerstörerisch sein konnte, ihren Instinkten zu folgen, aber ein anderer Teil von ihr beharrte darauf, dass das nicht dasselbe war.

Als sie fünfzehn gewesen war und sich zu einem gewissen Jungen hingezogen gefühlt hatte, hatte es gereicht, dass die Anziehungskraft da gewesen war. Das Handeln auf diese aufblühende Erregung hin war eine Art Übergangsritus gewesen. Nur dass es in ihrem Fall zu weit gegangen war. Diese tollpatschigen Versuche, intim zu werden, waren interessant gewesen, aber mehr nicht.

Ihre ersten Experimente hatten es allerdings geschafft, sie zu schwängern, doch selbst das wäre keine völlige Katastrophe gewesen, hätte ihr Partner sich nur als ein bisschen reifer erwiesen.

Doch das hatte er nicht, und nun hatte sie eine achtjährige Tochter, was sexuelle Anziehungskraft zu etwas machte, dem sie sich sehr bewusst war, doch auf das hin sie nur zögerlich reagierte.

Brad ist nicht Jamie, sagte ihr Verstand, und das wusste sie auch. Aber das Wissen sorgte nicht dafür, dass das Wasser irgendwie weniger furchterregend wirkte, wenn sie hineinspringen sollte. Sie hatte keine Ahnung, wie tief es werden würde.

Crissy schlief lange, was vermutlich etwas Gutes war, nach den paar gemischten, vermasselten Tagen. Etwas klapperte im Gang, und sie stellte sich darauf ein und setzte ein Lächeln auf, nur um festzustellen, dass Patrick ins Zimmer kam.

Er warf ihr einen Blick zu und lachte dann leise. „Ms. Lane. Sie werden aufhören müssen, so verängstigt zu sein, oder sie verletzen noch meine Gefühle.“

Sie schenkte eine Tasse Kaffee ein und reichte sie ihm. „Ich bin weniger ängstlich, als dass ich Ihnen so wenig wie möglich im Weg sein möchte.“

Patrick setzte sich auf den Stuhl am Tisch, der offensichtlich seiner war, und legte die Finger um die Tasse, die sie ihm gab. „Na ja, das ist ein Haufen Scheiß, wenn ich das so sagen darf. Tut mir leid, dass ich so deutlich spreche.“

Er warf einen Blick über die Schulter, als würde er nach Crissy schauen.

Hanna kehrte dorthin zurück, wo sie gesessen hatte, bevor Brad sie gestört hatte. „Sie schläft aus. Womit ich nicht sonderlich oft rechne, also machen Sie sich keine Hoffnung.“

„Wir stehen normalerweise hier früh auf. Brad kann zu allen Tages- und Nachtzeiten weg sein, zusätzlich zu den Stunden, die er im Büro verbringt. Ich tüddle eigentlich nur so hier herum.“ Er nickte ihr langsam zu. „Ich freue mich darauf, Sie und das kleine Mädchen hier bei uns zu haben. Es ist ein großes Haus für einen alten Mann, um ganz allein herumzustreifen, und ganz gleich, wie oft ich ehrenamtlich arbeite, es gibt eine Menge tatenloser Stunden am Tag."

Sie hörte wieder ein Geräusch aus dem Gang. Diesmal war es Brad, der zum Küchentresen ging, um sich die Kaffeetasse zu nehmen, die sie ihm hingestellt hatte. Er nahm einen großen Schluck, bevor er sich an den Tisch begab und sich ohne ein Wort hinsetzte.

Sein Vater schnaubte amüsiert. „Du bist ein Sonnenschein, was, Sohn?"

Brad hob nur eine Augenbraue und trank weiter.

Sie hätte nicht erheitert sein sollen, aber der behagliche Umgang zwischen den beiden Männern war so robust, als hätte dieses Necken schon vor Jahren angefangen und würde noch lange in die Zukunft so weitergehen.

Hanna verlegte ihre Aufmerksamkeit absichtlich auf Patrick, während er eine große Geste machte, aber sie war sich der Anwesenheit des großen Feuerwehrmanns völlig bewusst.

„Sobald das kleine Mädchen mal wach ist, Brad, dachte ich, du könntest den Schlitten nehmen und einen Baum holen", sagte Patrick locker. „Ich habe noch nicht geschmückt, denn es ist ein großes Haus, und es hat nicht viel Sinn, wenn's nur wir beide sind. Aber da sie hier ist, beleuchten wir den Laden doch lieber mal."

Es wäre leicht gewesen, zu widersprechen, weil es zu viel Arbeit war. Das reine Glück auf Patricks Gesicht allerdings, und die Art, wie Brad ihr einem verstohlenen Blick zuwarf, als würde er sie an seine Anmerkung erinnern, zu versuchen, die Weihnachtszeit besonders zu gestalten ...

„Crissy wird ganz aus dem Häuschen sein, wenn sie in einem Pferdeschlitten fahren darf." Hanna holte tief Luft und nickte Patrick zustimmend zu. „Um die Wahrheit zu sagen, der

Gedanke macht auch mich glücklich. Es ist lange her, seit ich mal in einem Schlitten mitgefahren bin."

„Du bist schon auf einem Schlitten gefahren?"

Brads Stimme brach, rau vom Schlaf, und tief genug, um ihr eine Gänsehaut zu bescheren, aber sie setzte sich höflich hin und tat so, als wäre es nur ein bisschen kalt im Raum. „Wir hatten Schlittenfahrten zu Hause, wo ich aufwuchs." Und damit reichte diese Erinnerung auch schon. Sie zwang sich zu einem Lächeln und dachte an neuere Zeiten. „Ich glaube, im zweiten Jahr, als wir hier in Heart Falls waren, hatte das Gemeindezentrum Schlittenfahrten am zweiten Weihnachtsfeiertag veranstaltet. Das ging einmal rund um das Fußballfeld. Es hat Spaß gemacht, aber es war nicht ganz dasselbe, wie über die Hügel und durch die Bäume zu fahren."

Brad beobachtete sie, seine blauen Augen waren bohrend, als hätte er Fragen, die er zurückhielt. Sie wusste seine Zurückhaltung zu schätzen, denn es gab gewisse Themen, auf die sie keine Lust hatte.

Die Vergangenheit war in der Vergangenheit.

Die Unterhaltung lief weiter, und Patrick stand auf und holte Bratpfannen heraus. Crissy kam ins Zimmer geschlendert, ein Mädchen mit verschlafenen Augen, und blinzelte fest, während sie hinüber an Hannas Seite stolperte und auf ihren Schoß stieg, den Kopf an Hannas Brust gelegt, während sie langsam aufwachte.

„Ich glaube, du hast ein sehr gemütliches Bett gefunden", scherzte Hanna.

Ihre Tochter war müde genug, um das zu beantworten, als wäre es eine echte Frage. „Ja, nur dass es ein kratziges Kissen gab. Ich habe es auf den Boden gelegt." Crissy senkte die Stimme zu einem Flüstern. „Dann habe ich Pu den Bären als Kissen benutzt."

„Das war klug", erklärte ihr Hanna. „Wir sehen uns das

später an, um sicherzustellen, dass das mit dem kratzigen Kissen hingebogen wird, aber du musst jetzt aufwachen, damit wir uns einen Weihnachtsbaum holen können."

Ihre Worte waren etwa gleichbedeutend damit, jemandem drei Tassen Kaffee einzuflößen. Crissy setzte sich aufrecht hin, blinzelte heftig, um den Schlaf zu vertreiben, der immer noch in ihrem Körper arbeitete. „Weihnachtsbaum?"

„Nach dem Frühstück", warnte Hanna.

„Ganz genau. Wir werden ein paar Pfannkuchen verdrücken und dann rausgehen, um uns den perfekten Weihnachtsbaum zu suchen. Glaubst du, du kannst damit helfen?", fragte Patrick neben dem Herd, wo er etwas umdrehte, das herrlich roch.

Crissy neigte den Kopf. „Beim Verdrücken der Pfannkuchen helfen, oder bei der Suche nach dem Weihnachtsbaum?"

Ein leises, erheitertes Grollen kam über den Tisch, als Brad ein bisschen mehr aufwachte. „Hoffentlich beides."

Es schien, als wäre Crissy mehr als nur fähig, einen Stapel Pfannkuchen zu vernichten, danach beeilte sie sich, ein paar Schichten der geborgten Kleider anzulegen.

Hanna half Brad, den Geschirrspüler fertig einzuräumen, bevor sie sich in ihr Zimmer begab, um zu sehen, was sie anziehen konnte. Patrick begrüßte sie an der Tür des Windfangs, um ihnen zusätzliche Schichten aus Arbeitsjacken zu geben, die mit Schafsfell gesäumt waren, und warme Mützen für den Kopf.

Brad kam dazu, nachdem er gerade die Pferde angeschirrt hatte, um Crissy zu helfen, ihre Hände in ein übergroßes Paar Fäustlinge zu stecken.

Crissy lachte, hob die Hände hoch zum Himmel. „Ich sehe aus wie ein Schneemann", sagte sie.

Brad wandte sich an Hanna, nahm ein weiteres Paar

Fäustlinge vom Regal hoch über ihrem Kopf. Er hielt sie auf, und sie schob die Hände hinein, sich äußerst bewusst, dass seine Finger ihre Handknöchel streiften.

Er stand dort, wo er sich leicht hinabgebeugt hatte, den Blick fest auf ihren gerichtet, bevor er die Verbindung abbrach und Crissy die Hand reichte. „Komm schon. Du kannst vorne bei wir mitfahren und mir helfen, die Pferde zu lenken."

Es war einfach, ihm zu folgen, zufrieden damit, die Freude ihrer Tochter zu beobachten, während Brad sie auf den Vordersitz des kleinen Schlittens hob.

Nur als er sich umdrehte, um auch sie reinzuheben, ging sie rückwärts, schaute sich um, um zu sehen, wo Patrick war. „Ich dachte, dein Vater komm mit uns."

Brad schüttelte den Kopf. „Er wird uns helfen, den Baum abzuladen, aber ich war irgendwie überrascht, dass er es auch nur vorgeschlagen hat. Mit seinen Beinen schafft er den tiefen Schnee nicht. Trotzdem war es für ihn und Mom eine Tradition, den Baum zu fällen."

Hanna warf einen Blick zurück zum Haus. Durch das Wohnzimmerfenster war Patrick sichtbar, wie er in seinem gemütlichen Sessel saß und ins Nichts starrte, während er vor und zurück wippte.

„Alles in Ordnung bei ihm", versicherte ihr Brad. „Wir haben geredet, während ich die Pferde angeschirrt habe. Er will nur ein bisschen Zeit für sich."

Dann, bevor sie wieder sprechen konnte, legte er die Hände um sie und hob sie auch auf den Sitz, sein starker Griff schickte ein Beben über sie.

Er ging um die Pferde, um auf die andere Seite zu gelangen, der Schlitten wippte, während sein Gewicht sich darauf niederließ. Crissy saß zwischen ihnen, die Augen vor Freude weit aufgerissen.

„Bereit, einen Baum für Mr. Patrick zu suchen?", fragte Brad sie.

Crissy nickte. „Wir finden den besten Baum überhaupt."

Er ließ die Zügel schnalzen. Die beiden Pferde schüttelten die Köpfe und machten einen Schritt vor, die Glöckchen an ihrem Geschirr läuteten mit einem fröhlichen Geräusch, während sie sich aus dem Hof bewegten und hinauf in die wogenden Hügel hinter dem Haus.

Der Vormittag war frisch und kalt, und Brad brachte sie so direkt wie möglich zu einem Bereich mit Tannen entlang der Stromleitung. Das waren Bäume, die man sowieso regelmäßig zurückstutzen musste, und während er die Pferde auf den Pfad lenkte, bebte Crissy und schüttelte sich und deutete aufgeregt auf einen Baum nach dem nächsten.

„Der da sieht aus, als hätte er drei Arme und würde herumgreifen, um sich den Rücken zu kratzen. Und schau mal, Mommy. Er hat eine Oberseite wie Frosty der Schneemann."

„Er hat schon einen Zylinderhut", stimmte Hanna zu. „Aber ich glaube nicht, dass der einen besonders guten Baum im Haus abgibt."

„Nein, wir brauchen einen, der hübsch für Mr. Patrick ist. Er sagte, er würde mir ein paar Weihnachtsgeschichten vorlesen, sobald der Baum steht." Sie drehte sich um und legte Brad die Hände auf den Arm, um ihm traurig zu sagen: „Alle meine Bücher sind verbrannt, oder nicht?"

Es war das erste Mal, dass er hörte, wie sie vom Feuer sprach. „Es tut mir leid, aber so ist es. Vielleicht sollten wir eine Liste deiner Lieblingsbücher machen, und wir werden sehen, ob wir sie noch mal finden."

Crissy lehnte den Kopf an Hanna, war plötzlich still.

Hanna legte einen Arm um sie und drückte sie fest, ein leises Seufzen entwich ihr, bevor sie sich hinabbeugte und dem kleinen Mädchen einen Kuss auf den Kopf drückte. „Ich glaube, wir finden bald diesen perfekten Baum. Meinst du, wir müssen uns anschleichen? Damit er nicht wegrennt?"

Das Mädchenlachen war leiser als vorhin, aber Crissy lächelte trotzdem noch. „Bäume laufen doch nicht weg."

„Genauso wenig Schneemänner, aber in einer Geschichte kann alles passieren", erklärte Brad, der hinabblickte, um festzustellen, dass Crissy ihn mit weit aufgerissenen Augen anschaute. „Ich denke, dass vor langer Zeit die Weihnachtsbäume weggerannt sind."

Stille senkte sich herab, während er sich die Geschichte direkt ausdachte, die Stimme senkte und wieder hob, alle dramatischen Augenblicke wählte, bis er Crissy wieder zum Lachen gebracht hatte.

Sie deutete vor Freude auf den Baum, von dem er dachte, dass es vermutlich ohnehin einer war, den sie dieses Jahr fällen sollten. „Da ist er." Aufregung vibrierte durch sie hindurch. „Das ist unser Baum, der nur auf uns wartet."

Als er in der Nähe ihres Ziels stehen blieb, beäugte Hanna ihn mit etwas ganz anderem, als er sich erinnerte, früher bei ihr gesehen zu haben.

Ach, sie waren nur ein paar Mal ausgegangen, aber um die Wahrheit zu sagen, hatte er sie sehr viel länger als das beobachtet. Sie hatte weiche Mienen und erschöpfte Züge, und ein sanftes Lachen, wenn sie bei ihren Freundinnen war.

Gerade jetzt? Die Art, wie sie ihn anschaute, sorgte dafür, dass seine Eingeweide sich auf ganz neue Art anspannten. Es sah aus, als wäre sie fasziniert. Und es war nicht nur Lust – obwohl, als ihr klar wurde, dass er ihren Blick erwiderte, wurden ihre Wangen rot.

Dann stieg sie aus dem Schlitten.

Crissy tanzte im Schnee, stapfte kreisrunde Wege fest, während er die Axt herausholte, um den Baum zu fällen. Hanna lief hinter ihrer Tochter her, Gelächter stieg von ihnen beiden auf.

„Mr. Brad. Du musst mit den Feen spielen", erinnerte ihn Crissy.

Er verstaute die Axt wieder sicher unter dem Sitz auf dem Schlitten, bevor er die Arme hob und knurrte, als wäre er ein Bär.

Hanna lachte, während Crissy die Hände ans Gesicht legte, einen Schrei ausstieß und sich umdrehte, um wegzulaufen, während Brad sie verfolgte. Er nahm sie mit einem Arm hoch und lief weiter, drehte immer wieder Kreise und hielt direkt auf Hanna zu.

Ihr Lachen verklang, und die Augen wurden groß, als er sie mit dem anderen Arm nahm und sie alle drei im Kreis wirbelte, bevor er in die nächstbeste Schneewehe krachte.

Brad sorgte dafür, dass er unten landete, bemühte sich sorgsam, sie zu schützen. Das bedeutete, dass Crissy auf einer Seite landete, und eine Wolke Pulverschnee flog hoch, bevor sie sich auf Hannas Rücken niederließ.

Hanna allerdings landete direkt auf ihm. Ihr leichtes Gewicht nagelte ihn kaum fest, aber es gab auf jeden Fall direkten, vollen Kontakt mit ihrem Körper auf seinem.

Innerhalb des nächsten Atemzugs verlangte Crissy „Schneeengel", bevor sie hochschoss und ein paar Schritte wegging, um sich wieder in den Schnee zu werfen.

Hanna war immer noch auf Brad, ihre Arme bewegten sich langsam, sodass sie ihm die Handflächen an die Brust drücken konnte. Vorsichtig schob sie die Beine weg, was er wirklich zu schätzen wusste, wenn man bedachte, dass ihr Knie direkt auf einem empfindlichen Bereich lag.

Der Arm, den er um sie gelegt hatte – er wollte sie damit

fester an sich drücken. Sie festhalten, während sie den Platz wechselten und er sie unter seinen Körper rollte. Die andere Hand heben, um sie um ihren Nacken zu legen und ihre rosigen Lippen in Reichweite zu bringen.

Er ließ sie aber gehen.

„Hoppla", tönte Crissy, die wieder zu ihrer Rettung kam. „Bringen wir den Baum jetzt nach Hause?"

Brad richtete sich auf, hob Hanna mit sich, während er sich bewegte, kam auf die Füße und schob sich vorsichtig den Schnee von der Jeans. Er bewegte sich so vorsichtig, weil diese kurze Sekunde des Kontakts zwischen ihm und Hanna schon gereicht hatte, um seinen Körper in Flammen aufgehen zu lassen. „Noch ein Halt, dann sind wir wieder auf dem Heimweg."

Hanna schaute ihn nicht an, aber sie lächelte, und ihre Wangen waren gerötet durch etwas, von dem er sicher war, dass es mehr als nur die Kälte war.

Er hob Crissy wieder auf ihren Sitz, das kleine Mädchen plauderte vor sich hin über den perfekten Weihnachtsbaum, der hinter ihnen auf dem Schlitten lag. Er wandte sich an Hanna, um ihr herauf zu helfen.

Sie klettere an ihm vorbei, stellte den Fuß auf den Tritt und kraxelte auf den Sitz. Dann wirbelte sie herum, um vor ihm zu sein, Zufriedenheit stand auf ihrer Miene, weil sie vor ihm dort angelangt war. Brad lachte leise und nahm Platz, ließ sich von Crissy beim Lenken der Pferde helfen.

Er kam vor einer alten Siedlerhütte oben auf dem Hügel zum Stillstand.

„Santas Haus." Crissy nickte wissend.

Es sah aus wie etwas auf einer Postkarte, mit einer dicken Schneeschicht auf den Giebeln und dem Verandageländer. „Ich bin sicher, das nutzt er manchmal, wenn er eine Pause will, und darum müssen wir kurz reinschauen, um sicherzustellen, dass alles drin ist, was er braucht."

Dieses Häuschen wurde derzeit nicht sonderlich genutzt, nur als Notunterkunft, aber da über die Feiertage ein Kälteeinbruch vorhergesagt war, wollte Brad nichts dem Zufall überlassen. Er stieg ab und ging zu der Hütte, lächelte, als sich eine Hand in seine schob.

„Wohnt Santa wirklich hier?", fragte Crissy mit einem Mädchenflüstern von der Art, die letztlich die volle Lautstärke hatte.

Brad schüttelte den Kopf, während er nach der Tür griff und den Riegel aufschob. „Nein. Santa lebt am Nordpol. Aber wenn er unterwegs ist, braucht er sichere Orte, an denen er sich aufhalten kann."

„Oder die Elfen", erklärte Crissy.

Hanna folgte ihnen nach drinnen, die Kälte in der Hütte war eisig. Ein schwaches Licht fiel durch die winzigen Fenster. „Eine Notunterkunft?"

Brad schaute ihr in die Augen. „Ja. Für jeden, der sie braucht. Tatsächlich, wenn du hier wohnen möchtest, könntest du das nur zu gerne, aber es ist ein bisschen weit für Crissy, um zur Schule zu kommen."

Das kleine Mädchen erkundete die gegenüberliegende Seite der Hütte. Brad ging schnell seine Checkliste durch, um sicherzustellen, dass die Notvorräte alle da waren und nichts von Tieren zerstört worden war, die sich hier eingeschlichen hatten.

Hanna betrachtete das Zimmer mit einer merkwürdigen Miene. Irgendwie glücklich und traurig. „Es ist gemütlich."

Er wollte gerade antworten, als ein Lachen von der anderen Seite des Raumes kam. Er und Hanna drehten sich um, um festzustellen, dass Crissy auf ihn und sie zeigte. Oder genauer gesagt, deutete sie über ihre Köpfe. Freude strömte von ihr aus, während sie sich eine Hand über den Mund legte.

Er und Hanna wechselten einen Blick, dann legten sie die Köpfe in den Nacken. Direkt über ihnen war ein Strauß aus glatten grünen Blättern mit leuchtend weißen Beeren, zusammengebunden mit einem roten Band.

„Santa hat einen Mistelzweig dagelassen", sagte Crissy ganz herrschaftlich. „Darüber habe ich eine Geschichte in der Schule gelesen. Das bedeutet, dass du Mr. Brad ein Kuss geben musst, Mommy."

Ein leises Geräusch entwich Hanna, während Brads Herz zu hämmern begann.

„Was für Bücher lest ihr denn?", fragte Hanna tonlos.

Ziemlich gute Bücher, soweit es ihn betraf.

Er kämpfte darum, seine Miene ausdruckslos zu halten, als Hanna sich an ihn wandte. Das schwache Licht, das durch die Fenster fiel, landete auf ihrem Gesicht und stellte die Sorge in ihren Augen heraus.

„Das müssen wir nicht", erklärte er leise.

Zu seiner Überraschung – sie überraschte ihn immer – ging ihre linke Augenbraue hoch. „Ich breche doch keine Weihnachtsregeln. Wenn wir uns unter dem Mistelzweig küssen sollen, dann tun wir das eben."

Sie packte ihn am Kragen und zog ihn heftig nach unten, brachte ihre Lippen an seine. Süß und weich. Der Augenblick ging länger, als er erwartet hatte, aber nicht annähernd lange genug.

Er öffnete und schloss die Finger, damit er sie nicht packte, weil er sie unbedingt fassen und fest an sich ziehen wollte, um weiterzumachen. Sie presste sich direkt an ihn ...

Das war alles, was er bekommen würde, also genoss er jede Sekunde. Als sie die Lippen ganz kurz öffnete und wie ein neckisches Kätzchen leckte, wurde er ganz atemlos.

Hanna zog sich zurück, ihre Wangen gerötet, aber sie grinste, als wäre sie zufrieden mit sich. Sie tätschelte ihm die Brust, dann wandte sie sich mit einem Nicken an ihre Tochter. „Da hast du es. Ein Kuss unter dem Mistelzweig.“

„Ich bin dran“, verlangte Crissy, die vorlief und sich in Hannas Arme warf.

Brad wich zurück und beobachtete, während Hanna laut lachte, ihre Tochter im Kreis wirbelte und ihr Gesicht mit Küssen bedeckte. Ein süßer, liebevoller Akt, der aus so vielen Schichten der Verbindung bestand.

Er vibrierte von der kurzen Berührung. Wie würde es sein, wenn Hanna ihm alles anbot? Vollständig und rein, mit all ihren Schichten.

Er war sich nicht sicher, aber verdammt sollte er sein, wenn es nicht herausfinden wollte.

6

Es waren acht Tage bis Weihnachten, und Hanna Lane war wütend auf sich.

Sie hatte den Rest der Schlittenfahrt nach Hause plaudernd mit ihrer Tochter verbracht, als wäre sie völlig sorglos, aber irgendwo entlang des Weges hatte sie offensichtlich den Verstand verloren.

Es war nicht nur, dass sie Brad geküsst hatte, obwohl der Himmel wusste, dass das schon schlimm genug war. Es war die Tatsache, dass sie vor ihrer Tochter den Verstand verloren hatte, und die möglichen Konsequenzen eines solchen Verhaltens hatten sie schnell ernüchtert, obwohl ihr Blut immer noch überschäumte.

Der Kuss war wie Eierpunsch mit hochprozentigem Rum gewesen, das ganze Glas viel zu rasch hinabgestürzt.

Er ließ sie am Haus raus. „Außer du willst mir helfen, die Pferde zu versorgen", bot er Crissy an.

Crissy schaute zu Hanna auf, ein Flehen stand in ihren Augen. „Bitte, Mommy? Ich bin auch ganz brav und mache ganz genau alles, was Mr. Brad sagt."

„Bist du sicher?", fragte Hanna, die ihm in die Augen schaute.

„Das ist überhaupt kein Problem."

Er wartete, während sie abstieg, reagierte auf Crissys Bitte, die Pferde den Rest des Weges zu lenken, mit Geduld. Es war zu viel, um es zu verarbeiten, und Hanna zog sich ins Haus zurück, betrat Patricks Reich, als würde sie aus einer gefährlichen Situation fliehen. Und vielleicht tat sie das auch.

Brad mit ihrer Tochter zu beobachten, war nicht die richtige Art, sich unter Kontrolle zu halten.

„Habt ihr einen schönen gefunden?" Patrick lehnte sich an den Türrahmen, die Hände lagen schwer auf seinen Krücken.

Sie nahm ihre Sorgen und packte sie fest weg, zumindest für die nächste Zeit. Diese Leute waren einfach nur nett, und sie würde tun, was sie konnte, um ihren Teil des Handels einzuhalten, was bedeutete, dass Festtagsfröhlichkeit angesagt war.

„Es ist ein sehr schöner Baum. Brad sagte, er muss ihn auf einen Ständer stellen, aufwärmen und Wasser ziehen lassen, also können wir ihn erst morgen schmücken."

Patrick nickte. „Sie können mir aber helfen, den Schmuck rauszuholen. Der ist schon eine Weile weggepackt, und mit denen hier komme ich an einiges davon nicht ran." Er tippte sich mit der Hand auf die Beine, bevor er wieder zur Rückseite des Hauses deutete.

Eines der Zimmer auf Patricks Seite des Flurs war wohl das seiner Frau gewesen. Er öffnete die Tür und stand da, starrte einen Augenblick lang traurig vor sich hin, bevor er sich zu einem Lächeln zwang und den Kopf schief legte. „Aller mögliche Krimskrams ist hier drin. Dieses Zimmer habe ich für Connie gemacht. Sie hatte den größten Schrank, den jede Frau jemals haben könnte, und sie hat ihn voller schicker Sachen gehängt. Wir sollten sie auch benutzen."

Vorsichtig trat Hanna hinein, als hätte sie die Gelegenheit erhalten, an etwas Kostbarem und Schönem teilzuhaben.

Mrs. Ford war praktisch veranlagt gewesen, so viel war klar. Jetzt verstand Hanna, woher die weiche Stickdecke kam, die über die Rückseite des Sofas gelegt war. Die Kreuzstichbilder an den Wänden waren offensichtlich auch ihr Werk. Dieses Zimmer war randvoll mit ordentlich organisierten Bastelutensilien, darunter Wolle und Stricknadeln.

An einer Wand standen auf zwei stabilen Tischen zwei Nähmaschinen. Ein dritter Tisch in der Nähe der Tür war mit Geschenkpapier bedeckt. Dazwischen stand ein gemütliches Zweisitzersofa, das zu einem Fernsehbildschirm ausgerichtet war, der an der Wand hing.

Patrick trat neben sie. Er seufzte tief, dann sprach er. „Sie hat immer an irgendwas gearbeitet. Selbst nachdem die Jungs weg waren. Sie hat es ihre Mom-Höhle genannt."

Hanna schaute sich noch um, als Patrick auf die scheunenartigen Türen deutete, die die dritte Wand einnahmen. Sie schob sie zur Seite und sah Reihe um Reihe von Aufbewahrungsbehältern, die sich vom Boden bis zur Decke stapelten. Jeder war eindeutig mit bunten Filzstiften beschriftet, auf glänzend weißen Aufklebern.

„Es gibt bestimmt ein halbes Dutzend, auf denen Weihnachtsschmuck steht", erklärte Patrick. „Ich sollte Sie die nicht tragen lassen. Brad kann sie holen, wenn er zurück ist ..."

„Mr. Ford, ich kann auf jeden Fall Kisten mit Weihnachtsschmuck tragen."

Er beäugte sie und lächelte. „*Patrick*, ich kann auf jeden Fall ... etc. etc. Wenn es dir nicht ausmacht."

Sie griff nach dem ersten Stapel, zog ihn mühelos auf dem Teppich vor, obwohl er schwer war. „*Patrick*. Ich helfe dir gerne."

Er nickte, dann griff er nach oben und hob die oberste Box herab – diejenige, für die sie zu klein war – und stellte sie neben ihr auf dem Boden. „Da. Wir tun alle, was wir können."

Bis Crissy und Brad wieder zurück im Haus waren, waren die Kisten neben dem Küchentisch aufgestapelt, und Patrick hatte die Rezeptbücher seiner Frau herausgezogen, um seine liebsten Weihnachtsrezepte vorzuzeigen.

Nicht, dass er verlangt hätte, dass sie irgendwas kochte, aber die Unterhaltung war innerhalb von kürzester Zeit wieder zurück zu den Plätzchen geschweift.

Brad lachte leise, während er einen Topf Wasser auf den Herd stellte. „Ich sehe, er hat dich bereits zur Sklavenarbeit eingespannt."

Crissy stieg auf den Stuhl neben ihr. „Was machen wir denn, Mommy?"

„Lebkuchen. Und Zuckerplätzchen."

„Lebkuchenmänner?", bettelte Crissy. „Damit wir sie verzieren können?"

„Da muss ich dir zustimmen", sagte Patrick mit einem gemächlichen Nicken, strich sich über den schneeweißen Bart. „Lebkuchenmänner schmecken sehr viel besser als einfache Lebkuchen."

„Falls es dir noch nicht ausgefallen ist, mein Vater ist echt eine Naschkatze", sagte Brad gedehnt.

„Ich schätze, du hast es geerbt, Mr. Drei-Löffel-Zucker-im-Kaffee", bemerkte Hanna, ohne vom Rezept aufzuschauen.

Gelächter breitete sich im Raum aus, und plötzlich merkte Hanna, dass sie nicht sonderlich nett gewesen war. Wahrheitsgemäß, aber nicht höflich.

Zum Glück war es Crissy nicht aufgefallen. Patrick grinste weiter, während er auf einem Dutzend Seiten im Rezeptbuch seiner Frau Merkzettel anbrachte. Hanna kämpfte gegen ihre Verlegenheit an und ging dorthin, wo Brad einen Berg

Makkaroni-Nudeln in das kochende Wasser gab. „Das habe ich aber nicht böse gemeint", murmelte sie.

Brads tiefes Lachen strich über sie hinweg. „Ich wäre doch der erste, der zugibt, dass er Süßes mag."

Sie schaute auf, um festzustellen, dass sein Blick über sie wanderte. Seine Lippen waren immer noch zu einem freundlichen Lächeln gewölbt, aber die Hitze in seinem Blick nahm zu, und während ihre Freundinnen sie aufziehen mochten, dass sie unschuldig war, wusste Hanna, was in einem Männerkopf vorging, wenn er *diesen Blick* aufsetzte.

Bradley Ford hatte keine Tagträume von Zuckerplätzchen.

Sie zog sich zurück, schuf Platz zwischen ihnen, während er sich aufrichtete. „Ich fange erst nach dem Mittagessen mit dem Backen an. Ich will dich nicht von deinem Tag abhalten, aber ich werde Hilfe brauchen, um alles zu finden."

„Dabei wird Dad dir zur Hand gehen, wenn es dir nichts ausmacht. Ich muss erst ein paar Dinge erledigen."

Plötzliche Schuldgefühle, dass er einen ganzen Vormittag aufgebracht hatte, strömten auf sie ein. „Natürlich. Du warst bereits mehr als großzügig mit deiner Zeit ..."

„Hanna." Sein leises Lachen unterbrach sie, und er schaute sie nicht mehr an, stattdessen starrte er auf den Topf, in dem er die Nudeln rührte. „Versprich mir, dass du aufhörst, dich alle zwei Minuten zu bedanken." Er schaute über die Schulter, wo Patrick durch das abgewetzte Kochbuch blätterte, auf Bilder zeigte und Geschichten für Crissy erzählte. „Ich meine es ernst. Dass du hier bist, ist riesig. Ich sollte derjenige sein, der dir dankt."

Er war ernst und aufrichtig, und die leichte Angespanntheit in ihr ließ ein wenig nach. „Ich will doch keine Last sein."

„Das bist du nicht. Und ich will nicht mehr darüber reden. Holst du die Milch und den Käse für mich, bitte?"

Sie bewegte sich rasch, um ihm zu helfen, trat wieder aus dem Weg, während er kompetent Schneidbretter und Reiben auf die Arbeitsfläche neben dem Herd legte. Es war nur zu leicht, sich bezaubern zu lassen, während er den Käseblock auspackte und ihn an die Reibe legte, einen ordentlichen Haufen geriebenen Käse auf dem Schneidbrett anhäufte. Kompetent und ...

Hanna musste es zu geben. Der Mann war faszinierend. Die Art, wie sich die Sehnen seines Unterarms anspannten, während er den Griff änderte, die Art, wie er sich geschmeidig vor und zurück bewegte, sich die Hände wusch und das Wasser der Nudeln ab...

Sie musste sich wirklich abwenden, denn wer, der ganz bei Verstand war, wurde angetörnt, durch einen Mann, der Butter in einen Topf gab?

Ein leises, zischendes Geräusch setzte ein, und Brad trocknete sich die Hände am Küchentuch ab, das vor dem Herd hing. „Hey, Crissy. Ich brauche deine Hilfe."

Sie kam rasch, beäugte ihn neugierig, während er einen Hocker an den Tresen zog. „Ich darf den Ofen nicht anstellen", sagte sie zu ihm.

„Das ist eine gute Regel, besonders, wenn du ganz allein bist. Wenn du bei einem Erwachsenen bist, ist es die beste Art, um Kochen zu lernen." Er schnappte sich den Holzlöffel von der Anrichte und hielt ihn vor. „Weißt du schon, wie man Makkaroni mit Käse macht?"

Crissy warf einen Blick auf Hanna, um ihre Zustimmung zu erhalten.

Hanna war sich nicht sicher, was los war, aber Bad hatte schon recht. „Du folgst allen Anweisungen von Brad, ja?"

„Ja, Mommy."

„Machen wir uns an die Arbeit", sagte Brad entschlossen, deutete auf den Topf. „Löffel fertig, und ... rühren."

Hanna zog sich langsam zurück, versuchte ihrer Tochter ein wenig Raum zum Atmen zu geben. Es war leichter, nachdem sie sah, wie sorgfältig Brad sicherstellte, dass die Situation gefahrlos war. Als er anfing, Crissy eine Geschichte über die Geheimregeln als Koch zu erzählen, was eigentlich klug verkleidete Sicherheitstipps auf Kinderniveau waren, schaffte sie es, ihm den Rücken zuzuwenden und sich wieder Patrick am Tisch anzuschließen.

Brads Vater hatte auch ganz genau aufgepasst. Als sie sich niederließ, griff er herüber und tätschelte ihr die Hand. „Alles in Ordnung. Das ist so ein Tanz, den meine Frau mit den Jungs damals aufgeführt hat. Sie hat ihnen so beigebracht, zu kochen. Himmel, ich glaube, das ist sogar der Hocker, den sie benutzt hat, damit sie hochklettern konnten."

Hanna spähte kurz hinüber, aber es gab nicht viel zu sehen, bis auf zwei Rücken und Crissys Arm, der sich heftig bewegte, während sie rührte. „Meine Mom hat mir auch das Kochen beigebracht, aber ..."

Sie hielt inne, konnte plötzlich nicht weitermachen, denn die Vergangenheit war ein Teil ihrer Welt, an den sie unmöglich denken oder darüber sprechen konnte. Kälte breitete sich jedes Mal aus, wenn die Erinnerungen an ihre Familie hochkam.

Nein. *Nicht* Familie – einfach die Leute, die sie aufgezogen hatten. Das war die passende Beschreibung, wenn man bedachte, dass eine Familie eigentlich Liebe bedeuten sollte, und die Art, wie sie behandelt worden war, hatte nichts mit Liebe zu tun.

Hanna riss den Blick nach oben. Sie hatte still da gesessen, nachdem sie abrupt innegehalten hatte.

Patrick holte tief Luft, aber er sagte nichts wegen ihrer plötzlich versiegten Unterhaltung. Ihm war wohl klar gewesen, dass sie ein Minenfeld betreten hatten, denn stattdessen zog er das Kochbuch vor und öffnete es wieder auf der Seite, auf der das Lebkuchenrezept stand. „Wenn du willst, kann ich dir erklären, wo alles ist.“

Hanna sprang auf, dankbar, etwas zu tun zu haben, bei dem ihre Gefühle der Zurückweisung und Traurigkeit keine Rolle spielten. Sie hatte so viel, um das sie dankbar sein konnte, aber als Patrick auf die Schränke zeigte und sie langsam die ganzen Zutaten für die Weihnachtsbäckerei zusammensammelte, war es unmöglich, die bitteren Gefühle ganz fallen zu lassen.

Wie gut sie hier angenommen wurde und sich willkommen fühlen durfte, war ein starker Kontrast zu den Erinnerungen, die ihr durch den Kopf gingen.

BRAD HIELT seine Aufmerksamkeit auf Crissy gerichtet, bis die womöglich gefährlichen Teile der Makkaroni-Zubereitung beendet waren, aber die ganze Zeit war er sich völlig bewusst, dass Hanna auch im Raum war.

Und obwohl sie mit einer klaren, präzisen Aussprache redete, waren alle ihre Worte leise, verklangen zu einem sanften Murmeln, während sie sich mit seinem Vater unterhielt.

Etwas daran, sie in seinem Haus zu haben, war viel zu wichtig, während sie in seinen Schränken wühlte und dabei den Versuchen seines Vaters folgte, sich zu erinnern, wo alles verstaut war. Brad war derjenige, der dieser Tage die meisten Kocharbeiten erledigte.

„Wird das wirklich gut?“, fragte Crissy argwöhnisch, während sie an einer Seite wartete, dass er die Ofentür schloss.

Brad keuchte. „Hast du noch nie selbst gemachte Makkaroni mit Käse gegessen?“

Crissy schüttelte den Kopf, starrte argwöhnisch den Käse an, der am Holzlöffel klebte. Sie schnüffelte. „Das hat nicht dieselbe Farbe wie das, was Mommy macht."

„Nein. Vertraue mir, das ist nichts Schlechtes." Er beugte sich dichter heran. „Willst du den Löffel ablecken?"

Sie runzelte die Stirn. „Vielleicht?"

Ein Lachen erklang hinter ihnen, und Brad und Crissy drehten sich um, um festzustellen, dass Hanna wartete. „Jetzt ist das Geheimnis raus. Ich bin ein Koch, der Makkaroni mit Käse aus der Tüte macht."

Crissy legte die Arme um ihre Mutter, der Löffel wackelte gefährlich. „Mir schmecken deine Makkaroni mit Käse", versicherte sie.

„Die Art mag ich auch", setzte Brad sie in Kenntnis, „aber manchmal mach ich es einfach gern selbst, wie es meine Mutter früher getan hat."

Dann zeigte er Crissy den Schrank, wo die Teller waren, damit sie den Tisch decken konnte, und Patrick rückte weit genug zurück, dass das kleine Mädchen um ihn herum kam.

„Ist es noch lange bis zum Mittagessen?", fragte Hanna. „Ich muss mir ein Handy leihen, damit ich meinen Arbeitsplan für diese Woche bestätigen kann."

Verdammt. „Es tut mir leid. Ich hätte den Vormittag damit verbringen sollen, dir dein Zeug zusammentragen zu helfen, anstatt übers Land zu tingeln."

Hannas Augen wurden groß, während sie den Kopf schüttelte. „Nein. *Nein*, was wir heute Vormittag getan haben, war perfekt. Ich weiß, dass wir uns um eine Menge kümmern müssen, aber es war magisch, raus in den Schnee zu können. Ganz gleich, was erledigt werden muss, es ist nur noch eine Woche bis Weihnachten, und es ist wichtig, dass diese Tage etwas Besonderes werden."

Erleichterung strömte über ihn hinweg. „Morgen aber.

Wenn Crissy zur Schule unterwegs ist, kann ich dir helfen, dein Handy zu ersetzen und anzufangen, dich um die Versicherung zu kümmern."

Sie zögerte.

„Was?", wollte er leise wissen, schlich sich vor und beugte sich hinab, bis ihre Köpfe auf derselben Höhe waren.

Hanna zuckte mit den Schultern. „Du hast mir gesagt, ich soll aufhören, Danke zu sagen, aber du machst es mir schwer, weil du einfach weiterhin nette Dinge tust."

„Ganz bestimmt nicht. Ich meine", fuhr er fort, während sie eine Augenbraue hob. „Ja, ich schätze, es ist nett von mir, anzubieten, dir zu helfen, aber das ist doch logisch. Das macht man doch so, wenn eine Freundin Hilfe braucht."

Ein leises Geräusch kam von ihr, und ihr Mund öffnete sich einen Augenblick, bevor sie wegschaute, ihre Wangen wurden rot.

Was ging nur in ihrem Kopf vor?

Sie drehte sich zurück und nickte. „Ich weiß deine Hilfe zu schätzen. Ich mache heute Nachmittag eine Liste der wichtigsten Dinge, die mir einfallen wollen."

„Tolle Idee. Wenn es dir nichts ausmacht, kann ich dir heute Abend helfen, die Liste durchzugehen." Es war nur zu leicht, seine Traurigkeit zu zeigen. „Leider weiß ich nur zu gut, mit welchen Dingen du dich herumschlagen musst."

Der Timer am Ofen ging los, und das Mittagessen war fertig. Crissy verkündete, dass selbst gemachte Makkaroni mit Käse köstlich waren. Obwohl sie Patrick argwöhnisch beäugte, als er die Flasche Tabascosoße umdrehte und die ganze Fläche seines Tellers rot tünchte.

Brad zwang sich, aus dem Zimmer zu gehen, und ließ die drei zurück, während sie extra-große Schüsseln herausstellten und Backpapier auf dem Tresen auslegten. Es war bittersüß, das zu sehen – das letzte Mal, dass so viele Utensilien in

Gebrauch gewesen waren, hatte seine Mutter noch gelebt. Die weihnachtlichen Gerüche waren eine glückliche Erinnerung.

Er zog los und fand Weihnachtsmusik, drehte sie leise im Hintergrund auf, bevor er aufbrach, um ein wenig zu arbeiten, bevor die klebrige Süße ihn wieder zurück lockte.

Brad zog seine Jacke an und ging hinaus in die Scheune, schon eher, um dafür zu sorgen, dass er Privatsphäre hatte, als dass irgendetwas ganz dringend erledigt werden musste. Er gab eine Nummer auf seinem Handy ein und wartete still darauf, dass sein Freund ranging.

Eines der Kätzchen aus dem jüngsten Wurf marschierte auf der Wandleiste entlang, kam ganz nahe und miaute elend, bis Brad es zum Kuscheln aufhob.

Walker Stone sprach, ohne auch nur zu grüßen. „Was geht?"

„Der Plätzchenteig", sagte Brad gedehnt.

„Darauf ein herzliches Haha. Gib bloß nicht deinen Job auf, denn du bist noch nicht ganz bereit für den Comedy-Kanal."

„Das bricht mir das Herz", erwiderte Brad im Gegenzug. „Hey, ich habe einen Gefallen, um den ich bitten möchte."

„Schieß los."

„Nicht von dir, von deiner Verlobten."

Es gab nur ein ganz kurzes Zögern, bevor Walker Ivys Namen rief und dann wieder dran war. „Ich höre, du hast Hausgäste."

„Habe ich. Das ist ein teuflischer Zeitpunkt für ein Feuer, aber mein Dad tut sein Bestes, um sie aufzuheitern."

Ein leises Lachen ertönte. „Na klar. Dein Dad. Du andererseits würdest auf keinen Fall etwas tun, um zu versuchen, eine gewisse junge Dame aufzuheitern. Überhaupt nicht. Nada. Es ist, als wäre sie gar nicht da."

„Sei still", murmelte Brad.

„Komm schon", beharrte Walker. „Ich weiß doch, wie sehr du sie magst. Du schläfst unter demselben Dach wie Hanna Lane und hast noch nicht vor, diese Gelegenheit auszunutzen? Und das meine ich gar nicht auf die schleimige Art."

„Da gibt es nichts auszunutzen." Brad stieß ein tiefes Seufzen aus. „Ich habe ihr gesagt, dass es keinen doppelten Boden gibt, wenn sie hier wohnt, und das habe ich auch so gemeint."

Walker brummte mitfühlend. „Schön für dich. Aber verdammt."

„Schon, oder?" Aber er hatte nicht angerufen, um sich das Mitgefühl eines Freundes zu holen, weil er eine Frau hatte, an der interessiert war und die in der Nähe war, und doch unberührt blieb.

Bis auf diesen Kuss ...

Der Kuss, zu dem es nicht gekommen wäre, würde es keine Mistelzweige geben ...

Hmmm. Vielleicht musste er ein wenig einkaufen.

„Hi, Brad. Was ist los?" Ivy Fields war jetzt am anderen Ende der Leitung.

„Ich wollte mich nur mal melden. Hast du von Hanna und Crissy und dem Feuer gehört?"

„Habe ich. Ich freue mich, dass es ihnen gut geht."

„Es geht ihnen hervorragend, aber es ist möglich, dass der Schock noch kommt. Ich wollte dich warnen, Crissy im Auge zu behalten, *und* ihre Klassenkameraden – manchmal können Ereignisse wie dieses schlechte Erinnerungen auslösen. Falls du irgendwas brauchst, scheue dich nicht, dich bei mir zu melden. Eigentlich, warum sollte ich diese Woche nicht mal in den Unterricht kommen und mit den Kindern reden?"

Ivy gab ein zustimmendes Geräusch von sich. „Das ist eine tolle Idee. Willst du zur selben Zeit kommen wie dein Vater?"

„Mittwochnachmittag? Klar, das sollte funktionieren."

„Wir freuen uns darauf."

Brad hatte eine letzte Bitte, bevor er auflegte, das Kätzchen auf seinem Schoß schnurrte wie ein sehr viel größeres Tier. Er strich mit den Fingern zwischen seinen Ohren entlang. „Es ist Zeit, dass du zurück zu deinen Geschwistern gehst."

Er nahm das Kätzchen hoch und zog es dorthin, wo das derzeitige Nest der Kätzchen zu einem warmen Haufen zusammengekommen war. Dann ging er zurück ins Haus, wo ihm der scharfe Geruch von Inger in die Nase stieg und ihn zum Sabbern brachte.

„Sagt mir, dass ihr einen Testesser braucht", rief er, als er in die Küche kam.

Drei Köpfe fuhren zu ihm herum, auf den beiden älteren Gesichtern ein etwas schuldbewusster Ausdruck.

Plätzchenkrümel zierten den Bart seines Vaters, und Hanna hatte eine Spur aus Zuckerguss auf der Wange. Die Einzige, die noch grinste, während sie kaute, war Crissy.

„Wir haben die zerbrochenen Teile gegessen", erklärte sie, rannte vor, um ihn zu seinem eigenen Küchentisch zu führen. „Mommy sagte, es wäre keine gute Idee, einen Lebkuchenmann zu dekorieren, der keinen Kopf hat. Mr. Patrick hat gesagt, das wären dann eher Lebkuchenzombies."

„Dad", tadelte Brad seinen Vater. „Zombies?"

Patrick hielt eine Schüssel mit Zuckerguss hoch, der hellrot gefärbt war. Er sagte nichts. Hielt nur die wüst wirkende Masse hoch und hob eine Augenbraue.

Brad lachte. „Womit kann ich helfen?"

Hanna ließ ihn arbeiten, lotste ihn zur gegenüberliegenden Seite des Tisches, wo eine weitere Reihe von Päckchen mit Zuckerguss wartete. Dieses Gefühl der Erinnerungen, wenn sich die Vergangenheit und die Zukunft mischten, traf ihn schwer. „Die hat meine Mom jedes Jahr benutzt", sagte er zu ihr, hielt den Schneebesen hoch.

Sie beugte sich dichter heran und sprach, als würde sie ein großes Geheimnis mit ihm teilen. „Ich glaube nicht, dass sie deinem Vater beigebracht hat, wie man sie benutzt."

Sie roch nach Zucker und Gewürzen. Vergiss doch die Plätzchen, er wollte einen Bissen von ihr. „Nein. Aber ich weiß, wie es geht."

Ihr Lächeln blühte auf, und dann bewies sie, obwohl sie klein und offensichtlich zierlich war, dass sie die Fähigkeit hatte, ihn herumzukommandieren, als wäre sie ein Drill-Sergeant. In der nächsten Stunde verzierte er Plätzchen, und er durfte nur diejenigen essen, die zerbrochen waren.

Natürlich musste er seine Erheiterung verbergen, als er Crissy dabei erwischte, wie sie unter der Tischkante sorgsam den Arm von einem Plätzchen trennte, damit sie ihm die Stücke reichen konnte, ihr Gesicht ganz unschuldig.

Süßer Schabernack. Süßes Glück.

Gegenüber am Tisch lächelte Patrick, so glücklich wie Brad ihn in jüngster Zeit nie gesehen hatte. Was immer sonst sie an diesen Punkt geführt hatte, er konnte nicht viel Bedauern spüren.

Hanna kam zurück, um seine Arbeit streng zu begutachten. „Dir ist einer entgangen", setzte sie ihn in Kenntnis, deutete auf einen Lebkuchenmann, bei dem er vergessen hatte, ihm Knöpfe zu verpassen.

„Das lässt sich leicht hinbiegen", versicherte er ihr, beugte sich vor, um sich zu konzentrieren.

Im Hintergrund ging Patrick aus der Küche, und Crissy, die in jeder Hand ein Plätzchen hielt, folgte ihm.

Hanna ignorierte sie, konzentrierte sich hundertprozentig auf ihn, wie er den Zuckerguss sorgsam aufbrachte ...

Das Plastik knackte, sodass Zuckerguss in alle Richtungen spritzte, und das bedeutete, auch direkt auf ihre Gesichter.

Er hörte sofort auf, doch es war zu spät. Überall auf

Hannas Gesicht waren rote Sommersprossen, und so, wie es sich anfühlte, auch auf seinem.

Das Geräusch fing ganz leise und langsam an, bevor es lauter wurde. Nicht ganz ein Kichern und nicht ganz ein Lachen, aber Erheiterung der reinsten Art. Hanna Lane lachte, während sie sich aufrichtete, und sie berührte mit dem Finger ihre Haut und zog ihn zurück, während ihre Wangen rot verschmiert wurden und eine winzige Portion an ihrer Fingerspitze kleben blieb. „Du hast ein besonderes Talent", sagte sie zu ihm, Erheiterung in den Augen.

„Ernsthaft. Ich merke nicht, wie stark ich bin", sagte er entschuldigend.

„Du siehst mit Sommersprossen witzig aus", scherzte sie einen Augenblick, bevor sie den Finger an sein Gesicht legte und ein paar der Flecken wegwischte. Sie hob die Hand und hielt sie ihm vors Gesicht.

Er würde auf jeden Fall auf Santas Liste der Unartigen landen, aber er konnte einfach nicht widerstehen. Brad nahm sie am Handgelenk und zog sie kurz vor, um ihren Finger in den Mund zu saugen. Er ließ die Zunge um die Spitze kreisen und leckte die Süße ab, die dort klebte.

Der einzige Protest, den er erhielt, war, dass sie die Augen aufriss. Hätte sie die Hand zurückgezogen oder ein irgendwie verstörtes Geräusch von sich gegeben, hätte er sofort aufgehört.

Nein. Stattdessen holte sie lange, langsam und sehr bebend Luft.

Als sie sich die Lippen leckte, war er derjenige, der aufhören musste. Die Versuchung hatte ihn heftig verbrannt, und der kurze Augenblick der Verbindung hatte das ganze Blut in seinem Körper abwärts geschickt.

Er zog ihren Finger zurück, hielt die Lippen geschlossen bis zur letzten Sekunde. Schaute ihr in die Augen, sah aber, wie ihre Nippel sich vorne an ihr T-Shirt drückten – verdammt sei seine echt gute periphere Sicht.

„Du bist schon irgendwie süchtig nach Süßem", sagte Hanna atemlos.

Bevor er antworten konnte, drehte sie sich um und begann aufzuräumen, sicher außerhalb der Reichweite seines Armes.

7

———————

*D*ie Versuchung kam im Ein-Meter-achtzig-Format.

Hanna räumte die Küche mit Brad auf, der leise an ihrer Seite arbeitete. Sie hatte voll damit gerechnet, den Rest des Abends ganz heiß und angeturnt zu verbringen und verzweifelt zu versuchen, nicht danach auszusehen.

Erst als sie sich endlich mit einem Blatt Papier hinsetzte, um eine Liste dessen zu schreiben, um was sie sich nach dem Feuer kümmern musste, kühlte sich die Hitze, die Brad in ihr angefacht hatte, viel zu schnell ab.

Führerschein, Kreditkarte. Den ganzen Inhalt ihrer Geldbörse. Das Einzige, um das sie sich nicht kümmern musste, waren die Geburtsurkunde und die rechtlichen Unterlagen, die die Anwälte wegen Crissy und ihr zusammengetragen hatten. Die waren sicher in einem Bankschließfach verwahrt.

Die Erkenntnis, dass die Anwaltskanzlei auch alles würde ersetzen müssen, was sie verloren hatte, brachte sie zum Beben. So viele wichtige Papiere – sie war froh, dass sie auf ihre

Freundinnen gehört hatte, als diese empfohlen hatten, die Ausgaben für so ein Schließfach „nur für den Fall" zu bezahlen.

An diesem Abend brachte sie ihre Tochter ins Bett, hielt das kleine Mädchen einen Augenblick lang besonders fest. „Alles in Ordnung, Baby?"

„Ich bin kein Baby", protestierte Crissy.

Nein, wenn man sich ansah, wie sie sich fest zusammenrollte, war sie ein Kätzchen, genau wie diejenigen, zu denen sie rausgegangen waren, um Gute Nacht zu sagen, bevor Crissy ein Bad genommen und in ihren geborgten Schlafanzug geschlüpft war. „Du hast recht. Du bist mein wunderschönes Mädchen. Du warst heute sehr brav."

Crissy verzog das Gesicht. „Muss ich morgen in die Schule?"

Hanna nickte. „Ms. Fields wäre traurig, wenn du nicht kommst. Genau wie Emma und deine anderen Freundinnen."

Tränen traten in Crissys Augen. Keine gespielten, als würde sie versuchen, wieder aus dem Bett zu kommen, sondern echte, tiefe Traurigkeit. „Ich muss ihnen sagen, dass all meine Sachen verbrannt sind."

„Ich weiß, Süße. Es tut mir leid." Sie hielt Crissy fest, gestattete sich endlich, über die Erkenntnis nachzudenken, die sie getroffen hatte, als sie ihre Liste aufgesetzt hatte.

Manche Dinge *waren* unersetzlich. Nicht viele, aber Dinge wie Crissys Babybuch und die Kleinigkeiten, die Hanna im Lauf der Jahre als Erinnerungsstücke zusammengetragen hatte – die waren für immer weg.

Aber es war ihre Aufgabe, sicherzustellen, dass ihrem kleinen Mädchen klar wurde, dass sie immer noch das hatten, was am wichtigsten war. Einander. „Wir werden nicht alles sofort ersetzen können, aber morgen nach der Schule können wir ein wenig einkaufen."

Crissys Kopf neigte sich, dann küsste sie Hanna süß, kuschelte mit ihrem geborgten Teddybären und schlief vermutlich ein, bevor Hanna es zurück in den Flur geschafft hatte.

Sie ging ins Wohnzimmer, um sich Patrick und Brad wieder anzuschließen.

Patrick saß auf seinem Sessel in der Nähe des Feuers. Der dazu passende Sessel stand leer mitten im Raum, während Brad auf einem sehr viel größeren Sessel auf der anderen Seite die Beine ausstreckte.

Sie zögerte.

Patrick schüttelte den Kopf, bevor er auf den leeren Sessel zeigte. „Connie würde es überhaupt nichts ausmachen, wenn du die Füße hochlegst und dich entspannst."

Hanna ging schnell und setzte sich, die weichen Kissen umfingen sie wie eine warme Umarmung. „Vielen Dank."

„Was hast du morgen vor?", fragte Brad.

„Ich muss daran arbeiten, Dinge zu ersetzen, und ich muss eine neue Wohnung für den 1. Januar finden, also ..."

„Jetzt mal langsam", unterbrach Patrick. „Setz das ganz unten auf deine Liste. Die Wohnungssuche." Er hob eine Hand, um ihren Protest aufzuhalten. „Meine kleine Dame, du hast genug, um das du dir im Augenblick Sorgen machen musst, ohne dir etwas aufzuhalsen, das keinen Sinn ergibt. Es sind nur noch zwei Wochen bis Neujahr. Mit den Feiertagen wird es unmöglich sein, eine Unterkunft zu finden und sich gleichzeitig um alles andere zu kümmern. Ich will, dass du planst, hierzubleiben, und wir werden dafür sorgen, dass du bis Anfang Februar irgendwo gut unterkommst."

Ein Teil von ihr wollte widersprechen, aber der andere Teil war klüger als ihr Gefühl des Stolzes, und sie holte tief Luft und nahm die Hilfe an.

Die Erinnerungen, das damals tun zu müssen, als sie mit

Crissy schwanger gewesen war, strömten wieder herein. Gute Erinnerungen, denn gute Menschen hatten geholfen, aber auch schmerzhaft, denn ...

Sie schaute Patrick direkt in die Augen. „Das ist ein großzügiges Angebot, und ich weiß, Brad hat mir gesagt, ich soll mich nicht dauernd wiederholen, aber vielen Dank. Ich weiß es zu schätzen, dass du für mich und Crissy dein Haus zugänglich gemacht hast.“

Der alte Mann nickte, eine seltsame Zufriedenheit stand in seiner Miene. „Ich helfe gerne. Das sollen wir doch tun, besonders um diese Zeit des Jahres.“

Sie öffnete den Block, den Brad ihr gegeben hatte, und schaute auf die lange Liste mit vor ihr liegenden Aufgaben hinab, die sie selbst hingeschrieben hatte, und versuchte, irgendwie zu erkennen, wann sie es schaffen würde, das alles zu erledigen. Das Feuer knisterte, und sie machte sich Notizen, doch als die Liste noch länger wurde, wuchs auch Gefühl der Hoffnungslosigkeit.

Die Dielen quietschten, und sie schaute auf, um festzustellen, dass Brad neben ihrem Sessel kniete und sie mit besorgter Miene ansah. „Alles in Ordnung?“

Sie würde *nicht* weinen. „Ich bin ein bisschen müde.“

Ein leises Schnarchen lag in der Luft. Patrick war auf seinem Sessel eingeschlafen, die Füße ausgestreckt und völlig entspannt.

Brad lachte leise. „Genauso wie mein Dad. Warum gehst du nicht ins Bett?“, schlug er vor.

So verführerisch es auch war, Hanna hatte sich schon mal mit so etwas herumgeschlagen. „Wenn ich jetzt ins Bett gehe, wird die Arbeit morgen Nacht schrecklich sein. Ich muss mindestens bis Mitternacht aufbleiben, oder meine Routine ist im Eimer.“

Sein Blick musterte ihr Gesicht. „Du bist morgen wieder bei der Arbeit?"

Sie nickte. „Ich muss. Ich habe bereits einen Job verloren, und ich kann es mir nicht leisten, noch weitere Tage zu verpassen."

„Wirst du über die Feiertage freikriegen?"

Hanna schaute auf den Kalender, den sie auf dem Block gezeichnet hatte. „Fast eine Woche, was gut ist, und schlecht. Ich werde Zeit haben, auf ganz viele von den Dingen aufzuholen, die ich tun muss."

„Schlecht, weil du nicht bezahlt wirst, wenn du nicht arbeitest, oder?" Seine Miene wurde weich, als er es verstand, während sie nickte. „Hanna, falls du irgendwie ..."

Sie legte ihm die Finger auf den Mund, um ihn aufzuhalten, bevor er zu weit ging. „Bitte biete mir kein Geld an. Du hast bereits mehr als genug getan. Ich verspreche, ich frage dich, wenn es schlimm wird."

In seinen Augen blitzte etwas. Hannas Finger brannten, als ihr die intime Verbindung klar wurde, ihre Hand auf seinen Lippen. Ein Echo, wie er ihr die Finger in der Küche abgeleckt hatte, strömte herein, und plötzlich wurde ihr gleich wieder heiß und kalt.

Er legte die Finger um ihr Handgelenk, eindeutig hatte er die Kontrolle, während er ihre Hand umdrehte und ihr einen Kuss auf die Handfläche drückte.

Hanna stellte fest, dass es schwer war, tief Luft zu holen.

Er ließ ihre Finger los und räusperte sich. „Ein ganz anderes Thema, du und ich haben ja morgen ein Date."

Sie brauchte einen Augenblick, bis es ihr wieder einfiel, und als es dazu kam, wurde dieses seltsame, verirrte Gefühl in ihrem Bauch nur größer. „Ich dachte, wir wollten nicht daten, während Crissy und ich hier wohnen."

„Ich habe gesagt, es würde nichts passieren, was du nicht willst", rief er ihr in Erinnerung. „Daten heißt nicht, dass wir ins Bett springen. Es bedeutet, dass wir Zeit zusammen verbringen, und ich sehe nicht ein, weshalb wir mit diesem Teil nicht weitermachen sollten."

Konnte er erkennen, wie heftig ihr Herz hämmerte, als er Sex erwähnt hatte? Hanna öffnete den Mund, um abzulehnen, bevor ihr klar wurde, dass es eine völlige Lüge wäre, zu behaupten, dass sie keine Zeit mit ihm verbringen wollte.

Der andere Teil war auch die Wahrheit. „Ich bin ... gerade ein bisschen überwältigt", gab sie zu.

Er nahm ihre Wange, strich mit dem Daumen sanft über ihre Haut. „Kannst du mir vertrauen, dass ich auf dich aufpasse, Süße? Dass ich nicht zu weit dränge, zu schnell?"

Vielleicht ergab es keinen Sinn, aber das war das Einzige, was sie als absolut wahr erkannte – sie vertraute ihm. „Okay."

Seine Lippen wölbten sich nach oben. „Okay, du vertraust mir? Oder okay zu einem Date?"

Er würde es sie sagen lassen, der Fiesling. „Ja, ich vertraue dir. Du hast einen Ausritt erwähnt, aber ich glaube nicht, dass wir dafür Zeit haben." Sie hob den Block. „Ich muss mich morgen um eine Menge davon kümmern. Ich muss auch weg und Crissy von der Schule abholen, und ich habe versprochen, dass wir einkaufen gehen, darum muss ich zur Bank. Und irgendwo dazwischen muss ich auch noch ein Schläfchen halten."

„Um wie viel Uhr fängst du am Abend mit der Arbeit an?"

„Normalerweise um acht Uhr. Ich dachte, ich bringe Crissy ins Bett, bevor ich gehe, um sicherzustellen, dass alles in Ordnung ist. Ich fahre, sobald sie im Bett ist."

Brad grinste, als ein besonders lautes Schnarchen vom Sessel rechts von ihnen herandröhnte. „Wir lassen die Pferde morgen mal stehen. Was, wenn unser Date morgen beinhaltet, dass ich dir mit deiner Liste helfe? Wir können Crissy zur Schule bringen und dann die wichtigsten Sachen am Vormittag erledigt bekommen. Ich bringe dich nach dem Mittagessen hierher zurück, und du kannst schlafen, bis es Zeit ist, sie von der Schule abzuholen."

Es klang genauso wie alles, was er anbot. Viel zu großzügig. „Das ist ja nicht sonderlich viel Date", erklärte sie.

„Es wird ein tolles Date", beharrte er. Sein Blick senkte sich auf ihre Lippen. „Ich habe vor, dir die Hand zu halten. Ziemlich häufig. Dich vielleicht zu küssen. Mehr als einmal."

Auf gar keinen Fall konnte ihm das Beben entgehen, das sie von oben bis unten durchschüttelte. „Oh."

Er warf einen Blick auf seinen Vater, bevor er aufstand und ihr eine Hand anbot. „Komm schon, Süße. Wenn du erst nach Mitternacht schlafen kannst, finden wir lieber mal was weniger Einschläferndes, das du anschauen kannst, als ein Feuer."

Es fühlte sich seltsam und doch wunderbar an, ihre Hand in seine gleiten und sich von ihm aus dem Zimmer ziehen zu lassen. „Wohin gehen wir?"

Ein leises Lachen trieb zu ihr heran. „Vertraue mir."

Das tat sie, viel zu sehr, und sie konnte es sich nicht leisten, dass das ihr Fallstrick wurde. Trotzdem, seine Hand war groß und warm um ihre, und sie folgte ihm an seiner Seite in einen Raum, der keiner Erklärung bedurfte.

Diesmal lachte Hanna. „Du hast eine Männerhöhle."

Im Wohnzimmer war alles auf Behaglichkeit ausgelegt, die sich um den Kamin gruppierte. Dieses Zimmer hatte einen Billardtisch, der den halben Platz einnahm, während die übrige Hälfte Polstersessel und ein Sofa enthielt, das auf den größten Fernsehbildschirm ausgerichtet war, den Hanna je im Leben gesehen hatte.

Brad führte sie zum Sofa und ließ zu, dass sie sich in eine Ecke setzte. Er ging ganz kurz weg, bevor er mit einer flauschigen Decke in einer Hand zurückkehrte, und einer Fernbedienung in der anderen.

Er setzte sich auch hin, nicht in der gegenüberliegenden Ecke, sondern genau in der Mitte. Sein Gewicht ließ das Sitzkissen soweit einsinken, dass sie teilweise zu ihm rollte. Hannas Beine und Hüften stießen an ihn. Er warf die Decke über ihre Unterkörper, schlang sie in einen warmen Kokon mit dem Stoff und seiner Nähe ein.

Es war immer noch völlig respektvoll. Sie hatte schon so dicht an ihren Freundinnen gesessen, wann immer sie sich zusammen auf demselben Sofa gedrängt hatten.

Das? War etwas völlig anderes.

„Weihnachtsfilme", schlug Brad vor. „Wir können einen Countdown der Top-10-Weihnachtsklassiker aller Zeiten machen."

„Was, wenn meine Top 10 sich von deiner Top 10 unterscheidet?", scherzte Hanna, die überrascht war, dass sie die Worte herausbrachte.

„Na ja, das wäre ein Affront, denn *meine* Top 10 ist die ultimative Top 10."

Er schaltete ein, ging zu Netflix und startete einen Film. Und bevor sie noch etwas sagen konnte, griff er herüber und nahm ihre Finger in seine. Hielt ihre Hand oben auf der Decke, während sich auf dem Bildschirm vor ihnen die Handlung abspielte.

Sobald ihr Puls sich ein wenig verlangsamt hatte, stellte sie fest, dass sie sich an ihm entspannte, schließlich legte sie ihm den Kopf auf die Schulter. Ließ sich von seiner Anwesenheit einen kleinen Augenblick des Vergnügens verschaffen.

Morgen ging es wieder in die echte Welt, und alles, was sie tun musste, um sich um sich und ihre Tochter zu kümmern, aber gerade hier und jetzt würde sie diese kleine Nische des Friedens genießen.

BRAD KONNTE SICH NICHT ERINNERN, wann er zum letzten Mal einen Abend damit beendet hatte, dass der Kopf seines Dates auf seiner Schulter lag, und die Frau fest schlief.

Hanna hatte bis ungefähr Viertel vor zwölf durchgehalten, und an dieser Stelle hatte er sich gedacht, dass es sich nicht mehr lohnte, sich zu bewegen, damit sie wach blieb, so wie er es vorher ein paar Mal getan hatte, als sie allmählich eingenickt war.

Die Tatsache, dass sie sich wohl genug fühlte, um an ihn geschmiegt zu schlafen, war etwas Gutes. Oder zumindest versuchte er, sich damit zu beruhigen, dass es nicht daran lag, dass er der langweiligste Mensch auf der ganzen Welt war.

Er musste annehmen, dass sein Versprechen, langsam zu machen und vertrauenswürdig zu sein, für bare Münze genommen wurde. Das war auch der Grund, weshalb er die Fähigkeit hatte, diese letzten fünfzehn Minuten damit zu verbringen, sie anzuschauen, während sie gleichmäßig atmete, an seinem Arm hob und senkte sich ihre Brust. Er hatte ihre Hand gehalten, bis sie sie gelöst hatte, um die Finger unter seinem Bizeps zu schieben und sich fest anzuklammern, was für ihn genauso akzeptabel war.

Ihre Wimpern lagen an ihren Wangen, und ihm kam die Erkenntnis, was für ein Privileg es war, sie bei sich zu Hause zu haben. Da er sich völlig bewusst war, wie schwer die nächsten Tage für sie werden würden, wünschte er sich schon wieder, dass er diese Last von ihr nehmen könnte.

Er hätte sie stundenlang anschauen können. Stattdessen

weckte er sie sanft auf, schlüpfte unter der Decke heraus und ging zur Seite, während sie aufstand und heftig blinzelte.

Zwei Minuten später war sie sicher hinter ihrer Tür verschwunden, die leisen Bewegungen, wie sie sich bettfertig machte, reichten aus, dass er auf dem Absatz kehrtmachte und zurück ins Wohnzimmer ging, um zu sehen, ob sein Vater noch da war.

Patrick war wach, beugte sich vor und starrte ins Feuer. Sein Kopf neigte sich in einem Rhythmus, als würde er einer Unterhaltung lauschen, die nur er hören konnte.

Brad lehnte sich an den Türrahmen. „Ich bin unterwegs ins Bett", kündigte er an.

Sein Vater warf einen Blick über die Schulter, blinzelte überrascht. „Das sollte ich auch machen. Ich schätze, dass ich einfach nur den Ort wechsle – hier kann ich genauso leicht schlafen wie dort."

Brad trat vor und bot eine Hand an, um seinem Vater aufzuhelfen. „In deinem Bett wirst du besser schlafen."

„Ich schlafe nur so lange, wie mein Kopf mich lässt", beschwerte sich Patrick. „Ich denke immer wieder an deinen Bruder. Ich wünschte, zwischen uns stünde keine Mauer."

Patrick lehnte sich schwer auf seine Krücken, um weiter zu kommen. Er wirkte älter als üblich, nicht nur wegen der Bewegung, sondern auch wegen der Erschöpfung auf seinem Gesicht.

So, wie er immer aussah, wenn er über Mark redete.

Brad hielt den Mund, bis er seinem Dad in sein Zimmer geholfen hatte. „Gib dem Ganzen Zeit. Halte die Tür offen."

Sein Vater nickte, dann winkte er zum Abschied, sodass Brad mit seinen Gedanken und seinem Frust zurückblieb.

Mark war kein furchtbarer Mensch. Er hatte nur die falschen Prioritäten, soweit Brad sagen konnte. Seinem Bruder bedeutete Geld alles, auf die Art, dass es ihm schneller durch die Finger floss, als er es verdienen konnte.

Er ging auch ins Bett, öffnete vorsichtig die Tür, die in das gemeinsame Bad führte, doch die Tür auf der anderen Seite des Raums war geschlossen. Hanna schlief schon längst.

Er tat sein Bestes, um am Morgen wach und einigermaßen fröhlich zu sein, aber das war etwas viel verlangt. Patrick ging durch das Zimmer und beantworte Crissys Fragen über das nächste Mal, wenn er in ihrem Unterrichtsraum sein würde.

„Ms. Fields hat gesagt, wir können Weihnachtsgeschichten lesen, wenn du da bist, denn es ist das letzte Mal vor den Weihnachtsferien", erzählte Crissy ihm aufgeregt, bevor ihr Gesicht traurig wurde. „Das stand auf einem Ankündigungszettel in meinem Rucksack, der verbrannt ist."

„Das mit deinem Rucksack tut mir leid, aber danke, dass du mich daran erinnerst", sagte Patrick. Er deutete auf eine Papiertasche auf dem Tresen. „Es ist nichts Neues, aber ich habe heute Vormittag was gefunden, das du nehmen kannst."

Crissy ließ ihre Schale mit Cornflakes stehen und huschte durch das Zimmer, nahm die Tüte mit zu Hanna, und kroch auf den Schoß ihrer Mom, um sie zu öffnen.

Als die Riemen einer hübsch geblümten Tasche sichtbar wurden, gab Crissy ein leises, glückliches Geräusch von sich. „Das ist so schön."

Brad wandte seine Aufmerksamkeit seinem Vater zu. Patrick hatte etwas auf, was einem Lächeln nahekam, aber doch nicht ganz, es wurde stärker und wieder schwächer. „Die hat meiner Frau gehört. Sie hat sie genommen, wenn wir in die Stadt gegangen sind, weil irgendwas los war. Man kann sie mit Riemen fest schließen, und hinten gibt es ein verstecktes Reißverschlussfach. Mit einem Riemen kannst du sie sogar quer über dem Körper tragen. Besser als ein Rucksack."

Crissy wand sich auf Hannas Schoß und lief an Patricks Seite, um sich von ihm alle Geheimnisse zeigen zu lassen.

Eine weiche Berührung fasste seine Schulter. Brad schaute auf, um zu sehen, dass Hanna dort wartete und um Fassung kämpfte.

Er nahm ihre Finger, drückte sie fest.

Dann war ein tanzendes kleines Mädchen vor ihm, der geblümte Riemen ging von der Schulter bis zur Hüfte, während sie sich drehte, um das Geschenk vorzuführen. „Die hat deiner Mommy gehört", sagte sie zu ihm, bevor sie die Hände auf seine Knie legte und sich vorbeugte, um ihm ganz ernst zu sagen: „Ich kümmere mich gut darum, das verspreche ich."

„Meine Mom würde sich freuen, zu sehen, dass ihre Tasche in die Schule geht." Er warf einen Blick auf seinen Vater. „Ernsthaft. Mom hat gerne Leute glücklich gemacht."

Patrick nickte. „So war es."

Das morgendliche Chaos wurde zu einer vertrauten Routine, während das Frühstück zu Ende ging und man sich die Zähne putzte. Brad hatte am Schluss drei Leute in seinem Truck, Crissy auf einem Kindersitz, den er sich am Vortag aus den Notfallvorräten der Feuerwache geschnappt hatte.

Er wartete an der Schule, als Hanna Crissy rausließ, mit ihr zur Tür ging und ihr einen Abschiedskuss gab. Das Leuchten der bunten Tasche war das letzte, was er von Crissy sah, als sie verschwand.

Hanna stieg in den Truck und schaute aus dem vorderen Fenster, offensichtlich völlig in Gedanken, was er verstand, doch gleichzeitig wollte er für sie da sein. Er griff hinüber, zog ihren linken Handschuh ab und ließ ihre Hand in seine gleiten, fuhr sie ohne ein Wort zur Bank.

Ihr Blick löste sich vom Fenster und fiel auf ihre Hände.

Sie schaute zu ihm auf und dann zurück auf ihre Hände, sagte aber nichts.

Als sie allerdings nach dem dritten Halt zurück in den Truck stieg, grinste Brad, da sie diejenige war, die nach ihm griff und ihre Finger oben auf dem Kindersitz ineinander verschränkte.

Bis halb zwölf waren sie mit allen Aufgaben durch, die sie in der Stadt erledigen konnten, darunter ein Besuch bei ihrer Versicherung. Dabei war er mit ihr hineingegangen, hatte sich zurückgehalten, war aber da gewesen, falls sie Hilfe brauchte – er war immerhin der Brandmeister. Falls er irgendwas beschleunigen könnte, würde er das tun.

Schließlich trat Hanna auf den Brettergehweg hinaus, holte tief Luft, bevor sie sie langsam wieder ausstieß. Brad kam neben sie, um sie vor dem Wind zu schützen, der den Schnee um sie herum wirbeln ließ.

„Bist du fertig?"

Sie lehnte sich an die Wand hinter ihr und hob den Blick zu seinem. „Vorerst bin ich mehr als nur fertig."

„Mittagessen." Er wartete nicht auf eine Antwort. Er war am Verhungern, das musste ihr doch auch so gehen. „Komm schon."

Sie ging Hand in Hand mit ihm hinein zu *Buns and Roses*, bevor ihre Finger sich lösten.

Er schaute hinab, um zu sehen, dass ihre Wangen rosarot waren, viel röter, als sie draußen im kalten Wind gewesen waren. Vor ihnen beäugte Tansy Fields sie mit ziemlich viel Neugier.

Sie schoss hinter dem Tresen hervor und kam herüber, um Hanna fest zu umarmen. „Tut mir leid, meine Liebe. Ich habe von dem Feuer gehört. Ich freue mich, dass es dir und Crissy gut geht."

Hanna nickte. „Danke. Brad hilft mir, die Dinge in Ordnung zu bringen, mit der Versicherung und allem."

Das klang schrecklich danach, als würde sie erklären, weshalb sie zusammen unterwegs waren, was schon passte, nur dass sie überhaupt nichts davon sagte, dass es ein Date war, was nahelegte, dass Hanna immer noch versuchte, das zu leugnen.

Als Tansy zurück hinter den Tresen ging, rückte Brad dichter an Hanna, legte den Arm um ihre Taille und drehte sie zur Speisekarte, als wäre es das erste Mal, dass einer der beiden sie sah. „Gönn dir etwas Warmes, Süße. Es war ein langer Vormittag."

Der Ausdruck auf Hannas Gesicht lohnte sich auf jeden Fall, und plötzlich zwickte ihn etwas fest an der Taille. Er schoss hoch, bevor ihm klar wurde, dass Hanna eine Hand unter seine Jacke geschoben und ihn gezwickt hatte.

Er schaute nach unten, versuchte nicht zu grinsen.

Sie beugte sich dichter heran. „Benimm dich", warnte sie.

„Ich benehme mich doch", murmelte er zurück.

Zum Glück lachte sie, das leise Geräusch strömte über ihn hinweg und ließ sein Herz hämmern. Und als sie nicht weglief, sondern sich an ihn schmiegte, während sie ihre Bestellungen aufgaben, schmolz etwas in ihm dahin.

Ihm gefiel, wie mutig sie war. Ihm gefiel, dass sie den ganzen Morgen so robust gewesen war, sich den Fragen und unsicheren zeitlichen Abläufen gestellt hatte.

Sie setzten sich an einen Tisch in der Ecke. Weihnachtsmusik spielte fröhlich im Hintergrund, Hannas Wangen leuchteten rot, während sie ihre Mütze und den Schal abnahm und in die Tasche ihrer geborgten Jacke steckte. „Dankeschön für das Mittagessen."

„Gern geschehen." Er rückte seinen Sessel um die Ecke, damit sie dichter beieinander saßen, und nicht direkt gegenüber, und legte die Hand ganz nebenher auf den Tisch, die Handfläche nach oben.

Als sie nicht nachschaute, um zu sehen, wer sie womöglich beobachtete, bevor sie die Finger auf seine legte, wurde diese warme Stelle in ihm sogar noch klebriger.

Sie hob den Blick zu ihm, blinzelte schüchtern. „Das ist ein witziges Date."

„Ich finde, es ist ein tolles Date", versicherte er ihr, strich mit dem Daumen über ihre Handknöchel, atmete tief ein und ließ sein Glück auch sehen.

Sie schaute auf seine Finger, ihre Zunge strich über ihre Lippen. Alles in ihm spannte sich an.

Er zwang sich dazu, seine Berührung sanft zu halten. „Es war auch ein ziemlich erfolgreicher Vormittag. Klingt so, als hättest du alle Bälle ins Rollen gebracht, und jetzt sitzt du fest und musst warten."

Hanna rümpfte die Nase. „Den Teil verabscheue ich am meisten. Und es ist die Verwaltung, da wird es fast unmöglich sein, Dokumente zu bekommen, besonders im Lauf der Weihnachtstage."

„Ein weiterer Grund, dass du dich nicht darum kümmern solltest, umzuziehen, bis es Februar wird", rief er ihr in Erinnerung. „Es dauert eben, so lange es dauert – es lohnt sich nicht, wegen der restlichen Dinge in Panik zu verfallen."

Sie öffnete den Mund, und er war sicher, dass sie ein weiteres Dankeschön aussprechen würde, als sie fest den Kopf neigte und das Thema wechselte. „Alle Büros, in denen ich putze, sind am ersten Weihnachtsfeiertag und den Rest der Woche geschlossen, also wird das eine gute Gelegenheit sein, um mit allem anderen aufzuholen, was ich erledigen muss, oder falls ich nach Calgary muss, um irgendwelche Dokumente abzuholen."

Er dachte an etwas anderes. „Ich weiß, dass du gestern

Abend ein paar Anrufe getätigt hast, aber gibt es irgendwie Familie, bei der du dich melden solltest? Um ihnen vom Feuer zu erzählen, damit sie sich keine Sorgen machen, wenn sie versuchen, an Weihnachten anzurufen?"

Ihre Finger wurden völlig reglos, und bevor er sie aufhalten konnte, ließ sie sie weggleiten, verkrampfte die Hände im Schoß umeinander, während sie nach unten schaute. Sie schüttelte den Kopf.

So anders als die warme und großzügige Frau, mit der er den Vormittag verbracht hatte. Diese Hanna wirkte wie ein Hündchen, das jemand getreten hatte.

„Hanna? Was ist los?", fragte er leise, senkte die Stimme.

Sie holte tief Luft. „Ich habe keine Familie außer Crissy."

Er wartete, beugte sich zur Seite, als Tansy ihr Essen an den Tisch brachte. Hoffte verzweifelt, dass das nicht der Augenblick war, in dem Hannas Freundin beschließen würde, sie aufzuziehen.

Als echtes Weihnachtswunder war Tansy entweder zu beschäftigt, um zu bleiben, oder sie ahnte, was für ein Augenblick das war, denn sie winkte rasch mit den Fingern und eilte weiter.

Hanna nahm ihren Löffel und fuhr damit durch ihre Suppe, dicke Gemüsestücke kamen an die Oberfläche, während köstlich duftender Dampf sich nach oben ringelte.

„*Hanna.*" Ihr Name ertönte, als würde er sie anflehen, und gewissermaßen tat er das auch. Er wollte diese fröhliche, glückliche Frau zurück. Diejenige, die kurz vorher noch da gewesen war. „Es tut mir leid, dass ich eine Frage gestellt habe, die einen wunden Punkt berührt hat."

Sie legte den Löffel ab, Entschlossenheit stand auf ihrem Gesicht, als sie über den Tisch griff und ihre Finger um seine Faust legte, sie beruhigend drückte. „Du hast nichts falsch gemacht. Ich war nur überrascht, dass du die Gerüchte nicht kennst. Ich habe von meinen Eltern seit Jahren nichts mehr gesehen oder gehört, und ich bin ein Einzelkind."

Eine weitere Familie mit Spannungen. Leider war das allzu verbreitet. „Es tut mir leid. Mein Bruder kommt nicht sonderlich oft vorbei, und wenn er es tut, dann gibt es unvermeidlich Streit."

„Mit dir?", fragte sie.

„Mit Dad, um die Wahrheit zu sagen."

Ihre Augen wurden groß. „Wie um alles in der Welt kann denn jemand mit Patrick streiten? Er ist doch der freundlichste, angenehmste Mann, dem ich je begegnet bin. Mit einem Herz aus Gold."

Er ließ ihr ihre Hand wieder und deutete auf ihren Löffel, um sie zum Essen zu bewegen, bevor die Suppe kalt wurde. „Ich freue mich, dass du meinen Vater toll findest. Tatsächlich bin ich irgendwie eifersüchtig."

Sie hielt mit dem Löffel auf halbem Weg inne, ihr Mund stand offen. „Eifersüchtig?"

„Es ist schön, dass du ihn magst", erklärte Brad und lächelte fies. „Aber du bist *meine* Freundin."

Mit einem Klirren ließ sie den Löffel fallen, und sie schnappte sich eine Serviette, um die Spritzer aufzuwischen. *„Brad."*

Er bot ihr seine Serviette ebenfalls an. „Hast du mich gerade blöd genannt?"

„Wenn es doch passt", entgegnete sie.

Jetzt ging es ums Essen, mühelose Unterhaltungen und ein lockeres Lächeln kehrten zurück. Brad schob die kleinen Informationsfetzen über ihre Familie für eine Unterhaltung in der Zukunft beiseite, und damit war es das auch, bis sie nach Hause kamen.

Sein Dad hatte eine Nachricht am Tisch an der

Eingangstür hinterlassen. Er war zum Einkaufen gegangen, würde aber zum Abendessen wieder zu Hause sein.

Hanna ging zum Flur, um ihr Nickerchen zu halten, blieb dann aber stehen und drehte sich um, um Brad intensiv zu mustern. „Wir waren womöglich noch nicht auf genug Dates, dass du mich deine Freundin nennen kannst."

„Hat das wirklich was damit zu tun, wie lange wir uns schon treffen?", beharrte er, kam näher heran. „Hanna, ich habe dich nicht zum Ausgehen eingeladen, weil ich dachte, wir würden Spaß haben und ein paar Monate rummachen und uns dann wieder trennen. Ich *mag* dich. Sehr. Ich weiß nicht, wo das am Ende hinläuft, aber ich will, dass du über mich – uns – ernsthaft nachdenkst."

Er war jetzt nur noch wenige Zentimeter entfernt, ihr Kopf in den Nacken gelegt, damit sie zu ihm aufschauen konnte.

Hanna schluckte schwer.

Er deutete über ihre Köpfe, wo er ein paar Mistelzweige auf der anderen Seite des Balkens angebracht hatte, wo man es gar nicht merkte, bis man direkt unter der Stelle stand.

„Du bist ja echt blöd", sagte Hanna leise.

„Wir wollen doch hier keine Weihnachtsregeln brechen", rief er ihr in Erinnerung, bevor er ihr die Finger unters Kinn legte. Er rückte vor, langsam genug, dass sie flüchten konnte, wenn sie wollte, während er ihr ihre Lippen zusammenbrachte.

Eine sanfte Berührung. Einmal. Zweimal, bevor er den Kuss vertiefte. Ein wenig mehr forderte, und als Hanna bereitwillig die Lippen öffnete, um ihn einzulassen, wurde alles an ihm hart wie Stein.

Bis auf sein Blut, das mit Sprudel angereichert zu sein schien, denn seine Füße würden wohl gleich vom Boden abheben.

Ihre Hände landeten auf seinen Schultern, ihre Finger bohrten sich hinein, während sie ihn festhielt, schoben ihn weder weg, noch zogen sie in näher heran. Genau da, wo er war, schien auch für ihn zu passen.

Der Kuss dauerte an und an, bis ihm fast der Kopf explodierte. Er war nur einen Schritt davon entfernt, ...

Nein, er trat einen Schritt zurück, ein festes Lächeln im Gesicht, während er rückwärtsging.

Hanna blinzelte ihn an, atmete bebend.

„Träum süß", sagte er zu ihr. „Ich wecke dich, wenn es Zeit ist, Crissy abzuholen."

Er wandte ihr den Rücken zu und ging, pfiff fröhlich vor sich hin.

8

───────

räum süß? Oh, sie träumte durchaus. Aber süß war nicht das richtige Wort, denn hätte dabei irgendwie Zucker eine Rolle gespielt, wäre der in den ersten dreißig Sekunden karamellisiert.

Ihr Körper prickelte immer noch, als sie zwischen die Laken stieg. Hanna hatte sich geweigert, jede Sekunde des Dates durchzugehen oder zuzulassen, dass ihre Gedanken sich an diesem Händchenhalten aufhängten, oder wie gut es sich anfühlte, ihn den ganzen Morgen um sich zu haben.

Obwohl es sich als unmöglich erwies, den Kuss aus ihren Gedanken zu schieben. Tatsächlich war es wohl das gewesen, was sie gedacht hatte, als sie einschlief, denn ...

Träume. *Heiße* Träume. Träume, in denen ihre ganzen Kleider magisch verschwunden waren, und sie nicht mehr in ihrem Bett lag, sondern in dem von Brad, und von da an wurden die Dinge im Detail etwas nebulöser, doch die Hitze blieb – feurig heiß, schmerzhaft heiß.

Vielleicht war diese Hitze allerdings auch etwas Gutes, denn früher oder später entspannten sich ihre Glieder, und sie schlief tief ein. Das Gefühl großer, umsichtiger Arme, die sie hielten, fühlte sich viel zu behaglich an.

Als sie erwachte, rollte Hanna sich herum und beäugte die Uhr. Sie hatte fünfzehn Minuten, bis sie aus dem Bett kriechen musste, darum streckte sie sich träge, spürte ein Knacken und Ploppen entlang ihres Rückgrats.

Es war schön, sich nicht beeilen zu müssen. Es war schön, sich zu fühlen, als hätte sie heute Vormittag ein paar gute Dinge erreicht, auch wenn, wie Brad schon erklärt hatte, nun die Jetzt-aber-mal-warten-Phase anfing.

Sie schlüpfte ins Bad, kämmte sich die Haare und musterte die dunklen Ringe unter ihren Augen. Sie war derzeit ja eine echte Schönheit.

Die Tür auf Brads Seite des Bades öffnete sich, und sie wirbelte herum, die Hände erhoben, um sie vor ihren Körper zu halten. „Halt. Ich bin hier drin."

Nur dass es nicht Brad war. Stattdessen stand ein Mann mit blonden Haaren im Eingang. Sein Blick wanderte über sie, doch Hanna sah nichts mehr. Sie kreischte und schlug mit der Haarbürste aus seinen Kopf ein. In dem Augenblick, in dem der schwere Gegenstand in Kontakt mit ihm kam, ließ sie los, raste durch die gegenüberliegende Tür in Richtung ihres eigenen Schlafzimmers. Zwei Schritte im großen Flur prallte sie in einen weiteren Körper hinein, schwang die Fäuste und wehrte sich, bis sie Brads Stimme erkannte.

„Hanna, Stopp. Was ist denn los?"

Sie wurde in seinen Armen schlaff, fasste ihn an der Taille. „In meinem Zimmer ist ein Mann. Unserem Zimmer. Im *Bad*", bekam sie schließlich heraus, klammerte sich fest an seinen Oberkörper, aber wand sich hinter ihn, als wäre sie ein Kind, das sich versteckte.

Brad richtete sich zu seiner vollen Größe auf. Er schob die Tür auf, als gerade ein Mann aus Brads Zimmer kam.

Hanna packte Brad an den Hüften. „Das ist er.“

„Mark?“ Wut schleuderte den Namen von Brads Lippen. „Was zum Teufel machst du in meinem Zimmer?“

„Ich sehe mir an, wie es eingerichtet ist. Das passt ja. Sobald du wusstest, dass der Laden dir gehört, fängst du an, Frauen anzuschleppen.“

„Du bist ekelhaft“, sagte Brad. Er trat vor, hielt seinen Körper zwischen Hanna und dem Mann, erzwang eine Öffnung, durch die Hanna die Schlafzimmertür erreichen konnte. „Hanna, geh und zieh dich an.“

Sie verschwand in ihr Schlafzimmer, schloss die Tür und sperrte sie hinter sich ab. Sie rannte durch das Zimmer zum Bad und machte genau dasselbe mit diesem Schloss, nur dass sie erst dann Luft holte.

Draußen im Gang wurde weiter gebrüllt. Nicht von Brad – seine Anmerkungen waren jetzt nur wenige, tief und kontrolliert. Es war der andere Mann, der die Stimme erhob, und der Anmerkungen über *Bevorzugung* und *Flittchen* von sich gab.

Das war ja mal neu. Man hatte sie noch niemals Flittchen genannt. Schlampe und Hure hatte sie schon gehört, was verglichen mit Flittchen sehr viel gemeiner war.

Ein Krachen ertönte, als ein Körper in eine Wand prallte. Mark, wenn man nach dem Geräusch der Flüche ging, die darauf folgten.

Hannas Hände bebten, während sie ihre Kleider anzog, und sie bewegte sich entschlossen, denn man kam nicht drum rum. Sie musste in den Hauptteil des Hauses, um an ihre Schlüssel zu kommen, damit sie ihre Tochter abholen konnte.

Die Dinge waren plötzlich still. Sie stahl sich auf Zehenspitzen den Flur entlang, spähte um Ecken, bevor sie sich darauf einließ, in den vorderen Eingangsbereich zu treten.

Am Vordereingang wartete Brad auf sie. Er musterte sie

sorgsam, noch während er den Kopf schüttelte. „Es tut mir leid.“

„Wer war das?“

„Mein Bruder.“

„Der, der sich gern mit Patrick streitet?“

Brad nickte. „Ich habe ihm seinen Schlüssel abgenommen. Auf gar keinen Fall kommt er zurück ins Haus, außer er bricht irgendwie ein, und ich habe ihm gesagt, wenn er das macht, würde ich nicht nur die Polizei rufen, ich würde auch den Krankenwagen rufen.“

Diese Andeutung war leicht zu verstehen. Mark würde den Krankenwagen brauchen ...

Die Anspannung in Hanna ließ nach, obwohl sie den Gedanken nicht mochte, warum diese Gewaltandrohung so beruhigend war. Offensichtlich war sie sehr viel blutrünstiger, als sie sich vorgestellt hatte.

Brads Arme legten sich um sie, und sie trat zu ihm, bebte, während sie tief Luft holte und sich dann entspannte. „Er hat mich überrascht, das ist alles. Er hat gar nichts gemacht.“

„Das ist der einzige Grund, warum er noch atmet“, sagte Brad leise. „Unter Schmerzen zwar, aber er atmet.“

Sie schaute hinab, hob seine Hand, um seine Knöchel zu mustern. Und siehe da, seine rechte Hand war ganz aufgeraut, verglichen mit vorhin, als sie sie beim Mittagessen gehalten hatte. „Ich habe ihn auch geschlagen“, gab sie zu. „Mit meiner Haarbürste.“

Ein leises Lachen entschlüpfte Brad. Es klang falsch und doch richtig. Als wäre er stolz auf sie. „Das erklärt, weshalb Marks Nase schon schief war, bevor ich angefangen habe.“

Der Alarm auf ihrer Armbanduhr ging los – derjenige, der sie warnte, damit sie niemals zu spät kam, um Crissy zu holen. „Ich muss los.“

Er rieb ihr noch immer über den Rücken, dann ließ er sie

los. Er fluchte leise, griff anschließend nach seiner Jacke, schob die Füße in die Stiefel. „Ich fahre."

Sie schüttelte den Kopf. „Wir gehen einkaufen."

„Und? Ich muss auch noch Weihnachtseinkäufe erledigen." Er zog sich eine Mütze auf den Kopf, dann bedeutete er ihr, durch die Tür zu gehen. „Ernsthaft. Hanna, du kannst noch nicht fahren. Du bebst, und ich will sicherstellen, dass der Bastard sich meine Warnung zu Herzen genommen und den Berg verlassen hat."

Sie würde nicht widersprechen. Ihr ganzer Körper zitterte, und sie hatte keine Zeit, sich zu beruhigen, wenn man bedachte, dass die Schule fast schon vorbei war.

Bis sie Crissy abgeholt und ein wenig eingekauft hatten, war es schon halb fünf. Sie kamen zurück ans Haus, um vom Geruch nach bratenden Hamburgern und weiterer Weihnachtsmusik begrüßt zu werden.

Den Tacos zum Abendessen folgte das Baumschmücken, und der Tag endete mit einem weiteren Ausflug in die Scheune, um die Kätzchen zu besuchen.

Crissy wurde leise, während sie mit ihnen kuschelte, ihre Begeisterung von vorhin war gedämpft.

Hanna strich mit einem Finger über die weiche Fellnase auf dem Schoß ihrer Tochter. „Alles gut, Süße?"

Crissy nickte langsam, bevor sie den Kopf schüttelte. „Ich habe einen Brief an Santa geschrieben. Wir sollten den heute aufgeben, und ich hatte meinen nicht."

Ihre Traurigkeit war greifbar. Hanna legte die Arme um Crissy und umarmte sie fest, drückte ihre Wangen aneinander. „Es ist noch Zeit", versicherte ihr Hanna. „Du weißt doch, dass Santa ein magisches Postamt benutzt."

„Ich weiß. Ms. Fields hat mir schon geholfen, einen weiteren zu schreiben, aber es war ein echt guter Brief", beschwerte sich Hanna.

Diesmal war es leichter, zu lächeln und ihrer Tochter auf den Rücken zu klopfen. „Ich wette, dein neuer ist genauso gut. Bist du jetzt bereit fürs Bett?"

„Fast." Crissy machte alles mit, um sich bettfertig zu machen, doch als sie im Bett lag und zu Hanna aufschaute, bebte ihre Unterlippe. „Musst du denn in die Arbeit?"

Hanna setzte sich auf die Bettkante. „Ach, Süße. Ja. Mr. Patrick ist da, um dich im Auge zu behalten. Du musst dich nicht fürchten."

„Ich fürchte mich nicht", beharrte Crissy. „Du bist diejenige, die fast verbrannt wäre. Santa hat sich um mich gekümmert." Sie senkte die Stimme. „Er hat mir gesagt, ich soll mich verstecken. Was, wenn er dir nicht sagt, dass du dich verstecken sollst?"

Die Bande, die um ihre Brust lagen, spannten sich an, und Hanna drückte ihr kleines Mädchen, nicht ganz sicher, wovon Crissy redete, außer dass sie Angst hatte. „Ich freue mich, dass Santa sich um dich gekümmert hat, aber Mommy kommt schon in Ordnung."

„Versprichst du es?"

Hanna lehnte sich zurück, während sie ein X über dem Herzen zog. „Ich verspreche es."

Crissy kam auf die Knie und warf die Arme um Hannas Hals, gab ihr einen festen Kuss, bevor sie sich auf die Matratze fallen ließ. „Wir sehen uns morgen früh", sagte sie leise.

„Ich gebe dir einen Kuss, wenn ich nach Hause komme." Sie gab ihr auch einen Kuss, bevor sie aufbrach, dann ging sie in den Flur.

„Ich kümmere mich um sie", versprach Patrick. „Keine Sorge."

Die nächsten Augenblicke erwiesen sich als mit die schwersten, die Hanna je hatte hinter sich bringen müssen. Den warmen, sicheren Hafen zu verlassen und zum Truck hinauszugehen, wo ihre Putzutensilien warteten, und auf der Straße wegzufahren, während die gemütlichen Lichter von Lone Pine verblassten.

Sich Ängsten zu stellen, von denen sie gar nicht gemerkt hatte, dass es sie gab. Etwa, ihr kleines Mädchen zurückzulassen und wieder in die Dunkelheit zu gehen ...

Hanna packte das Lenkrad fester und fuhr weiter, denn das tat sie immer. Sie mühte sich weiter nach vorn, ganz gleich, wie schwer es war.

BRAD RÄUMTE die Küche fertig auf, lachte leise, als er den fünften Topf wegräumte. Das war der Grund, weshalb seine Mom immer gezögert hatte, seinen Dad kochen zu lassen. Der Mann konnte nicht mal ein Ei braten, ohne drei Pfannen zu nehmen.

Das Haus war leiser geworden, nachdem Hanna weg war. Das Quietschen des Holzes und die seufzenden Geräusche des warmen Hauses an einem kalten Tag vermischten sich mit Weihnachtsliedern, die immer noch aus dem Wohnzimmer herantrieben. Sein Dad hatte vorhin am Abend den Stapel alter Platten herausgezogen und Crissy völlig damit fasziniert, ihr zu zeigen, wie die magischen Frisbees Geräusche hervorbrachten.

Nun hallten die Krücken seines Vaters wie leise Trommelschläge auf dem Holzboden, während er in die Küche kam.

„Setzt den Kessel auf", befahl Patrick.

Brad kam der Bitte nach, legte ein paar Weihnachtsplätzchen aus der vollen Keksdose auf einen Teller und stellte sie vor seinen Vater. „Wie geht's dir?"

Er hatte seinen Vater dabei erwischt, wie er sich früher am

Abend die Beine gerieben hatte, ein sicheres Zeichen, dass das Wetter umschlagen würde.

Patrick verzog das Gesicht. „Ach, sie tun weh, aber sie bringen mich immer noch dorthin, wo ich hinmuss, darum habe ich nicht viel, über das ich mich beschweren kann. Ich will mit dir über etwas reden.“

Brad wischte sich die Hände an einem Geschirrtuch fertig ab und hängte es zum Trocknen auf, bevor er zu seinem Vater an den Tisch kam. Der Wind heulte, rüttelte an den Fensterläden, und das Licht im Hof flackerte, während der Schnee davor wirbelte.

„Zieht ein Sturm auf?“, fragte Patrick.

Das war noch etwas, das Brad zum Lächeln brachte. „Du hast heute Abend die Nachrichten nicht gesehen. Ich glaube, das ist das erste Mal seit Jahren, dass du nicht den ganzen Abend am Bildschirm gehangen bist.“

Sein Vater schnappte sich eines der Plätzchen und drehte es in den Fingern, zappelte herum. Es war definitiv ein Zappeln. „Na, weißt du, ich war beschäftigt.“

Damit beschäftigt, einer Achtjährigen, die mit aufgerissenen Augen und Freude zu ihm aufschaute, zu zeigen, wie man ganz sorgfältig eine Münze auf der Plattenspielernadel platzierte, damit sie im festen Kontakt mit dem Vinyl blieb, um die schöne Musik hervorzubringen.

Brad entschied sich, nicht zu scherzen. Stattdessen genehmigte er sich ein Plätzchen, hielt inne, um das zu bewundern, was wohl ein Verzierungsversuch von Crissy gewesen war.

„Wann wolltest du mir erzählen, dass Mark aufgetaucht ist?“, fragte sein Vater streng.

Ein Hauch Wut strömte durch Brad, doch er entschloss sich, den Kopf seines Lebkuchenplätzchens abzubeißen, anstatt zu früh zu antworten. Bis er die Süßigkeit vernichtet hatte, konnte er wieder kontrolliert sprechen. „Er ist aufgetaucht. Ich habe ihm gesagt, dass er nicht willkommen ist, außer, er wird eingeladen. Mehr ist da nicht dran."

Sein Vater starrte ihn an, die Finger tippten auf dem Tisch. „Hanna wirkt sehr viel fröhlicher, als ich erwartet habe, wenn man alles bedenkt."

„Ich vermute, dass der Schock vom Feuer sich noch zeigen wird", erklärte Brad ihm leise. „Bei Crissy auch. Also sei dafür bereit, falls es passiert, während du allein mit ihr hier bist."

Patrick brummte nachdenklich. „Ich will, dass du mir ein paar Hinweise gibst, was ich tun soll, falls das so kommt, aber *darüber* wollte ich jetzt gerade nicht reden."

Brad hielt inne. „Dann weiß ich nicht, was du meinst."

Er bekam den Blick von seinem Vater, der normalerweise für Situationen reserviert war, in denen er sich außerordentlich dumm und ahnungslos verhielt. „Ein völlig Fremder ist auf sie eingedrungen. Denkst du nicht, dass ihr das ein wenig Angst gemacht hat? Obwohl ich weiß, dass Mark nie etwas getan hätte, um sie zu verletzen, wusste sie das nicht."

„Sie war verängstigt, aber sie hat sich trotzdem verteidigt." Brad kämpfte eine Sekunde, bevor er nachgab und sein Grinsen zuließ. „Sie hat ihm nicht ganz die Nase gebrochen, aber sie hat sich gut herangearbeitet."

Patrick schüttelte den Kopf. „Ich hoffe, er wird eines Tages erwachsen. Ich weiß nicht, warum er so geworden ist."

Brad stand auf, um sich um den pfeifenden Kessel zu kümmern, aber er sprach fest mit seinem Vater. „Es ist nicht deine Schuld – sein Verhalten. Ich weiß nicht, was Mark getan hat, aber Hanna schien sich gut zu erholen."

Sein Dad wartete, bis sie beide wieder am Tisch saßen, bevor er damit weitermachte, in Brads ruhige und geordnete Welt einzudringen.

„Hanna habe ich zum ersten Mal getroffen, kurz nachdem

sie in die Stadt kam", erklärte er. „Sie war auf der Polizei, um eine Sicherheitsüberprüfung zu machen, damit sie mit dem Putzen anfangen konnte und so weiter. Ich habe gerade meine abgeholt, damit ich bei den Kindern ehrenamtlich arbeiten konnte."

Die Sicherheitsmaßnahmen, die Schulen und andere Orte bei Freiwilligen anlegten, waren etwas, das Brad auf jeden Fall guthieß. Nachdem seine Mutter gestorben war, war die Arbeit als Ehrenamtlicher die Ablenkung Nummer eins im Leben seines Vaters geworden.

„Du kennst sie also länger als ich", erklärte er.

Patricks Blick fing ihn ein, erwischte ihn klar und bohrend. „Du wirst sie nicht wieder weglassen, oder?"

Sehr unverblümt. „Geht dich nichts an", sagte er, vor allem, weil er wusste, dass es seinen Vater zum Grinsen bringen würde.

Nur dass Patrick nicht grinste. „Das Mädchen hat ein paar schlimme Erinnerungen aus der Zeit, als sie aufwuchs. Ich weiß, dass wir mit deinem Bruder gerade eine schwierige Zeit durchmachen und so weiter, aber mit mir und Connie hattet ihr Jungs eine gute Erziehung. Ihr habt *gewusst*, dass wir für euch da waren, und dass wir euch liebten."

Brad dachte zurück an die paar kryptischen Anmerkungen, als Hanna über ihr Aufwachsen gesprochen hatte. Sie hatte niemals ihre Familie erwähnt, ohne mitten im Satz innezuhalten. „Du sagst, Hanna hatte das nicht?"

„Ich sage, du solltest mit dieser Frau reden. Sicherstellen, dass sie weiß, dass du dich nicht einfach nur vergnügen willst."

Der Versuchung zu widerstehen, die Augen zu verdrehen, war sehr viel schwieriger, als er erwartet hatte. „Ich wusste nicht, dass du dir ein neues Hobby gesucht hast", murmelte er zu seinem Vater hin.

Patrick hob eine Augenbraue.

„Ernsthaft, wenn du ein Kuppler sein willst, gibt es ein paar deiner Kumpels, von denen ich glaube, sie sind alle über das Alter hinaus, wo sie den ersten Schritt machen sollten."

Sein Vater lachte laut. „Tja, na ja, es ist schwierig, einem alten Hund neue Tricks beizubringen. Doch du musst dich vorsichtig bewegen, aber trotzdem klarmachen, was in deinem Kopf los ist. Hab keine Geheimnisse."

„Ich versuche, dieser Frau keine Angst zu machen", erklärte Brad. „Wenn ich ihr direkt ankündige, was ich vorhabe, landet das vermutlich in der Kategorie von *ich jage ihr eine Heidenangst ein*."

Er dachte nicht, dass er erwähnen musste, dass er das mehr oder weniger genauso vor ein paar Stunden getan hatte.

„Nicht unbedingt", versicherte ihm Patrick. „Aber die vermutlich beste Möglichkeit, auf die du herausfindest, was sie wirklich braucht, wäre, mit ihr zu reden."

Was nach einer tollen Idee klang. Brad trank seine Tasse aus und stand auf. „Hast du die Dinge hier unter Kontrolle?"

Patrick schaute auf seine Uhr. „Du gehst raus? Jetzt?"

„Wenn dir das Recht ist, ja." Er legte die Hände auf den Tisch und beugte sich vor, gestattete, dass sein Grinsen sich zeigte. „Jemand hat mir einen sehr guten Rat gegeben, dass ich mit meinem Mädchen reden sollte. Zum Glück weiß ich genau, wo ich sie finde."

Als er sich umdrehte und das Zimmer verließ, hing das Lachen seines Vaters zusammen mit der Musik in der Luft.

Brad schlich sich den Flur entlang und öffnete die Tür zu Crissys Zimmer vorsichtig, um bei ihr vorbeizuschauen. Sie hatte sich mitten auf dem Bett mit einem Stapel Kissen um sie herum zusammengeringelt, eingerollt wie ein Kätzchen. Ihre Atmung war leise und gleichmäßig, und Brad versuchte nicht, das seltsame neue Gefühl niederzukämpfen, das durch ihn hindurchströmte, während er sie schlafen sah.

Er schloss die Tür leise und zog sich eine dicke Jacke an, bevor er hinaus in die Kälte ging. Die ganze Fahrt den Hügel hinab in die Stadt brütete er über der Tatsache, dass er, obwohl er mit der Absicht nach Heart Falls zurückgekehrt war, es zu seiner Heimat zu machen, niemals erwartet hatte, jemanden wie Hanna zu finden, mit jemandem wie Crissy, die beide so perfekt für ihn waren.

Er dachte nicht, dass die meisten Typen dieselbe Art Tagtraum davon hatten, Vater zu werden, wie Frauen davon besessen schienen, ein Baby zu kriegen, aber er wollte eine Familie. Crissys Lächeln zu sehen, ihre Traurigkeit weggewischt zu sehen, wenn Hanna leise mit ihr sprach – es sprach ihn genauso an, zum Leben des kleinen Mädchens zu gehören, wie die anderen Aspekte daran, eine Partnerin zu finden.

Ach, er wollte Hanna durchaus. Es bestand gar kein Zweifel daran, wie sehr er sich darauf freute, ihre körperliche Beziehung voranzutreiben.

Aber er wollte genauso sehr Crissy in seinem Leben haben. Dass sie ihn fragte, ob er ihr etwas vorlas, oder zu hören, wie sie Geschichten darüber erzählte, was sie in der Schule getan hatte. Vielleicht wurde er dadurch zu einem seltsamen Menschen, aber so sollte es dann eben sein.

Ihm war es wirklich egal, was alle dachten.

Er fuhr hinter Hannas geborgtem Truck ran und begab sich dorthin, wo sie zu sehen war, wie sie in der Praxis des Zahnarztes vom Ort staubsaugte. Er klopfte an die Glastür, und sie fuhr hoch, verwirrt, bis sie ihn sah.

Einen Sekundenbruchteil lang lächelte sie, bevor ihre Augen groß wurden und sie vorlief, Sorge stand auf ihrem Gesicht.

In dem Augenblick, in dem sie die Tür aufriss, sagte er ganz ruhig: „Crissy geht's gut."

Sie trat zurück, die Hand auf der Brust, Erleichterung lag auf ihrer Miene, während er sich hineinschlich, die Tür schloss und hinter sich absperrte. „Du hast mir Angst gemacht."

„Das tut mir leid, aber ich wusste nicht, ob du es hören würdest, wenn ich anrufe, und ich hätte nicht gedacht, dass ein Anruf dir weniger Sorgen macht. Ich habe bei ihr vorbeigeschaut, kurz bevor ich gekommen bin. Sie hat fest geschlafen."

Hanna legte den Kopf schief und musterte ihn. „Warum bist du hier?"

Er schenkte ihr sein größtes Grinsen. „Um zu helfen."

Eine Braue ging noch höher als die andere. „Weil Reinigung etwas ist, das sie auf der Feuerwehrschule unterrichten?"

Er strich mit den Fingern über ihre Wange. „Tatsächlich tun sie das. Nicht das putzen, aber ein bisschen was darüber, dass es für dich vielleicht schwierig sein könnte, allein zu sein, zurück in einer Situation, die so ähnlich wie die ist, in der du erst vor Kurzem eine traumatische Erfahrung machen musstest."

Sie stand kurz reglos da, bevor sie die Wange an seine Hand drückte, als würde sie ihm versichern wollen, dass sie nicht weglaufen würde. „Oh."

Er trat näher, hielt sie weiter fest, während er sich nach vorn beugte und sich einen Kuss stahl.

Widerstrebend ging er rückwärts, freute sich über die Art, wie ihr Puls sichtlich an ihrem Halsansatz pochte. „Wie läuft das Putzen?"

Hanna schluckte schwer. Sie sammelte sich, bevor sie mit erzwungener Freude in der Stimme antwortete. „Toll. Es läuft toll. Ich muss hier noch fertig saugen, dann kann ich wischen, dann ist dieses Büro durch."

„Das höre ich gerne. Womit kann ich helfen?"

9

———

Es hatte keinen Sinn, sich mit dem Mann zu streiten – so viel war ersichtlich an der Art, wie er entschlossen die Schultern straffte. Was auch immer der Grund war, sie hatte heute Nacht einen Helfer.

Hanna zuckte mit den Schultern und deutete auf die Mülltüten, die sie am Eingang aufgestapelt hatte. „Wenn du die zum Container trägst, muss ich das später nicht machen."

„Verstanden, Boss." Er salutierte vor ihr, bevor er sich an die Arbeit machte.

Hanna konzentrierte sich auf ihre Aufgaben, doch sie war von etwas zusätzlicher Wärme umgeben, während sie den Staubsauger hinter Bürostühle und in die Ecken schob.

Es war nervenzerreißend gewesen, allein in die Stadt zu fahren. Dass Brad auftauchte, war eine ganz besondere Gnade, mit der sie nicht gerechnet hatte. Es machte etwas aus.

Er wartete auf dem Bürgersteig, als sie die Tür hinter sich zu zog und abschloss, ein eiskalter Wind peitschte um sie, während sie die Schlüssel in ihre Tasche steckte. „Danke, dass du hergekommen bist."

115

„Kein Problem. Wohin sind wir als nächstes unterwegs?", fragte er.

„Brad. Du kannst mir nicht den ganzen Abend helfen", protestierte sie.

„Doch, kann ich."

Ojemine. „Ich habe nicht die Energie, mit dir zu streiten", setzte sie ihn in Kenntnis, bevor sie auf dem Absatz kehrtmachte und zu ihrem geborgten Truck marschierte.

Natürlich folgte er ihr durch die Stadt zu einer kleinen, konfessionslosen Kirche, die als letztes auf der Liste für den heutigen Abend stand. Draußen war alles von einer Krippenszene beleuchtet, und sie blieb instinktiv stehen, ihr Blick von der geschnitzten Maria angezogen, die mit dem Babybauch neben der Krippe stand. Josefs Arm lag um ihre Schultern.

Die Kirche lag an der Strecke, auf der Hanna Crissy an Schultagen zu Fuß nach Hause gebracht hatte, und die Tatsache, dass am ersten Weihnachtsfeiertag die schwangere Maria ausgetauscht und ein kleiner Jesus hinein in die Krippe geschmuggelt worden war, hatte ihre Tochter fasziniert.

Heute wanderten Hannas Gedanken zu der Zeit zurück, als sie diese schwangere Frau gewesen war, als ihr Babybauch so weit hervorgeragt hatte, dass sie aus dem Gleichgewicht gekommen war. Sie hatte niemanden gehabt, der ihr eine Hand um die Schultern legte, und das ganze Problem, dass in der Herberge kein Platz war ...

Das hatte sie erlebt.

Sie riss den Blick los und stapfte entschlossen die Stufen hinauf, als könne sie vor den Erinnerungen weglaufen.

Sie hatte fast vergessen, dass Brad hinter ihr war, bis sie plötzlich in den Türen abrupt stehen blieb. Er nahm sie an den Armen, anstatt in sie hinein zu prallen sie zu Boden zu werfen.

„Huch."

Hanna drehte sich schuldbewusst um. „Ist nicht deine Schuld. Ich habe nicht aufgepasst."

Sein Blick schärfte sich, während er ihr Gesicht musterte, ihr die Handschuhe auszog und sie mit sich tiefer in die Kirche zog. „Was ist los?"

Sie schüttelte den Kopf, wollte darauf beharren, dass es nichts war, als ihr Drang, die Wahrheit zu sagen, von einem Doppelschlag getroffen wurde. Wenn sie log, dann doch bestimmt nicht, während sie mitten in einer Kirche stand.

Sie verschränkte die Finger in seinen und zog ihn zur Seite, holte ihn an die Seite des Altarraums, wo es eine lange Bank gab, die an der Rückwand stand. In der Kirche, in der sie aufgewachsen war, hatten dort die Familien mit kleinen Kindern gesessen, damit sie schnell raus konnten, wenn ein Kind zu laut wurde.

Sie war nicht mal sicher, weshalb sie ihm etwas erzählen wollte, außer dass sie in der Kirche waren. Vielleicht reichte das, um einem Menschen eine Beichte zu entlocken. „Ich habe zurück an die Zeit gedacht, als ich mit Crissy schwanger war."

Brad legte die Finger um ihre, Wärme strömte durch sie hindurch, während er sanft darüber rieb. „Ich habe immer angenommen, dass das keine besonders positive Zeit war, aber ich weiß, dass du sie liebst. Sorgt das für sowohl glückliche als auch traurige Erinnerungen?"

Hanna nickte. „Sie war offensichtlich ungeplant. Und der Junge, mit dem ich zusammen war, wollte sich von einem Unfall nicht das Leben versauen lassen. Er hat mir gesagt, er würde für eine Abtreibung zahlen, aber falls ich was anderes tun wollte, wäre ich auf mich gestellt."

Brad fluchte leise, doch er hielt seinen Griff um ihre Finger beherrscht. „Ich bin froh, dass du dich entschieden hast, sie zu behalten. Sie ist ein wunderbares Kind, Hanna."

„Sie ist mein Herz", verriet Hanna leise. „Aber diese Zeiten waren schwer." Was eine Untertreibung von außergewöhnlicher Tragweite war.

„Wo ist deine Familie?"

Die Worte kamen leise, aber sie taten trotzdem weh. Es war die Frage, auf die sie nicht vorbereitet war, und doch der echte Grund, weshalb ihre Füße plötzlich bleiern wurden. „Im südlichen Alberta. Es waren nur ich und meine Eltern. Als ich ihnen gesagt habe, dass ich schwanger war ..."

Sie hielt lange genug inne, dass Brad ein Geräusch von sich gab, tief und grollend aus seiner Brust, und bevor sie es sich versah, saß Hanna auf seinem Schoß.

Sie wand sich, doch seine Arme waren fest um sie herum angespannt. „Brad, wir sind in einer Kirche."

„Du brauchst eine Umarmung. Diese beiden Dinge schließen sich nicht gegenseitig aus."

Er drückte sie einen Augenblick lang fest, sein Kinn lag oben auf ihrem Kopf, und es war auf gewisse Art leichter, weil sie sein Gesicht nicht sehen konnte. Er war durchaus aufmerksam, seine Körpersprache sagte ihr das, aber dass sie ihn nicht anschauen musste, machte es leichter für sie, fortzufahren.

„Meine Schwangerschaft kam nicht gut an." Sie was immer noch nicht ganz sicher, weshalb sie das Brad erzählte, aber dieser Knäuel aus Schmerz, den sie im Inneren verwahrte, in dem sie ihre Vergangenheit eingerollt hatte – ein kleines Stück der Schnur hatte begonnen, auszufransen und sich aufzulösen, während ihre Worte hervorkamen. „Er hat ein paar Schimpfwörter zu mir gesagt, und sie hat mir gesagt, ich soll gehen. Sie haben sich geweigert, mich auch nur noch eine weitere Nacht unter ihrem Dach zu beherbergen."

Falls überhaupt, spannten sich seine Arme fester an, und seine Lippen bewegten sich an ihrer Schläfe. „Sie haben sich geirrt. Sie verdienen nicht, dich in ihrem Leben zu haben."

„Ich weiß. Das weiß ich wirklich."

Sie saß reglos da, fragte sich, wie mutig genau sie sein konnte. Doch das war Brad. Der Mann, der darauf beharrt hatte, dass er ihr Freund war. Sie waren erst so kurze Zeit zusammen, und doch war ihr eine robuste Wahrheit klar.

Sie vertraute ihm mehr, als sie irgendjemandem seit vielen Jahren vertraut hatte.

Sie legte den Kopf zurück und schaute in seine strahlend blauen Augen, hob die Hand, um über seine Wange zu streichen, dann noch höher, bis ihre Finger die kratzige Oberfläche seines Kopfes streichelten. Ihn berührten und sie gleichzeitig erdeten.

„Du hast gesagt, es kommt oft vor, dass nach etwas wie einem Brand ein Schock eintritt. Gehört dazu seltsames Verhalten, wie etwa, dass man jemandem etwas sehr Ernstes erzählen möchte?"

Sein Blick wanderte zu ihren Lippen. „Ich weiß nicht, ob das der Schock ist, oder nur ein Zeichen dafür, dass zwei Menschen etwas übereinander erfahren."

Hanna nahm ihren Mut zusammen und preschte vor. „Ich weiß, dass du es ernst meinst, mit dieser Sache, dass ich deine Freundin bin, und der Gedanke bringt etwas in mir zum Beben. Ich glaube, ich will, dass du mein Freund bist, aber ich fürchte mich. Ich kann meinem Verstand nicht ganz begreiflich machen, dass jemand, der so gut und mutig und nett ist wie du, jemanden wie mich möchte, wo doch alle, die mich lieben sollten, mich abgewiesen haben."

Seine Miene genau an dieser Stelle – sie wirkte, als wäre er bereit, es für sie mit der Welt aufzunehmen. Er packte ihr Handgelenk und drückte ihre Handfläche an seinen Mund, damit er ihr einen Kuss auf die Mitte geben konnte, bevor er sich zurückzog und mit angespannter Autorität sprach.

„Süße, bei ihrer mangelnden Liebe ging es nie um dich.

Falls jemand ein Problem hatte, war es auf jeden Fall ihres. Sie haben dir furchtbar wehgetan, aber das liegt an ihnen." Er lehnte seine Stirn an ihre und schaute ihr in die Augen. „Danke, dass du ehrlich warst. Wir treffen jetzt gleich keine Entscheidungen, aber ich höre gerne, dass du das nicht für eine schreckliche Idee hältst. Ich kann geduldig sein, aber ich werde nicht aufgeben."

Ein weiteres Stück der Schnur um ihr Herz löste sich. Der Druck in ihrem Inneren wurde weicher, hoffnungsfroher. „Bitte gib nicht auf."

Sie ließ sich von ihm halten und nutzte auf jeden Fall aus, dass sie durch seine Nähe ihre Arme um seinen Hals legen konnte, damit sie seine warme, männliche Kraft aufsaugen konnte.

Sie saßen weitere fünf Minuten da, bevor sie seufzte. „Ich muss an die Arbeit. Wenn man die Jahreszeit bedenkt, will ich besonders gute Arbeit leisten."

„Sag mir, was ich tun ..." Ein leises, doch beharrliches Piepen ging in seiner Tasche los, und Brad schlug eine Hand auf die Hüfte und fluchte, zog sein Handy heraus und warf einen Blick auf die Nachricht. „Tut mir leid. Ich muss los."

Sie glitt von seinem Schoß und ging mit ihm zur Tür. „Ich habe nicht erwartet, dass du meinen Job zusätzlich zu deinem erledigst", erklärte sie.

„Falls du mich brauchst, ruf an", beharrte Brad, der ihr Gesicht nahm und wartete, bis sie das Kinn anerkennend neigte. Dann grinste er und beugte sich herab, um sie hungrig zu küssen.

Es war viel zu leicht, die Arme um ihn zu schließen, und als er sich aufrichtete und ihre Füße den Boden verließen, hielt ihr fester Griff, und die Art, wie er sie an den Hüften fasste, den Kontakt aufrecht. Sein ganzer Körper presste sich an sie, während er den Kuss vertiefte, stärker als zuvor, und ihren ganzen Körper zum Prickeln brachte.

Als er ihre Füße wieder auf den Boden stellte, klammerte sie sich einen Augenblick lang an ihn, um das Gleichgewicht wiederzufinden.

Ein leises Lachen ertönte, und sie tippte ihm auf die Brust, während sie losließ. „Brad. Das ist unangemessen in einer Kirche."

„Echt jetzt. Das ist nicht meine Schuld", beharrte er und deutete nur über ihre Köpfe.

Hanna legte den Kopf zurück, und natürlich hing dort ein weiterer Strauß des gefürchteten Mistelzweigs, der ganz offen unter die Decke befestigt worden war, genau im Eingang der Kirche. „Wer hängt denn Mistelzweige in einer Kirche auf?"

„Ich werde nicht nach dem Grund fragen, wenn das Ganze so befriedigend war", erklärte Brad. Er strich mit den Knöcheln über ihre Wange und ging rückwärts. „Fahr vorsichtig, wenn du fertig bist."

Dann war er weg. Ein Wirbel aus eisiger Winterluft glitt wie eine eiskalte Umarmung um sie herum, belebend und erfrischend und viel zu prickelnd.

Hanna machte sich an die Arbeit, während in ihrem Herzen eine Kerze der Hoffnung entzündet worden war.

Es war einer jener Anrufe, der Brad normalerweise zu einem tiefen, erleichterten Seufzer veranlasst hätte. Keine Gebäude waren in Gefahr; kein Vieh war im Weg. Aber der Farmer, der bis nach Mitternacht gewartet hatte, um zu beschließen, dass der Haufen Totholz, den er angezündet hatte, seltsam brannte, stand in diesem Augenblick nicht gerade auf Brad Liste mit Lieblingen. Nicht, nachdem er ihn von etwas weggeholt hatte, das sich als spektakulärer Abend erwiesen hatte.

Natürlich brannte das Feuer seltsam. Ohne das Wissen ihres Vaters hatten die beiden Teenager-Jungs der Familie eine ganze Kiste Feuerwerk unten im Haufen versteckt, die sie geplant hatten, während der Feiertage herauszuziehen, wenn Mom und Dad weg waren, um Freunde zu besuchen.

Dan Simpson fuhr zusammen und duckte sich, als würde er sich vor Schüssen verstecken, als eine weitere Runde hinter ihnen losging. „Sie werden die ganzen Feiertage zusätzliche Pflichten erledigen, darauf können Sie sich verlassen", setzte er Brad in Kenntnis.

„Wenn Ihnen hier die schmutzigen Pflichten ausgehen, schicken Sie sie runter zur Feuerwache", schlug Brad vor. „Wir haben eine Menge Geräte, die geschrubbt werden müssen."

Ein Hauch Erheiterung erschien auf der genervten Miene des Farmers, und er klopfte Brad auf die Schulter. „Das mache ich."

Brad wartete am Truck, bis die Pyrotechnik abgebrannt war, und wich einmal aus, als ein bengalisches Feuer in die falsche Richtung losging und direkt zwischen ihm und Mack durch schoss.

Mack lachte und schälte sich aus der Schneewehe, in der er gelandet war. „Damals in Calgary habe ich mich niemals um solche Feuer kümmern müssen."

Brad schüttelte den Kopf. „Feuerwerk ist nicht schlimm. Es ist schlimmer, wenn es die Hütte von irgend so einem Alten ist, und man stellt fest, dass er einen Munitionsstapel unterm Bett hat. Es war, als würde man in ein Kriegsgebiet laufen, als wir den alten Clancy Miller aus seiner Badewanne holen mussten, bevor das ganze Haus um ihn herum in Flammen aufging."

Mack starrte Brad einen Augenblick lang an, als würde er versuchen, herauszufinden, ob er log oder nicht.

Brad hob eine Augenbraue, sagte aber nichts.

Sein Freund schüttelte den Kopf. „Die Dinge, vor denen sie einen nicht warnen, wenn es ums Leben in einer Kleinstadt geht."

Sie hatten den Rest der Mannschaft heimgeschickt, also waren es nur er und Mack, die zurück zur Wache gingen. Sie parkten den Truck und verstauten ihre Ausrüstung, um sicherzustellen, dass alles für das nächste Mal bereit war, wenn die Geräte gebraucht wurden.

Brad warf einen Blick auf seinen Stellvertreter, die beide die einzigen bezahlten Vollzeitfeuerwehrmänner der Gemeinde waren. „Was hast du denn über die Feiertage vor?"

Mack zuckte mit den Schultern. „Ich arbeite, also werde ich in der Gegend bleiben."

Wie dumm, dass ihm das vor diesem Augenblick überhaupt nicht eingefallen war, aber es war das Richtige. „Komm doch am ersten Weihnachtsfeiertag zu uns."

„Kann ich nicht", entgegnete Matt mit einem Grinsen, als er die letzte Einsatzjacke aufhängte. „Ich habe schon ein Date, und sie sieht besser aus als du."

Brad stand still. „Warum weiß ich davon nichts? Mit wem triffst du dich denn?"

Macks Grinsen war riesig. „Dir ist es nicht aufgefallen, weil du leicht besessen bist und keinen Platz für irgendwas anderes in deinem Kopf hast als Hanna Lane. Die Antwort auf deine zweite Frage lautet Brooke."

„Die Mechanikerin?"

„Genau."

Huch. Brad dachte einen Augenblick nach, bevor er mit der Schulter zuckte. „Schön für dich."

„Danke für die Zustimmung. Nicht, dass ich rumsitze und darauf gewartet hätte, dass du mir deinen Segen gibst oder so was."

„Halt's Maul."

„Kein Problem. Ich muss mich mal aufs Ohr hauen, falls wir noch eine weitere frühe Neujahrsfeierlichkeit bekommen. Oh." Mack drehte sich im Eingang des Schlafquartiers noch einmal um, wo er vor Ort über Nacht bleiben würde. „Die Kommissarin hat bereits ihren Bericht über das Feuer im James-Gebäude abgegeben – Hannas Wohnung. Das fing mit einem elektrischen Kurzschluss im vorderen Anwaltsbüro an. Es gab keinen Vandalismus oder keine Schuld von irgendwem, bis auf die Besitzer des Gebäudes."

„Perfekt. Danke, dass du mich das wissen lässt."

Brad fuhr nach Hause und schrubbte sich unter einer heißen Dusche, bevor er auf seiner Matratze zusammenbrach.

Der Brandbericht war etwas, um das er sich nicht zu viele Sorgen gemacht hatte, denn er wusste, dass Hanna nichts getan hätte, um das Feuer auszulösen, aber dass sie freigesprochen war, war wie ein zusätzliches Weihnachtsgeschenk.

Er war nicht sicher, was ihn geweckt hatte, aber plötzlich saß er aufrecht im Bett, lauschte ganz genau. Falls sein Bruder hier herumschlich ...

Seine Füße kamen auf dem Boden auf, und einen Augenblick später war er draußen im Flur.

Ein Wimmern erklang hinter Hannas Tür, und er zögerte nicht. Er glitt hinein, ging durch das Zimmer zum Bad, um das Licht einzuschalten, damit sie, falls sie aufwachte, sehen würde, wer er war.

Sie warf sich heftig herum, ihr Kopf rollte von einer Seite auf die andere.

Er trat ans Bett. „Hanna."

Ihre Arme zitterten, ihr Gesicht war fest verkniffen, während sie sich auf die Seite gerollt hatte, als würde sie sich schützen.

Es war möglich, dass er gleich eine Ohrfeige bekommen

würde, aber er konnte sie nicht weiter leiden lassen in diesem Albtraum. Er setzte sich auf die Bettkante und legte eine Hand fest oben auf die Decke, drückte ihr die Schulter. Mit festerer Stimme sagte er: „*Hanna*. Du hast einen schlimmen Traum. Wach auf."

Ihre Augen klappten auf, und ja, ihr Arm schwang vor, verfehlte knapp sein Gesicht. Er spannte sich an, war bereit, beim ersten Anzeichen von Angst in ihren Augen wegzuspringen, während sie sich auf ihn konzentrierte.

Stattdessen fuhr sie hoch und warf sich in seine Arme, klammerte sich an ihn. Sie bebte, während sie die Worte herauszwang. „Crissy ist in Ordnung. Das Feuer ist vorbei, ja?"

Er legte seine Arme fest um sie, wollte sie vor der Vergangenheit beschützen. „Crissy schläft fest und schnarcht. Das Feuer ist passiert, aber es ist vorbei. Du bist in Sicherheit. Ihr seid beide bei mir in Sicherheit. Verstehst du das, Süße?"

Ihr Kopf ging an seiner Brust auf und ab. „Mein Gott, das war der realste Traum, den ich je hatte." Sie holte tief Luft, immer noch bebend, dann ballte sie die Faust und schlug sie ihm in die Brust.

Er knurrte überrascht. „Hey, wofür war das denn?"

Immer noch zitterte sie, doch jetzt lag in ihrer Stimme ein Hauch von Entschuldigung, und sie versuchte zu lachen. „Du bist derjenige, der mir gesagt hat, dass ich eine Art Panikattacke bekommen würde. Danke, dass du mir einen Albtraum beschert hast."

Brad lachte leise, legte seine Arme wieder um sie. „Das nehme ich auf mich."

Hanna legte den Kopf zurück, ihre Hand schlang sich um seinen Nacken, um seinen Kopf zu streicheln. „Ich habe gescherzt. Es ist nicht deine Schuld."

Süß und unschuldig. „Ich nehme die Schuld trotzdem auf mich. Meine Schultern sind breit genug."

Ihr Blick wanderte nach unten, ihre Augen wurden groß, als ihr klar wurde, dass er kein Shirt trug, und das Einzige zwischen ihnen die dünne Schicht des T-Shirts war, das sie trug – eines von seinen, was ihm äußerst gut gefiel.

Sie hatte eine Hand um seinen Hals gelegt und die andere um seinen Bizeps. Er genoss ihre Berührung viel zu sehr, wenn man bedachte, wann und wo sie in dieser Beziehung standen. Und darum erwartete er auch absolut, dass sie ihm vielleicht einen Kuss gab, bevor sie in die Sicherheit davoneilte.

Stattdessen streichelte sie ihn. Eine federleichte Berührung über seinem Bizeps und höher hinauf, bevor sie wieder nach unten kam. Ihr Blick war auf ihre Finger gerichtet, während sie weiter erkundete, ihre Hand ging nach oben, dann nach vorne über den Deltamuskel. Am Rand seiner Rippen entlang.

Brad hielt verdammt noch mal fast die Luft an, während sie sich weit genug weglehnte, um Zugang zu seinem Bauch zu haben. Er bekam fast keine Luft mehr und musste laut keuchen, während ihre Finger über seinen Bauch hinabgeisterten, bevor sie entlang seiner Hüfte über die Muskulatur strichen.

„Hanna?" Er schluckte schwer. Er war nicht mal sicher, was er sie fragen wollte, außer, lieber Gott, er hoffte, sie würde nicht aufhören.

Sie drückte ihre warme Handfläche ganz an seinen Oberkörper, bevor sie den Blick hob, um seinem zu begegnen. „Bleib bei mir."

Diesmal war er derjenige, der bebte. Er würde sie nicht enttäuschen, aber verdammt sollte er sein, wenn er das weiter gehen ließ, als es sie morgen noch glücklich machen würde. „Ich bleibe, bis du einschläfst."

Verwirrung trat auf ihre Miene.

Er übernahm die Kontrolle, schwang die Decke zurück und zog sie auf die Mitte der Matratze, sodass Platz für ihn war, damit er sich ihr anschließen konnte. Er legte sich neben sie auf das Bett, hielt sie dicht an sich geschmiegt, ihre Oberschenkel berührten einander, ihre Oberkörper rieben aneinander. Er bettete ihren Kopf auf seinem Arm und drehte sich, bis er sie von oben bis unten erreichen konnte.

Ein sanftes Leuchten kam aus dem Bad und spiegelte sich in ihren großen Augen. Er ließ die Finger über ihre Brust gleiten, ihr Herz hämmerte so fest, wie es das getan hatte, als er das Zimmer betreten hatte, aber wie es nun schien, aus einem sehr viel besseren Grund.

Hanna leckte sich über die Lippen, und seine Entschlossenheit schwankte.

„Ich werde dich küssen, Hanna Lane, und es ist kein einziger Mistelzweig zu sehen."

Sie schürzte ganz kurz die Lippen. „Okay."

Er beugte sich dichter heran, zog sich zurück, als wäre ihm etwas eingefallen. „Ich werde dich berühren", warnte er.

Ihre Finger glitten seinen Körper hinauf, legten sich über seine Brustmuskeln. „Okay."

Lieber Gott, er würde explodieren, nur wegen der Art, wie sie dieses eine Wort sagte. Er beugte sich wieder vor, und diesmal, da er so brav gewesen und um Erlaubnis gebeten hatte, gab es keinen Grund, langsam zu machen. Keinen Grund, sanft zu bleiben, darum nahm er ihren Mund und verzehrte sie. Drückte sich an sie, weil er es konnte, presste ihre Körper zusammen, doch irgendwie schaffte er es trotzdem, sich nicht über sie zu rollen, um sie an die Matratze zu nageln ...

Der Anstand hing am seidenen Faden.

Ihre Lippen waren so süß, und die leisen Geräusche, die sie von sich gab, glitten sein Rückgrat hinauf, als würde sie ihre Nägel auf seiner Haut einsetzen.

Er senkte eine Hand auf ihre Hüfte, damit er unter den Rand ihres T-Shirts gleiten konnte, langsam über ihre schmale

Taille nach oben wandern. An ihren Rippen vorbei und hinauf, um sie auf eine Brust zu legen.

Sie keuchte an seinen Lippen, als der Kontakt zustande kam. Brad zog sich zurück, damit er die Ausdrücke sehen konnte, die über ihr Gesicht tänzelten, während er mit der Hand um ihren hart werdenden Nippel kreiste.

Er sah Lust, Verlangen und einen winzigen Hauch Angst.

Es war diese kleine Erinnerung, die ihn die Selbstbeherrschung bis zu einem gewissen Punkt wiederfinden ließ, sodass er ihr geben konnte, was sie gerade jetzt brauchte. Es würde kein Opfer sein, nicht wirklich. Es würde sie allerdings alle Sorgen vergessen lassen, die sie in den letzten paar Tagen durchgemacht hatte.

So viel konnte er versprechen.

10

———

Sie hatte es nicht auf ihre weihnachtliche Wunschliste gesetzt, aber mit Brad im Bett zu sein, war auf jeden Fall ein Geschenk, das sie hatte auspacken wollen.

Die Dinge entwickelten sich schrecklich schnell, und doch hatte sie ihm vorhin von ihren Sorgen erzählt, und er hatte alles richtig gemacht. Er hatte sich nicht über sie lustig gemacht oder sie als etwas Törichtes beiseitegeschoben.

Als sie Angst verspürt hatte, war seine Stimme durch den Schrecken gedrungen. Als die Flammen in ihrem Kopf gebrüllt hatten, war seine Stimme der kühle Sprühregen gewesen, der den Brand beruhigt und die Ordnung wiederhergestellt hatte.

Die Hitze allerdings ließ nicht nach. Kein. Winziges. Bisschen.

Brad schaute sie mit Verlangen im Blick an, während seine große Hand über ihre Brust rieb. Jeder Teil von ihr, der jemals auf irgendetwas mit sexuellem Interesse reagiert hatte, war im Lauf der letzten paar Jahre eingesteckt und voll aufgeladen worden.

Sein Blick verlegte sich nach unten dorthin, wo er spielte,

während er mit den Fingernägeln über ihren Nippel kratzte, bis er so steif wurde, dass sie fürchtete, er könnte sich durch den Stoff ihres T-Shirts schneiden. Dann war das keine Sorge mehr, denn mit einem Knurren verlagerte er seine Position und zerrte den Stoff weit genug nach oben, um ihre beiden Brüste zu entblößen.

Seine Miene wurde gequält, und er fluchte leise.

Vorsichtig und langsam – er bemühte sich sehr, sie nicht zu bedrängen.

Hanna wollte unbedingt, dass er da weiter machte, wo sein Plan überhaupt erst begonnen hatte. Sie bekam seinen Kopf zu fassen, rieb mit den Handflächen über die dünne Schicht aus grobem Haar, zog ihn näher. Er kam nur zu gern, hob ihre Brust an, bevor er die Lippen um ihren Nippel legte und saugte.

Es war so lange her, dass sie jemand berührt hatte. Es gab eigentlich keine Möglichkeit, wie er das falsch machen konnte, und eine Million Möglichkeiten, es richtig zu machen.

Er ging von einer Brust zur anderen, presste Küsse auf die Vertiefung zwischen ihnen, bevor er an der äußersten Spitze ihres Nippels leckte. Er brummte glücklich, seine Miene war eindeutig fasziniert.

Es machte süchtig. Es schmeichelte ihrem Ego so sehr, zu sehen, wie glücklich er wirkte, während er sie berührte.

Sie erlebte erstaunliche Ebenen der Lust, ihre Haut prickelte und war empfindlich, während er nicht nur ihre Brüste vergötterte, sondern auch mit den Händen über ihre Rippen strich, nach oben ging, um kurz ihren Nacken zu stützen, während er zurückkam, um sie zu küssen.

Ach, diese Küsse. Stark genug, dass sie nicht fliehen konnte, aber auch sanft genug, dass sie das gar nicht wollte. Er schob sie unter sich, bis seine Zunge in ihrem Nabel abtauchte.

Sie erbebte. „Brad."

„Schließ die Augen", murmelte er. „Du musst gerade gar nichts tun, nur spüren."

Was auch ein tolles Konzept war, nur dass sie gleich eine Überlastung der Sinne erfahren würde. Er schob die Finger unter ihre Hüften, seine großen Hände kamen vor, sodass sie in seinen Armen gehalten wurde. Seine schwieligen Daumen strichen über ihre Hüftknochen.

Er spielte kurz mit den Rändern ihres Slips, bevor er ihn wegschob, sodass sie vom Kinn abwärts entblößt war. Er starrte, das Leuchten seiner Augen wurde noch wilder, und als er nach oben griff, um ihr eine Hand auf den Bauch zu legen, bebte Hanna.

„So weich", flüsterte Brad, der mit den Fingern über eine Seite strich, während er sich vorbeugte und ihr einen Kuss dorthin gab, wo der Saum ihres Höschens gewesen wäre. Dann weiter unten, wo Locken ihren Venushügel bedeckten. „So weich und hübsch."

Sie hatte es nicht erwartet, aber als ihr ein Kichern entschlüpfte, schaute er lächelnd auf. Hanna brauchte außergewöhnlich viel Mühe, um zu sprechen, wenn man bedachte, dass er nur wenige Zentimeter von ihrem Geschlecht entfernt war und sie nackt auf dem Bett lag. Keine Lage, in der sie schon oft im Leben gewesen war.

„Hübsch?"

Er neigte das Kinn. „Und lecker."

Seine Worte ließen sie reglos werden, zumindest ganz kurz, bevor er mit zwei Fingern zwischen ihre Falten strich. Brad beugte sich vor und leckte zart. Dann noch einmal, eine kurze Berührung, bevor er weghuschte. Immer und immer wieder, bis seine neckende Berührung zu sanft wurde und sie sich nach mehr sehnte.

Was sie auch gleich danach bekam, da er sich mit einem Knurren wieder neu ausrichtete, die Ellbogen auf die Matratze stützte und ihre Hüften höher hob. Ihre Knie öffneten sich, und sie war ausgebreitet wie ein Schmetterling, während sein Mund sie komplett bedeckte. Schockierend, doch auch so richtig, während seine Zunge fiese Dinge mit ihrer Klitoris anstellte.

Ihre Hüften hoben sich unwillentlich, während sie die Füße nach unten drückte, um Hebelwirkung zu bekommen. Sie drängte sich an seinem Mund, und er lachte, bevor er die Lippen direkt auf ihre Klitoris legte und saugte.

Vor ihren Augen tanzten Sterne. Sie bekam seinen Kopf zu fassen, rieb mit den Handflächen über die Stoppeln. „Das fühlt sich so gut an", flüsterte sie.

„Für mich auch." Brad hob sie hoch, senkte ihre Hüften auf die Matratze, nahm aber einen Augenblick später ihre Knie, um sie hochzuheben. Die Bewegung ließ ihre Hüfte nach oben kippen, sodass sie sich öffnete. Keine Privatsphäre. Alles war gleich da, offengelegt.

Was immer für eine Verlegenheit sie hätte spüren sollen, war bereits verschwunden, vielleicht in ihren fiebrigen Träumen verbrannt. Denn, nachdem er einen Blick auf ihr Gesicht geworfen hatte, um sicherzustellen, dass sie noch dabei war, wanderte sein Blick nach unten, blieb an ihrem Geschlecht hängen, an ihren Brüsten, kehrte zu ihrem Gesicht zurück, um sicherzustellen, dass sie glücklich war …

Auf gar keinen Fall würde sie ihnen das verwehren. „Mehr", flehte sie.

Sie war sich nicht ganz sicher, worum genau sie bat, aber sie war mit allem zufrieden, was er ihr geben wollte. Was anscheinend Küsse waren. Er wippte nach vorn, um ihr einen auf die Lippen zu drücken, bevor er nach unten ging, um mit ihren Brüsten zu spielen. Seine rechte Hand glitt an ihrem inneren Oberschenkel entlang, bis sie sich auf ihr Geschlecht legte, wo er den Handrücken an ihre Klitoris presste und mit Druck rotierte.

Brad hob den Kopf, sein Blick verhüllt, während er ihr ins Gesicht schaute. „Ich will so viele Dinge tun", gab er zu. „Ich könnte einen Tag mit deinen Brüsten verbringen, oder deine Muschi stundenlang streicheln, bis du ganz schlaff und zufrieden bist. Ich könnte dich von einem Ende bis zum anderen berühren, und das, noch bevor ich meinen Schwanz in dich gleiten lasse."

Ein Finger ahmte seine Worte nach, glitt langsam durch ihre Falten. Spielte an ihrem Eingang, drückte sich dann tief hinein, bis seine Hand ganz hart an ihr lag.

Seine blauen Augen beobachteten. Beurteilten. Stellten sicher, dass alles bei ihr in Ordnung war.

Es war nicht in Ordnung. Sie würde gleich völlig den Verstand verlieren.

„*Brad*", sagte sie mit so viel Warnung, wie sie in ihren Ton legen konnte. „Hör auf mit dem Necken", bettelte sie.

Seine Lippen wölben sich. „Das hältst du für Necken?"

Er küsste sie wieder, aber diesmal bewegte sich seine Hand. Zog sich zurück, kreiste, drückte tief sich in sie. Dieselben stoßenden Bewegungen ahmte er mit der Zunge nach, als würde er sie davor warnen, was als nächstes kam.

Zwischen ihren Beinen nahm der Druck zu, als er einen zweiten Finger hinzufügte, langsam anfangs, bis ihr Körper sich dehnte, um mit seinen großen Fingern fertig zu werden. Als ihre Feuchtigkeit sich über sie legte, wurde er schneller, bescherte ihren Nervenenden ein Feuerwerk.

Zwischen einem Kuss und dem nächsten war er weg. Seine Finger blieben da, bewegten sich und trieben ihre Lust noch weiter. Aber er hatte sich anders ausgerichtet, und als er den Mund wieder über ihre Klitoris legte, stöhnte Hanna. Sie schnappte nach Luft, wand sich an ihm. Alles, um zu versuchen, dieses letzte bisschen zu bekommen, das sie brauchte ...

Er wurde schneller, stieß seine Finger tief hinein, ließ die Zunge erbarmungslos vorschnellen, und es war um sie geschehen. Wogen der Lust strömten durch sie hindurch. Sie fingen in ihrem Innersten an, zogen sich um seine Finger zusammen und breiteten sich aus wie ein Netz, das sie an die Matratze fesselte.

Brad kam wieder zu ihr, küsste sie erneut, und sie schmeckte sich auf seinen Lippen. Eine seltsame Kombination aus ihr und ihm, vertraut und intim.

Ihr ganzer Körper bebte, während er die Finger aus ihr heraus zog. Vielleicht sollte es ihr peinlich sein, aber sie war so entspannt, dass sie gleich durch die Matratze schmelzen würde.

Er drehte sie auf dem Bett, legte sich um sie. Eine deutlich spürbare Erektion drückte sich an ihren Hintern.

Hanna schaute zu ihm auf, ganz schläfrig vernebelt, doch sie wollte ...

Sie wollte ihn so glücklich machen, wie er sie gemacht hatte. Wollte sich auch um ihn kümmern.

Nur bevor sie sich bewegen konnte, spannte er die Arme um sie an und küsste sie auf die Wange, beruhigte sie. „Schlaf", befahl er.

Er hatte sie festgesetzt, sie in eine menschliche Decke geschlungen, beschützt und warm. Auf jeden Fall entspannt wegen der Hormone, die durch ihre Adern flitzten.

Hanna wollte nicht mit ihm streiten, und als sie am Morgen in einem leeren Bett erwachte, konnte sie auch gar nicht mehr mit ihm streiten.

Etwas hatte sich geändert. Sie zögerte immer noch, und ihre Sorgen waren noch da, aber insgesamt wusste Hanna, als sie die Beine über die Bettkante schob und aufstand, dass sie in ihrer Beziehung in eine neue Phase übergegangen waren.

Nun musste sie eine Möglichkeit finden, den Mut aufrechtzuerhalten und es durchzuziehen.

ER HATTE SICH GEFRAGT, ob Hanna am Morgen, nachdem er sie berührt hatte, zur Schüchternheit zurückkehren würde. Brad stellte sicher, dass er wach war, bevor sie sich regte, zum Teil, um ihr die Verlegenheit zu ersparen, und zum Teil, weil er wusste, dass er am Vormittag grummelig war und nicht wollte, dass sie sich mit ihm herumschlagen musste.

Allerdings, um der Wahrheit Genüge zu tun, er war nicht sonderlich grummelig nach dem, was er in der Nacht hatte tun dürfen. So intim mit ihr umgehen zu dürfen, war schon Äonen passiert, bevor er es erwartet hatte, und er erwischte sich dabei, dass er den ganzen Tag lang zu den seltsamsten Zeitpunkten lächelte.

Seinen Arbeitskollegen fiel es auf. Mack schüttelte den Kopf und warf ein zusammengeknülltes Blatt auf ihn, um mehr als nur einmal seine Aufmerksamkeit zu erringen. „Ich möchte dir sagen, du sollst aufhören, so fröhlich zu wirken, aber es ist irgendwie schon amüsant."

Brad sorgte dafür, dass er bei der Arbeit besonders laut pfiff, während er die Materialien fürs nächste Jahr bestellte. Im Hintergrund lachte Mack.

Zu Hause hatte Hanna ein süßes Lächeln für ihn übrig, hielt sich aber angemessen auf Abstand, wann immer Patrick oder Crissy da waren. Er folgte ihren Hinweisen und stellte sicher, dass er sie nicht bedrängte, aber jeden Abend, nachdem Crissy ins Bett ging, und bevor Hanna unterwegs zur Arbeit war, sorgte er dafür, dass er zur Verfügung stand, um sich einen Abschiedskuss zu stehlen.

Er wurde ein Experte darin, zu planen, wo man den Plastik-Mistelzweig hinsteckte. In der Kiste mit Weihnachtsschmuck hatte er noch ein paar weitere Zweige gefunden, und obwohl er sich die Hand an denen zerkratzt hatte, die er auf der Suche nach einem günstigen Augenblick, um sie aufzuhängen, in seiner Tasche versteckt hatte, waren die roten Spuren eine Erinnerung an die Süße, Hannas ganze Aufmerksamkeit bekommen zu haben. Ihre Arme legten sich nun bereitwillig um seinen Nacken, wenn sie in seine Umarmung trat und ihn mit zunehmender Hitze küsste.

Er hielt sich aber von ihrem Bett fern. Er war nicht bereit, dieses Ereignis zu übereilen, obwohl sein Körper so viel mehr wollte.

Der letzte Schultag vor den Weihnachtsferien kam, und Patrick warnte sie am Vormittag, sich auf eine Überraschung gefasst zu machen, wenn sie nach Hause kamen.

Crissy schlüpfte aus ihrem Stuhl und kam hinüber an Patricks Seite. „Wirst du uns die Rentiere zeigen?"

Sein Vater lachte und drückte sich einen Finger an die Lippen. „Die ruhen sich noch aus", sagte er leise. „Aber ich habe eine andere Möglichkeit, um rumzukommen. Ich will, dass du ein neues Abenteuer ausprobierst. Bist du dabei?"

Crissy nickte, dann nahm sie Patricks leere Schale und stapelte sie in ihre eigene, trug sie an die Anrichte, bevor sie weglief, um sich fertig für die Schule zu machen.

Hanna beäugte Patrick erheitert. „Rentiere?"

Er grinste. „Eigentlich, wenn dir dieser Gedanke recht ist, dachte ich, wir könnten die Motorschlitten mal für eine Runde rausholen."

Darum hatte sein Vater also an den Maschinen herumgebastelt. Brad schaute noch mal nach, um sicherzustellen, dass Hanna nicht zu entsetzt war, aber sie grinste.

„Ich bin seit Jahren nicht mehr auf einem Motorschlitten gefahren. Nur, was für eine Größe?"

Der alte Mann hatte schon alles raus. „Wir haben große Maschinen für Brad und mich, aber ich habe auch die von Connie auf Vordermann gebracht. Die sollte genau die richtige Größe für dich haben."

Hanna wandte ihren fröhlichen Blick zu Brad. „Kannst du auch mitkommen?"

Ihre Gesichter konzentrierten sich auf ihn, und überall stand dieselbe Frage. Etwas Merkwürdiges und Magisches tat sich in seinem Bauch. Das waren drei Leute, die ihm enorm wichtig geworden waren. Pläne zu machen, um mit ihnen etwas zu unternehmen – Zeit zu verbringen, zusammen, als wären sie eine *Familie* ...

„Natürlich." Seine Worte kamen als raues Rumpeln heraus.

Offensichtlich dachten sie, die Antwort wäre nur er, wie er seine übliche vormittägliche kaffeesüchtige Art auslebte. Nicht, weil er eine tiefgründige, emotionale Erkenntnis gehabt hatte, als hätte er das perfekte Weihnachtsgeschenk geöffnet.

Patrick gab Hanna eine Auffrischungslektion, während Brad Crissy zu einer ersten langsamen Runde durch die Bäume mitnahm. Bis sie am Haus vorbei waren, war Hanna bereit, sich ihnen anzuschließen, ein Grinsen über beide Ohren auf dem Gesicht. Sie war eingepackt wie ein riesiger Schneemann in ihren geborgten Kleidungsschichten, aber sie sah köstlich und perfekt aus.

Mädchengelächter strömte durch die Luft, während er den Schlitten vor und zurück schaukeln ließ, sanft genug, dass Crissy sich an seinen Armen festhalten konnte.

„Schneller", verlangte sie.

Er widerstand der Versuchung, diesem Befehl Folge zu leisten, zumindest, bis Hanna vor ihn fuhr und dann wegsauste, über die Schulter schaute und ihm die Zunge herausstreckte.

Sie rasten nicht mit Höchstgeschwindigkeit dahin, aber schnell genug, dass Hannas Wangen rosig waren, als sie fertig wurden, und das Lachen in ihren Augen schien sich um ihren ganzen Körper zu legen wie eine perfekte Weihnachtsbeleuchtung, sodass sie strahlte.

Sie fuhren über eine Stunde mit den Schlitten herum, bevor es dunkel wurde und sie die Schlitten wieder in die Scheune stellten.

Patrick bewegte sich langsam, aber auch er hatte ein erfreutes Grinsen auf. „Es ist schon Jahre her", erzählte er Hanna, während sie sich mit Bechern mit heißer Schokolade vor das Feuer setzten. „Connie hat das Schlittenfahren immer geliebt. Sie war diejenige, die es den Jungs beigebracht hat."

Brad lachte. „Das habe ich vergessen. Ich erinnere mich noch, dass du ihr die Leviten gelesen hast, weil sie zu schnell gefahren ist." Er warf einen Blick zu Hanna, die unschuldig blinzelte und so tat, als hätte sie keine Ahnung, wovon er da redete.

„Du hast dich da draußen gut geschlagen", sagte Patrick zu Hanna, zwinkerte Brad zu. Ihm war ihr Rasen auch aufgefallen. „Wann hast du es gelernt?"

Sie runzelte kurz die Stirn, bevor sie sich dabei erwischte und sich wieder zum Lächeln zwang. „Wir haben zu Hause mit Schlitten die Pflichten erledigt."

„Mommy kann einfach alles", fügte Crissy stolz an, bevor sie ein riesiges Gähnen aufsetzte.

Hanna beugte sich hinab und nahm ihre Tochter hoch, wirbelte sie im Kreis. „Es ist doch noch nicht Zeit zu schlafen, Dummerchen. Wir müssen noch zu Abend essen." Sie gab ihr einen Kuss, bevor sie sie abstellte. „Komm schon. Machen wir was Besonderes für Mr. Patrick als Dankeschön für diesen schönen Nachmittag."

Crissy rannte aus dem Zimmer, zog Hanna hinter sich her. Brad schaute ihnen nach, fragte sich, ob es völlig unangemessen wäre, ihnen hinterherzulaufen, damit er weiterhin ihre Gesellschaft genießen konnte.

Das Lachen seines Vaters holte ihn aus seinen Gedanken heraus. „Dich hat es sehr schlimm erwischt", scherzte sein Dad.

Brad stand auf und grinste seinen Vater breit an. „Verbesserung. Mich hat es so richtig gut erwischt."

Da schloss er sich den Mädchen in der Küche an, damit er so oft wie möglich an Hanna stoßen konnte. In ihren Augen blitzte Erheiterung, als ihr klar wurde, was er tat.

Das Abendessen war laut und glücklich, gefolgt von Spielen im Wohnzimmer. Als es Zeit wurde, ins Bett zu gehen, schob Crissy zu seinem Entsetzen die Finger in Brads Hand.

„Ich will, dass du mich auch ins Bett bringst", flüsterte sie leise.

Brad warf einen Blick auf Hanna, die reglos da stand, bevor sie den Kopf zustimmend neigte.

Er stellte sich neben das Bett und wartete, während Hanna die Decke hochzog und sich vorbeugte, um Crissy einen Kuss zu geben. „Du musst gut schlafen", warnte sie Hanna. „Morgen ist keine Schule, aber wir haben eine Menge Feriensachen zu erledigen."

Crissy nahm den Plüschbären unter den Arm. „Und du musst nicht arbeiten?"

Hanna schüttelte den Kopf. „Ich habe auch Ferien. Die ganze Zeit, während du nicht in die Schule musst."

Crissy seufzte glücklich. „Der Motorschlitten hat mir gefallen. Aber ich will wirklich die Rentiere sehen."

Hanna trat zurück, und Brad ging vor, fühlte sich etwas

unbehaglich, bis Crissy die Arme hob und eindeutig um eine Umarmung bat. Ihre kleinen Arme legten sich um seinen Nacken und verwandelten sein Inneres in völligen Matsch. Und als sie ihm die Lippen auf die Wange drückte, bevor sie sich wieder unter die Decke kuschelte, wogten Schock und Erleichterung durch ihn hindurch.

„Gute Nacht, Mr. Brad."

„Gute Nacht, süße Maus."

Crissy kicherte. Ein verschlafenes Geräusch, während sie die Augen schloss und sich in die Decke kuschelte. „Ich bin deine süße Maus, weil meine Mommy deine Süße ist."

Brad hielt seine Erheiterung in Schach, verließ das Zimmer, bis er mit Hanna im Flur stand.

Leider zeigte ihre Miene, dass sie mit der aufmerksamen Anmerkung ihrer Tochter nicht so glücklich wirkte.

Er konnte nur nach vorne. Er würde Hanna nicht von sich zurückweichen lassen. „Alles in Ordnung?"

Sie holte tief Luft und hob den Blick zu seinem. „Ich habe vergessen, dass kleine Menschen große Ohren haben."

Brad strich mit dem Daumen über ihre Wange. „Ich werde nicht verstecken, was ich empfinde. Und ich glaube nicht, dass sie von dem Gedanken traumatisiert wird, dass jemand ihre Mommy mag."

Hanna legte die Finger um sein Handgelenk. Nahm seine Hand nicht weg, hielt ihn nur.

„Nein. Sie ist ..." Ihr Blick huschte zur Decke, und sie verdrehte die Augen. „Wie machst du das nur immer?"

Der Mistelzweig, den er an die Decke gesteckt hatte, bevor er Crissys Zimmer betreten hatte, war gleich da, perfekt positioniert. „Santa mag mich eben", warf er ein.

Einen Augenblick lang flatterten ihre Wimpern, dann neigte sie das Gesicht, ohne ihn noch weiter zu ermutigen, und wartete, dass er sich vorbeugte und sie küsste.

Sie standen im Flur, umeinander geschlungen, ihre Lippen aufeinander, die Arme verschränkt. Sein ganzer Körper spannte sich an, aber irgendwie löste er sich nach einem vertretbaren Zeitabschnitt von ihr, grinste über ihre geröteten Wangen und die Lichter, die in ihren Augen tanzten.

Sie stahlen sich zurück ins Wohnzimmer und schauten bei Patrick vorbei, bis sein Vater wieder einschlief, der Schaukelstuhl vor dem Feuer ein Magnet, um ihn dösen zu lassen.

Hanna stand auf. „Ein Film?"

Er schloss sich ihr an. „Du musst die ganzen Feiertage lang nicht putzen?"

Sie schüttelte den Kopf. „Der einzige Ort, von dem ich dachte, dass ich putzen muss, war die Kirche. Heute Nachmittag hat der Pastor angerufen, um mich wissen zu lassen, dass eine Freiwilligengruppe nach den Weihnachtsgottesdiensten beschlossen hat, über die Weihnachtstage die Arbeit zu erledigen. Er sagte, es wäre mein Weihnachtsgeschenk von der Gemeinde – sie bezahlen mich trotzdem, ich muss nur nicht auftauchen."

„Frohe Weihnachten für dich", sagte er zu ihr.

Ihr Lächeln brachte das ganze Zimmer zum Leuchten.

Er hatte die Fernbedienung auf seinem Schoß liegen lassen. Sie holte sie sich, schaltete ein und hielt das Gerät außerhalb seiner Reichweite. „Ich suche aus."

Jemand fühlte sich heute Abend aber dreist. „Vielleicht."

Sie scrollte durch Netflix, ignorierte die ganzen Filme auf seiner Watchlist und ging direkt zu den Weihnachtsfilmen. Bevor er erkennen konnte, welchen Film sie ausgesucht hatte, drückte sie auf Abspielen.

Eine Romanze mit rieselndem Schnee und unmöglichen königlichen Stammbäumen erschien auf dem Bildschirm.

Brad beäugte sie, spielte sein Unglauben richtig hoch. „Ernsthaft?"

Sie schaute direkt nach vorne, als wäre sie fasziniert. „Psst."

Er suchte nach der Fernbedienung, aber die war nirgends zu sehen. Nur dass das Lächeln auf ihrem Gesicht in ihren Mundwinkeln zuckte. Jemand trieb absichtlich Schabernack.

Er legte ihr eine Hand aufs Bein. „Wenn ich mich langweile, werde ich ruhelos", warnte er.

Hanna schaute ihn einen Augenblick an, bevor sie den Blick wieder dem Fernseher zuwandte. „Wir können morgen *Stirb langsam* schauen", versprach sie.

Es war ein gutes Gegenangebot, aber er würde sie heute Abend trotzdem in den Wahnsinn treiben. „Toll."

Er strich mit den Fingern ihr Bein hinauf, legte sie um die Innenseite und ging dann zurück zur Rückseite ihres Knies. Neckte sie mit den Fingern immer wieder, bis sie sich wand.

„Brad."

Gott, er liebte es, wenn sie seinen Namen mit dieser leichten Kombination aus Atemlosigkeit und Bedürftigkeit aussprach.

Er hob die Hand, wandte sich ihr zu und legte die Hand auf die andere Seite ihrer Taille. „Beachte mich gar nicht", sagte er, strich mit den Fingern über ihre Seite und unter ihren Arm.

Sie kicherte, und er kitzelte sie noch stärker. Als sie sich wand und zu ihm rollte, nutzte er es schamlos aus. Er zog sie oben auf sich, fing ihre Beine zwischen seinen ein.

Sie drückte sich an seine Brust, starrte nach unten. Hunger und Glück standen auf ihrem Gesicht.

Er kitzelte sie wieder.

Hanna wand sich an ihm, versuchte zu entkommen. Der Film war vergessen, während sie beide sich abwechselnd berührten und neckten. Zwischen erhitzte Berührungen stahlen sich Küsse. Finger strichen unschuldig, gefolgt von nicht zu unschuldig, über ...

Das Geräusch von Patricks Krücken auf dem Dielenboden riss sie beide mit einem Ruck zurück in die Wirklichkeit. Sie lösten sich voneinander, als wären sie Teenager und keine Erwachsenen.

Man würde sie trotzdem noch erwischen, wie sie herumknutschten, wo sie das doch gar nicht tun sollten.

Hanna ließ sich neben ihm nieder, sie starrten beide intensiv auf den Bildschirm, als Patrick den Kopf hereinsteckte, um gute Nacht zu sagen. „Ich sehe euch beide dann morgen Vormittag."

Hanna warf einen Blick über die Schulter. „Danke, dass du uns die Schlitten geliehen hast. Wir hatten eine tolle Zeit."

Sein Vater winkte und verschwand im Flur. Hanna holte tief Luft, bevor sie auf Brad schaute, Schabernack stand in ihrem Blick. Dann legte sie die Arme um seinen Bizeps und lehnte sich an ihn, angeschmiegt und zufrieden.

Er saß da, grinste den Bildschirm mindestens eine halbe Stunde an, bevor ihm klar wurde, dass dieselbe schreckliche Sendung noch immer lief. Er wusste nicht, wo die Fernbedienung war, und es war ihm einfach völlig egal.

Es war ein fast perfekter Abend.

11

———

Während sie sich durch die Türen zu *Buns and Roses* schoben, traf ein erheblicher Ansturm von Weihnachtsgerüchen Hanna voll ins Gesicht. Zimt und Ingwer und üppiges Pfefferminz, und sie blieb stehen, um tief und genüsslich Luft zu holen.

Crissy zerrte an ihren Fingern, wollte unbedingt weiter. „Ich sehe Emma", sagte sie und hüpfte auf der Stelle auf und ab. „Und Sasha und Mary und Alicia."

Hanna half ihr aus der Jacke. „Ich will dich nicht von deinen Freundinnen fernhalten."

„Und du musst *deine* Freundinnen treffen." Tansys vertraute Stimme wurde von der ihrer Schwester Rose und den anderen Frauen begleitet, mit denen Hanna sich in den letzten Monaten regelmäßig getroffen hatte. Freundinnen, von denen Hanna wusste, dass sie sie unterstützten, und denen sie wirklich wichtig war.

Es fühlte sich wunderbar an, inmitten einer solchen Fürsorge zu stehen.

„Ich dachte, es wäre ein Mädelsabend", scherzte sie.

„Heute ist es ein Mädelstag", erwiderte Rose. Ihre festliche Weihnachtsweste mit dem glänzenden Goldrand hob sich wunderschön von ihrer dunklen Haut und ihren Haaren ab. „Komm schon. Wir haben den Laden umgebaut, damit es eine gemütliche Ecke gibt, in der wir sitzen und tratschen können, während die Kinder Platz zum Spielen haben."

Tansy schloss die Tür hinter sich, drehte das *Geöffnet*-Schild auf *Geschlossen* um, dann rieb sie sich zufrieden die Hände. „Jetzt kann ich den extrastarken Eierpunsch rausholen."

„Das ist einer der Vorteile, wenn man feiert, wo man wohnt", scherzte eine weitere Freundin. Brooke winkte Hanna zu, ehe sie ihren Pferdeschwanz festzog und dann auf den Stuhl neben sich deutete. „Setz sich zu mir. Wir haben schon eine Weile nicht mehr geredet."

Alle ihre Freundinnen waren da, bis auf Tamara, die durch ihre Schwester Lisa ersetzt worden war. Nicht wirklich ersetzt, aber die fröhliche Frau war eine willkommene Ergänzung, die sich zu den kleinen Mädchen setzte und sich damit beschäftigte, ihnen beim Anfertigen von Weihnachtsschmuck zu helfen.

Ivy Fields ließ sich auf dem Hocker auf der anderen Seite von Hanna nieder. „Wie geht's dir?"

Wunderbar? Aufgeregt? Bebend kurz vor etwas, das enorm erschien? Hanna suchte nach den richtigen Worten, die sie sagen konnte, als ihr klar wurde, dass alle ihre Freundinnen, die gerade jetzt vorsichtig zu ihr sahen, an das Feuer dachten.

Sie waren nicht wie Hanna auf die Tatsache fixiert, dass ein gewisser besonders großer Feuerwehrmann merkwürdige und wunderbare Dinge sowohl mit ihrer Libido als auch ihrem Herzen anstellte.

„Uns geht's gut."

Brooke tätschelte ihren Arm. „Sorg nur dafür, dass du uns

wissen lässt, falls es etwas gibt, was du brauchst. Ich habe mal eine Menge Zeug verloren, als wir ein Feuer in der Werkstatt hatten. Es waren nur ein paar Kisten, aber es war schwierig."

Hanna hatte Dinge auf ihre Ersatzliste angefügt, aber wenn es ans Eingemachte ging, war dieses Blatt nur kurz. „Wir hatten niemals viel", gab sie zu. „Mit dem engen Budget, und da es nur ich und Crissy waren, sind die Dinge, die uns am wertvollsten sind, unsere Erinnerungen."

„So sollte es sein", sagte Ivy mit einem sanften Lächeln.

Ein paar von ihnen standen auf, um Snacks zu holen, doch Ivy musterte sie weiter, bis Hanna fragen musste: „Dir scheint etwas durch den Kopf zu gehen. Stimmt was nicht in der Schule?"

Ivy schaute hinüber dorthin, wo Crissy fröhlich mit den anderen kleinen Mädchen spielte. Sie griff in die Tasche und zog einen Umschlag heraus, drehte ihren Körper strategisch, damit es sonst niemand sah. „Ich dachte, du solltest dir das mal anschauen. Es ist Crissys Brief an Santa. Offensichtlich habe ich den nicht mehr, denn wir haben ihn an ihn abgeschickt."

Hanna nickte verständnisvoll und klappte dann das Blatt auf. Es war die kindliche Druckschrift ihrer Tochter mit einigen Zusätzen von Erwachsenen – Ivys Beiträge. Doch während sie weiter auf die Seite starrte, begann Hannas Herz zu hämmern.

Lieber Santa,

vielen Dank, dass du dich während des Feuers um mich gekümmert hast. Ich weiß, es ist wichtig, Geheimnisse zu hüten, also werde ich niemandem erzählen, dass ich weiß, wo du wohnst. Du bist sehr nett, und danke, dass du meiner Mommy jemanden zum Küssen geschickt hast.

Ich hätte gern einen Daddy zu Weihnachten. Emma sagte, sie hätte mal um eine Mommy gebeten und eine bekommen, aber es hat ein wenig gedauert. Ich kann warten, aber ich glaube, Mr. Brad würde einen guten Daddy abgeben, und Mommy mag ihn.

Deine Pfannkuchen mag ich echt gern.

Ich hoffe, du hast am Heiligabend eine gute Fahrt.

Alles Liebe, Crissy

Sie schaute auf, um zu sehen, dass Ivy sie mit großer Neugier betrachtete. Hanna klappte das Blatt zu, bevor die Mädchen sie damit erwischten. „Du liebe Zeit."

Ivy lächelte. „Kindermund tut Wahrheit kund, was?"

Es gab so vieles, was sie sagen wollte, aber sie würde sich nicht verteidigen, denn sie und Brad hatten nichts Falsches getan. Doch der Gedanke, dass Crissy sich bereits mehr wünschte, drehte ihre Hoffnungen und ihre Sorgen noch etwas mehr auf.

Sie blieb bei dem sicheren Thema, um das zu besprechen. „Hält sie wirklich Patrick Ford für Santa?"

Ein leises Lachen entschlüpfte ihrer Freundin. „Auf diesen Teil willst du dich also konzentrieren? Okay, ich werde dich nicht necken wegen der Küsse und der Tatsache, dass deine Tochter beschlossen hat, die Kupplerin zu spielen. Ja, ich glaube, sie stellt sich Patrick als Santa Claus vor."

Das wirkte nicht wie eine allzu gefährliche Vorstellung. „Findest du, ich sollte mit ihr reden?"

Ivy schüttelte den Kopf. „Von allen Leuten, die sie sich als Santa vorstellen könnte, ist Mr. Ford einer der sichersten. Er wird sie nicht mit Benehmen enttäuschen, das nicht zu Santa passt, und er wird vermutlich ganz entzückt sein, zu erklären, wie Santa in vierundzwanzig Stunden um die Welt reisen und trotzdem zu einer vernünftigen Zeit zu Hause und im Bett sein kann."

Patrick würde entzückt sein. Genauso Brad, aber der Gedanke, den Rest des Briefes mit noch niemandem zu teilen, stand gar nicht zur Debatte.

Sie reichte ihn Ivy zurück. „Hebst du den erst mal für mich auf, bitte?"

Ivy steckte ihn ohne Widerworte weg, dann lächelte sie. „Ich freue mich, dass bei dir über die Feiertage was Gutes passiert."

Hanna ignorierte die Frage in ihrem Blick.

Ivy beugte sich näher heran, um sicherzustellen, dass niemand mithörte. „Es ist schön, jemanden zum Küssen zu haben."

Das stimmte allerdings.

Hanna genoss die Party und den Besuch bei ihren Freundinnen, aber als sie innehielten und sich alle versammelten, um einen Stapel Geschenke zu Crissys Füßen abzulegen, stand Hanna ganz nahe am Rand der Tränen.

Emma erklärte, was los war. „Da all deine Dinge weg sind, bekommst du zusätzliche Weihnachtsgeschenke. Wir haben eins von unseren aufgegeben."

Lisa fügte die Einzelheiten an. „Alle Mädchen haben ihre Moms und Dads gebeten, ihnen eine Sache weniger zu schenken, und dann haben sie dir was Besonderes besorgt."

Crissys Augen leuchteten, und sie brachte nichts hervor. Das Einzige, was sie sagen konnte, war ein von Herzen kommendes „Dankeschön".

„Du darfst es jetzt gleich öffnen", erklärte er Tansy, die auf den Boden ging und ihr das erste Päckchen reichte.

Während Crissy daran arbeitete, ihre Überraschungen auszupacken, wandte sich Lisa an Hanna und bot ihr einen

Umschlag an. „Wir Erwachsenen haben es genauso gemacht. Wir haben ein Geschenk aufgegeben, aber anstatt dir was zu kaufen, dachten wir, du solltest es dir selbst aussuchen."

Glück, das in Schichten aus glänzender Freundschaft eingeschlagen war, blitzte heftig auf, und Tränen traten ihr in die Augen. „Ihr seid alle unfassbar. Vielen Dank."

Sie ging in der Gruppe herum, umarmte sie und dankte einzeln allen ihren Freundinnen.

Crissy quietschte, als sie einen Karton öffnete und einen Plüschhund mit schlaksigen Armen und Beinen fand. Es war nicht genau derselbe wie der, den sie verloren hatte, aber er kam nahe genug heran, dass er aus demselben Wurf stammen könnte.

Während Crissy die Arme mit Freude in den Augen um das Geschenk legte, musste Hanna ihr den Rücken zuwenden und ihr Gesicht an Ivy vergraben, um ihre Freundin zum Weinen zu nutzen.

Glückstränen waren trotzdem Tränen und nichts, womit sie Crissy Sorgen bereiten wollte. Nicht heute.

Der Nachmittag verging schnell. Als er rum war und alle ihre Sachen zusammensammelten und sich zum Gehen bereit machten, stellte Hanna fest, dass sie auf die Straße hinausschaute und ein vertrautes Gesicht sah. Sich fragte, wo sie schon mal …

Es war Mark. Brads Bruder. Der Mann, der sie überrascht hatte.

Sie sorgte dafür, dass Crissy noch beschäftigt war, bevor sie ihre Jacke anzog. Nach einem kurzen Gespräch mit Tansy ließ Hanna sie wissen, dass sie gleich zurück sein würde. „Da ist jemand, mit dem ich reden muss. Ich bin gleich wieder da."

Sie ging zur Tür hinaus, nicht ganz sicher, was sie vorhatte.

Mark starrte ins Fenster des Ladens neben *Buns and Roses*.

Es war ein Fotoladen, der Beispiel-Porträts in schicken Rahmen ausgestellt hatte.

Sie folgte seinem Blick, um festzustellen, dass Mark auf ein Foto der Familie Ford schaute. Ihr Inneres spannte sich noch weiter an.

Es war ein altes Foto, das vor Jahren gemacht worden war, als Connie Ford noch gelebt hatte. Sie trugen alle Jeans, lehnten an einem hölzernen Zaun, den sie erkannte. Die namensgebende einsame Kiefer der Ranch stand stolz in der Ecke. Brads Haare waren schulterlang, und er hatte einen Arm um die Schulter seines Bruders gelegt. Patrick stand hoch aufgerichtet da, sein Haar nicht so strahlend weiß wie jetzt, sondern grau meliert. Connie lächelte stolz, umgeben von ihren Männern.

Vielleicht war Hanna ja von Weihnachten vernebelt, aber plötzlich verschwand all ihr Zorn auf Mark, als hätte jemand einen Ballon angepiekst. Das bedeutete nicht, dass sie die Gelegenheit zurückweisen würde, ihm in den Hintern zu treten.

Sie räusperte sich. „Mark?"

Er drehte sich auf der Stelle, seine Augen wurden groß, während er rückwärtsging. „Du."

Sie hielt eine Hand vor. „Hanna Lane."

Er schaute auf ihre Finger, dann wieder zurück auf ihr Gesicht, als wären ihm ihre Motive verdächtig.

Das kam ihr komisch vor, denn er war mindestens einen halben Meter größer als sie. „Ich werde dir nicht wehtun", sagte sie trocken.

Seine Lippen zuckten, und er schüttelte ihr kurz die Hand. „Ich bin Mark, auch wenn du das bereits weißt. Anstatt Hallo zu sagen, werde ich sagen, dass es mir leidtut. Ich wollte dir keinen Schrecken einjagen. Und ich wollte nicht unhöflich sein."

„Entschuldigung angenommen", sagte Hanna zu ihm. „Aber du warst schon unhöflich. Um das klarzumachen."

Er schnaubte. „Das passt ja, dass mein Bruder sich eine Freundin sucht, die ganz unverblümt ist."

Dass sie jemand Brads Freundin nannte, fühlte sich sehr, sehr gut an. „Ich habe dich hier draußen gesehen, und es ist nicht an mir, aber ich sage es trotzdem. Ich weiß nicht, warum du und Patrick euch streitet. Aber es scheint, als würdest du was Gutes wegwerfen. Du hast da jemanden, dem du eine Menge bedeutest. Zwei Leute eigentlich", erklärte sie. „Denn ich weiß, dass du Brad auch wichtig bist."

„Wenn er mir nicht droht, mich zu verprügeln."

Sie hob eine Augenbraue. „Du hattest es verdient."

Mark verzog das Gesicht. „Schon wieder so unverblümt. Aber du hast recht. Das hatte ich, aber es ist nur – du weißt ja nicht ..." Er stapfte ein paar Schritte weg, bevor er zurückkehrte. „So leicht ist das nicht."

„Gute Dinge sind niemals leicht", sagte sie bestimmt, ihr Blick war kurz von ihrer Tochter in Beschlag genommen. Crissy tanzte mit ihrer Freundin Hand in Hand, den Plüschhund hielten sie zwischen sich. Die Ohren des Spielzeugs flogen auf und ab, als würde er vor Freude lachen. „Oft brauchen die lohnenden und wertvollsten Dinge eine Menge Energie und Mut, aber am Ende lohnt es sich."

Mark sagte nichts, aber er musterte ihr Gesicht. Er schaute ins Fenster von *Buns and Roses*, seinen Blick ließ er an Crissy haften. Er wandte den Rücken Hanna zu, während er die Beziehung zu verstehen versuchte. Er nickte rasch. „Danke, dass du vor mir nicht ausgeflippt bist, und ich verspreche, ich werde mich nicht wieder so an dich heranschleichen."

„Ich verspreche, dich nicht mit irgendwas zu schlagen, außer du verdienst es", bot ihm Hanna im Gegenzug an. Sie schaute ihm in die Augen und merkte, dass sie nicht lügen musste. „Es war schön, dich offiziell kennenzulernen. Frohe Weihnachten."

„Frohe Weihnachten", wiederholte er.

Sie ging zurück in die Wärme des Ladens und nahm sich Crissy, hielt die Erinnerung fest, wie viel Arbeit es machte, damit gute Dinge passierten, und wie wertvoll es gleichzeitig war.

Sie hatte ihre Tochter, sie hatte etwas Besonderes, das sich mit Brad entwickelte. Ein Schritt nach dem anderen. Er war so geduldig und wunderbar mit ihr gewesen.

Vielleicht war es Zeit, dass auch sie einen Schritt näherkam. Etwas, das Mühe von ihr verlangen würde, aber *ihn* glücklich machen würde. Der Gedanke ließ ein Beben ihr Rückgrat hinaufgehen, aber das war nichts Schlimmes, rief sie sich in Erinnerung. Alles, was wertvoll war, verlangte harte Arbeit und fühlte sich anfangs vielleicht ein bisschen gefährlich an.

Jetzt musste sie nach einer Gelegenheit suchen, die sie ergreifen konnte.

HANNA UND CRISSY waren von ihrer nachmittäglichen Party mit einem Stapel Geschenke und einer Wagenladung Freude zurückgekehrt, die in ihren Augen glänzte.

Patrick holte Crissy zu einem Spiel vor dem Weihnachtsbaum ab. Brad schloss sich Hanna in der Küche an. Sie stand an der Anrichte, blätterte durch die Seiten des Rezeptbuchs seiner Mutter.

Sie hatte den Nachmittag bei ihren Freundinnen verbracht. Er war ziemlich sicher, dass irgendwann mal über ihn geredet worden war. Er konnte es kaum erwarten, herauszukriegen, was gesagt worden war.

„Wonach suchst du denn?", fragte er.

„Dein Vater hat einen Kuchen erwähnt, den deine Mom während der Feiertage immer gemacht hat. Ich dachte, den würde ich backen und ihn dann für ihn unter den Baum schmuggeln."

Er konnte unmöglich widerstehen. Er trat hinter sie, legte eine Hand auf die Anrichte und griff mit der anderen um sie herum, um zu der Seite zu blättern, die sie brauchte. „Das ist eine tolle Idee."

Sie drehte sich in seiner Umarmung, und als sie zu ihm auflächelte, war in ihrer Miene mehr als nur genug Hitze, um ihn glücklich zu machen. „Du bist so blöd."

Er lachte leise. „Ich glaube, dir ist mein Name entfallen."

Hanna drückte ihm beide Hände auf die Brust, aber statt ihn wegzuschieben, ließ sie die Hände hinab zu seiner Taille gleiten, bis sie auf seiner Hüfte lagen, um ihn festzuhalten. „Schwierigkeiten? Schabernack?"

Er war nicht sicher, was los war, aber damit konnte er arbeiten. „Klar."

Nach einem raschen Blick hinter ihn, um sicherzustellen, dass keiner zusah, stellte sich Hanna auf die Zehenspitzen und bot ihm ihre Lippen an.

Er lächelte, während er eine Hand hob, um sie an ihre Wange zu legen. „Ich weiß nicht, was über dich gekommen ist, aber mir gefällt es", murmelte er, als der kurze Kuss um war.

Flatternd öffneten sich ihre Augen. „Ich folge nur den Regeln", beharrte sie.

Hanna hob eine Hand und deutete über ihren Kopf.

Sie war wohl auf den Küchentresen gestiegen, um dort den Mistelzweig aufzuhängen. Er war fast ganz oben am Schrank angeklebt, mit etwas, von dem er wusste, dass es das einzige Klebeband im Küchenschrank war – einfaches schwarzes Isolierband.

Brad lachte laut, bevor ihre Finger auf seinen Lippen landeten und das Geräusch abschnitten.

Sie standen beide da und lauschten, um zu sehen, ob der plötzliche Ausbruch ihnen die Aufmerksamkeit eines gewissen kleinen Mädchens beschert hatte, aber als die Stimmen weiter fröhlich im Wohnzimmer plapperten, blieben sie, wo sie waren. Sie ließ die Finger sinken und hielt inne, als nur noch einer auf seinen Lippen war.

„Still", befahl sie.

„Ich sage keinen Piep", versprach er, bevor er mit den Fingern durch ihre Haare fuhr und ihren Kopf zurücklegte, damit er sie erneut küssen konnte, diesmal hart und fest.

Es reichte nicht. Nicht, als sie anstatt einer schüchternen Reaktion an seiner Unterlippe knabberte und einen Blitz durch seinen Körper sandte.

Bevor er es sich versah, hatte er sie gehoben, sie mit dem Hintern auf die Anrichte gesetzt. Ihre Knie geöffnet, damit er sich an sie pressen konnte. Die schmerzende Wölbung seines Schwanzes schmiegte sich an ihr weiches Innerstes, und er zog ihre Hüften vor, damit sie sich aneinander rieben, während sich der Druck aufbaute.

Sie löste ihre Lippen von seinen und schaute ihm in die Augen, während er sich an ihr wiegte. Sie keuchte leicht, sie beide lauschten ganz fest, bereit, sich jeden Augenblick voneinander zu lösen.

Als die Stimmen leiser wurden und aus dem Windfang kamen, beschloss Brad, dass er wirklich absolut nichts an Weihnachten bekommen würde, denn er würde ein Geschenk erhalten, das er nicht erwartet hatte.

Und tatsächlich erklang Patricks Stimme aus der Nähe der Tür. „Wir kommen in einer Weile zurück. Die Kätzchen müssen bekuschelt werden."

Die Tür schloss sich fest, bevor sie Zeit hatten, etwas zu erwidern, und die Stille im Haus wurde fühlbarer.

Einen Augenblick später hatte Hanna ihn an den Schultern gepackt, ihre Fingernägel bohrten sich hinein. Sie war diejenige, die ihn dichter heranzog und seinen Mund im Sturm nahm, ihre Hüften an seinen neigte, um ihn zu ermutigen.

Halleluja. Brad dachte nicht nach, er nutzte nur den Augenblick und machte weiter. Nahm ihre Küsse an. Den süßen, lustvollen Druck ihrer Zunge, die mit seiner spielte. Er rieb mit den Hüften auf eine entschlossene und wenig unschuldige Art an ihr, und Lust baute sich auf, bis sie wimmerte.

Er ließ eine Hand direkt hinter sie gleiten, damit sie in Verbindung blieben, riss ihr T-Shirt aus der Hose und schlüpfte mit der anderen darunter, um ihre Brust zu umfassen.

Hannas Kopf legte sich nach hinten an die Schränke, während ihr ein Stöhnen über die Lippen kam.

Er wollte sie nackt ausziehen. Wollte sie in sein Zimmer tragen und sich in ihren Körper versenken, aber er hatte eben hier und jetzt. Die Uhr tickte, ihre Finger bohrten sich in seine Schultern.

Sie wollte ihn nicht loslassen.

Er ging mit den Zähnen an ihren Hals und knabberte. Linderte es mit einem Kuss, bevor er hinauf zum Ohrläppchen glitt und dort dasselbe tat. In der Zwischenzeit ließ er die Finger unter den weichen Stoff ihres BHs gleiten, reizte ihren Nippel, bis er steif wurde. Die ganze Zeit rieben sie aneinander, an diesem einen gefährlichen Flammpunkt.

„Brad. Ich brauche nicht mehr lang", warnte sie.

Er auch, aber verdammt, wenn er aufhören würde, bevor sie da war.

Er nahm sie hoch, ging einen Meter zur nächsten Wand und presste sie mit dem Rücken dagegen, damit er sich fester an sie drücken konnte. Mehr Druck auf ihre Klitoris aufbauen, während ihre Augen groß wurden und sie mit den Fingernägeln über seine Arme kratzte.

Bei ihm hing alles am seidenen Faden, bereit, in der Sekunde überzuschwappen, wenn sie es tat, als sie zum Glück die Beine um seine Hüften anspannte und mit winzigen Konvulsionen fester drückte, während ihr ein atemloser Schrei entschlüpfte.

Brad verlor die Kontrolle. Er stieß nun gegen sie, fest genug, dass der kleine Weihnachtskrimskrams oben an der Wand ratterte wie musikalische Glöckchen, die schneller erklangen als bei jedem Weihnachtsmann in der Fußgängerzone.

Es war so viele Arten falsch, aber das war eben das Schöne an einem perfekten Weihnachtsgeschenk. Es war nicht das, worum man gebeten hatte, aber es war genau das, was man in diesem Augenblick gerade brauchte. Brad wartete, bis sich der Druck aufbaute, Lust prickelte so heftig entlang seines Rückgrats, dass er brüllen wollte.

Hanna nahm sein Gesicht mit beiden Händen, führte ihre Lippen wieder zusammen, während er kam. Heiß und feucht mit einem Ansturm von Endorphinen, der alle Sorgen wegwischte, wie schmutzig und unkontrolliert er gewesen war, nur weil sie ihn geküsst hatte. Er klammerte sich fest, als wolle er die letzten Reste der Lust aus dem herauspressen, was sie getan hatten.

Als er sich zurückzog, wirkte sie so vernebelt, wie er sich fühlte, ihr Lächeln brachte sie auf jeden Fall auf die Liste der Unartigen.

„Gefährliches Grünzeug, dieser Mistelzweig", murmelte er.

Hanna lachte, und die Erheiterung, die er vorhin

zurückgehalten hatte, entschlüpfte ihm, rollte von seinen Zehen herauf, während er sie wieder auf die Beine stellte und ihr einen zarten Kuss gab. Einen, der besagte, dass ihm nicht nur gefallen hatte, was sie getan hatten, sondern dass er *sie* mochte.

Er ging rückwärts, bevor er sie in die Nasenspitze kniff. „Hab Spaß beim Kuchenbacken."

Ihr Blick senkte sich kurz auf die Vorderseite seiner Jeans, wo sich ein sichtlich feuchter Fleck gebildet hatte, und ihre Wangen wurden tiefrot.

„Ich muss mal duschen", setzte er sie in Kenntnis, nur um zu sehen, wie sie immer verlegener wurde.

Dann überraschte sie ihn wieder, indem sie ihm schüchtern zuzwinkerte. „Das hat mir gefallen."

Ihm auch. Und er würde den nächsten Schritt sogar noch mehr genießen, denn das war es, was diese letzte Eskapade sagte. Hanna hatte eine Entscheidung getroffen, weiter vorzupreschen, was bedeutete, auf seine Wunschliste hatte er eine Antwort erhalten. Irgendwann, hoffentlich in der nahen Zukunft, würden sie sich lieben, und er konnte es kaum erwarten.

12

Hannas Tochter stand neben ihr am Frühstückstisch, bebte beinahe vor Aufregung.

„Bitte sag ja", bettelte Crissy.

Es war nicht nur ihre Tochter, die ihren Welpenblick in ihre Richtung wandte. Patrick hatte sich mit seiner charmantesten Liebenswürdigkeit eingebracht, während er am Frühstückstisch um die Ecke von Hanna saß. „Das ist vielleicht der einzige Tag der Woche, der schön genug ist, um nach draußen zu gehen, da doch dieser Sturm aufzieht und so weiter."

Der Einzige, der nicht seinen Charme auffuhr, um sie zu überzeugen, war Brad.

Sie lächelte, ohne darüber nachzudenken. Er war wirklich kein Morgenmensch. In einem Versuch, nicht direkt mürrisch zu wirken, saß er da und nippte still an einem Kaffee, weigerte sich, an irgendeiner Unterhaltung teilzunehmen, soweit er konnte, bis es nach neun Uhr war.

„Warum bin ich diejenige, die die endgültige Entscheidung treffen muss?", fragte Hanna, hielt ihre Erheiterung nur mit

Mühe aus ihrer Stimme fern. „Da es so wirkt, als würde Brad sich enthalten, habt ihr bereits über fünfzig Prozent der Stimmen, wenn das eine Demokratie sein soll."

Patrick brach ein, wirkte ein wenig verlegen. „Jeder weiß doch, dass die Stimme einer Mutter doppelt zählt, wenn man sie mit uns übrigen vergleicht."

Brad schnaubte.

Nichts sonst, nur ein einzelnes Schnauben, aber es war mehr als sein üblicher Beitrag am Morgen, und plötzlich hatte Hanna den tiefen Wunsch, aufzustehen, um den Tisch zu laufen und sich in seine Arme zu werfen. Ihn vielleicht sogar zu kitzeln, bis er lachte.

Obwohl, wenn man ihn kannte, würde das Kitzeln vermutlich bald zum Küssen werden – und das war ein Gedankengang, den sie vermeiden musste.

Seit der Zeit, als sie vor ein paar Tagen in der Küche den Verstand verloren hatte, war Brad vorsichtig gewesen, sie nicht zu bedrängen, aber er hatte sie genau beobachtet. Er wartete, prüfte sie nach Hinweisen, und obwohl sie echt verführt war, es weiter zu treiben, war die kurzzeitige Pause gut gewesen.

Es hatte ihr die Gelegenheit verschafft, zu überlegen, was am besten war, nicht nur für jetzt, sondern für die Zukunft. Sowohl für sie als auch Crissy.

Es war viel zu leicht, auf hoffnungsvolle Träume und Wunschdenken zu verfallen. Kurzzeitig wäre es wunderbar, einfach mit dem weiterzumachen, wonach ihr Körper sich sehnte, aber wenn man bedachte, was Crissy hoffte, zu Weihnachten zu bekommen, wusste Hanna, dass sie ein paarmal mehr tief Luft holen musste, bevor sie sich noch weiter verpflichtete.

Vielleicht war das richtig. Vielleicht war Brad der Eine für sie, aber sie wusste, sich schneller zu bewegen, als sie sollte, könnte eine ganze Welt des Schmerzes hervorrufen. Brad war ihr zu wichtig, und auch Patrick, um so etwas einem von ihnen zumuten zu wollen.

Aber was nun? Die Bitte, die vor ihr lag, war die Art Vergnügen, die sehr zu dem passte, was gute Erinnerungen der besten Art waren.

Sie musterte die beiden verschwörerischen Elfen vor ihr, den alten, die junge, und bot ihnen ein riesiges, dramatisches Seufzen. „Also gut, wenn wir unbedingt eine Schlittenparty veranstalten müssen, schätze ich …"

Patricks Quietschen war vielleicht sogar noch lauter als das von Crissy.

„Nur dass du die Anrufe machen musst, um Leute einzuladen", warnte Hanna ihre Tochter. „Und du musst helfen, alles herzurichten, und jegliche Unordnung mit mir aufräumen."

Crissy lief bereits los, um sich das Handy zu holen, während Patrick ein Blatt Papier herausholte und anfing, Namen aufzuschreiben.

Hanna begegnete Brads amüsiertem Blick. „Dir ist klar, wenn du Nein sagen willst, ist es jetzt zu spät."

„Schon gut."

Ganze zwei Wörter. Wow, das war ein Rekord. „Das merke ich mir für die Zukunft", warnte sie ihn. „Jedes Mal, wenn ich was von dir will, werde ich dich einfach gleich als erstes in aller Früh fragen."

Das Aufblitzen des Feuers in seinen Augen warnte sie, dass er ihr Angebot genauso nehmen würde, wie er wollte. „Aber bitte."

Er trank aus und stand vom Tisch auf, klopfte seinem Vater auf die Schulter, bevor er das Zimmer verließ.

Es dauerte eine knappe Stunde, die Party zu organisieren. Kurz nach Mittag fuhr draußen vor der Lone Pine Ranch eine Ansammlung von Autos und Trucks vor. Sobald er weit genug wach war, hatte sich Brad ihnen angeschlossen und mehr als seinen Anteil dazu beigetragen, die Dinge vorzubereiten.

Auch kam niemand mit leeren Händen. Kleine Mädchen verteilten sich mit Crissy hinaus in die Scheunen, um mit den Kätzchen zu spielen, bis es Zeit war, den Schlitten vollzuladen und den Hügel hinauf zu gehen. Patrick beobachtete mit einem zufriedenen Grinsen, wie Freunde durch seine Eingangstür strömten, anhielten, um Hallo zu sagen, und ihm frohe Weihnachtstage wünschten.

Tamara hatte die Reise auf sich genommen und ließ sich neben ihm nieder, während der Trubel weiter in die Küche strömte.

Hanna blieb stehen, um mit ihr zu reden. „Ich freue mich, dass es dir gut genug geht, um mitzumachen", sagte sie zu ihr.

Ihre Freundin grinste nur schwach. „Nimm es nicht persönlich, wenn ich verschwinde. Ich kann den Gedanken nicht ertragen, den Weihnachtstrubel der Mädchen zu verpassen. Ich will nicht, dass sie als Erinnerung an das kommende Baby nur haben, wie krank ich war."

Hanna stemmte die Fäuste in die Hüfte. „Sie werden sich daran erinnern, dass ihre Mama sich gut um das Baby gekümmert hat, noch bevor es aus ihrem Bauch kam. Kinder sind widerstandsfähig", erinnerte Hanna sie.

„Gut gesprochen." Tamara umarmte sie aufrichtig. „Dankeschön."

Bis sie alle in den Schlitten gepackt hatten, war die Menge schon groß genug, dass Walker und Caleb auf ein paar zusätzliche Pferde aufstiegen. Patrick saß mit den Kindern auf den Heuballen. Hanna wurde zwischen Tamara und Brad gequetscht, ihre Beine fest an seinen. Als er die Zügel in eine Hand nahm und die andere um ihren Rücken legte, brauchte sie mindestens drei Minuten, um wieder normal atmen zu können.

Sie war in seinen Armen, genau, wo sie sein wollte – da log sie sich nicht mehr in die Tasche. Der Gedanke machte ihr immer noch eine Heidenangst, aber sie sehnte sich nach seiner Berührung, nach mehr als seinen Küssen und seiner Fürsorge.

Er ließ den Schlitten draußen vor der alten Berghütte stehen, und alle stiegen aus, stellten kleine Schlitten auf und brachten Picknickkörbe in das Holzgebäude. Sie zündeten den Ofen an, heißer Cider wurde auf der Platte gewärmt, und in der nächsten guten Stunde rasten die Kinder den Hang hinab, während die Erwachsenen halfen, die Schlitten wieder nach oben zu ziehen.

Es war ein äußerst unschuldiges Vergnügen, voller Glück und süßer Freude. Hanna nahm sich Zeit, die Gesichter ihrer Freundinnen zu mustern, begeistert zu sehen, dass sie eine Menge Spaß hatten. Selbst Tamara, die sich auf einen Heuballen im Schutz der Hütte zurückgezogen hatte. Ihre Töchter saßen abwechselnd bei ihr und fuhren Schlitten, und als Caleb herüber kam und sich zu ihren Füßen hinkniete, ihr die Wange mit sichtlicher Liebe in der Berührung streichelte, musste Hanna wegschauen.

Dass sie Brad sah, der sie anstarrte, half nicht, ihr hämmerndes Herz zu beruhigen. Sie wollte …

„Mommy. Komm spielen", verlangte Crissy, die sie an der Hand nahm und sie in den freudigen Haufen kleiner Mädchen zog. Hanna erhaschte noch einen letzten Blick auf Brad. Er zwinkerte ihr zu, und dann war sie in Crissys Lachen verwickelt.

Es begann zu schneien. Anfangs große, flauschige Flocken, die festlich alles bedeckten wie der beste selbst gebastelte Weihnachtsschmuck, bevor es immer dichter fiel. Hanna wirbelte auf der Stelle herum, das Glück in ihr drehte frei. Sie fing mit ihrer Tochter Schneeflocken mit der Zunge, während

Sasha und Emma und Crissys andere Freundinnen Schneeengel machten.

Es war eine Situation, die weit weg war von Angst und Entscheidungen und großen Ereignissen – und Hanna wollte, dass es ewig so weiterging.

~

Er hatte sie beobachtet. Nein, er hatte gestarrt, konnte nicht wegschauen, während sie mit ihren Freundinnen und den Kindern tanzte, pure Freude in jedem Schritt.

Jemand räusperte sich.

Brad schüttelte sich und schaute zur Seite, um zu sehen, wie Walker ihn beäugte, Erheiterung stand ihm im Gesicht.

„Mach dir keine Mühe, es zu sagen", warnte Brad.

„Du willst nicht hören, dass die heiße Schokolade fertig ist? Wann haben wir es verboten, über festliche Getränke zu reden?"

Brad kam einen Schritt näher, sodass ihre Schultern aneinanderstießen, wobei er Walker so fest erwischte, dass der Mann weggestoßen wurde. Der Schnee unter seinen Füßen gab nach, und seine Füße ruderten. Er landete auf dem Hintern im Schnee.

Noch während er lachte, rollte Walker sich herum, um Brads Füße wegzuwischen, sodass die beiden rangen, als wären sie wieder Kinder draußen auf dem Schulhof damals in der Grundschule.

Natürlich fanden es die Kinder in dem Augenblick, als sie anfingen, aufeinander loszugehen, viel zu unterhaltsam, um sich fernzuhalten, und warfen sich darauf, bis Schnee in Brads Kragen sickerte und Walker Haufen des weißen Zeugs auf beiden Schultern hatte.

„Rein mit euch zum Aufwärmen", ertönte Hannas Stimme.

„Kommt schon, Mädchen. Und Jungs", sagte sie, lächelte Brad direkt an.

Crissy und die übrigen liefen quietschend los, Pferdeschwänze und Schals flogen, während sie zurück in die Wärme der Hütte verschwanden.

Walker hielt Brad eine Hand hin, und Brad nahm sie, und die beiden zogen einander gegenseitig wieder hoch. „Sieht so aus, als hätte sich jemand schon eingerichtet."

Brad schlug Walker auf den Arm und tat so, als würde er Schnee abklopfen. „Hast du denn niemand Besonderen, den du nerven sollst?"

„Schon", sagte Walker mit einem zufriedenen Grinsen, warf einen Blick auf Ivy, die von Kopf bis Fuß eingepackt war, ihr flauschiger blauer Mantel leuchtete wie ein Stück Himmel vor dem reinen Weiß. „Ich freue mich für dich", fügte er an.

„Sei noch nicht zu aufgeregt", warnte Brad. „Die Dinge laufen gut, aber ich will nicht vorgreifen."

Walker beugte sich dichter heran, ließ seinen Arm um Brad gleiten und klopfte ihm fest auf die Schulter. „Ich höre das schon, aber ich glaube, du bist ziemlich gut unterwegs. Und das ist der Grund, da Hanna sonst niemanden hier hat, der das für sie macht, dass ich dich gleich jetzt warnen werde. Falls du irgendwas tust, um einem dieser Mädchen zu schaden, hat Ivy mir ganz genaue Anweisungen gegeben, wie ich dich auf den Reitplatz schleppen und unter einem Bullen festbinden soll."

„Frauen sind so blutrünstig", beschwerte sich Brad. „Sie sehen unschuldig aus, aber sie verfallen viel schneller auf Gewalt als wir. Hanna hat meinem Bruder eine blutige Nase verpasst. Ihm eins mit der Bürste gegeben."

Sein Freund lachte, führte ihn zur Hütte. „Gut. Ich höre gern, dass sie sich um sich selbst kümmern kann."

Das ging Brad auch so, aber er wollte eigentlich derjenige sein, der sich um sie kümmerte. Nicht, weil Hanna es nicht schaffte, sondern weil etwas tief in ihm sich danach sehnte, sich um sie beide zu kümmern.

Sie hatten eine Feuergrube vor der Hütte angelegt, Baumstämme als Sitze darum herum aufgestellt. Walker zwinkerte Ivy verstohlen zu, bevor er die Gruppe anleitete, um Weihnachtslieder zu singen. Während Hanna sich neben ihm niederließ, fragte Brad sich, wie viel länger er sich noch gedulden würde müssen.

Als Crissy herüberkam, um auf seinen Schoß zu schlüpfen, und ihren Kopf an seine Brust lehnte, stellte Brad fest, dass es ihm schwerfiel, zu atmen.

Besonders, als Hanna aufschaute, ihr Blick herüber zu ihrer Tochter und dann hinauf zu seinem Gesicht wanderte. Sie dachte heftig nach, irgendwie lächelte sie und auch wieder nicht, aber als sie ihre Fäustlinge unter seinen Ellbogen schob und den Kopf an einen Arm lehnte, platzte etwas Süßes in ihm, als wäre eines dieser altmodischen Weihnachtsfeuerwerke losgegangen. Die Enge entspannte sich, während Hoffnung hereinströmte.

Auf der anderen Seite des Feuers grinsten sowohl Walker als auch Ivy, und andere Freunde auch, während sie sie – ihn, Hanna und Crissy – voller Zustimmung anschauten.

Brad wollte wirklich etwas Besonderes zu Weihnachten, aber er wusste verdammt gut, dass man nicht immer bekam, was man wollte. Etwas zu wollen, machte es nicht zur Wahrheit.

Er wusste das von vor ein paar Jahren, als seine Mom krank geworden war. Es spielte keine Rolle, wie viele Weihnachtswünsche sie ausgesprochen hatten, sie war trotzdem einfach dahingegangen, hatte seinen Dad nach so vielen gemeinsamen Jahren alleingelassen.

Es schien keine Rolle zu spielen, wie oft er sich gewünscht hatte, dass sein Bruder mit dem Streiten aufhörte und wieder nach Hause kam. Es hatte überhaupt nichts geändert, sich zu wünschen, sein Vater wäre nicht verletzt worden. Brad war alt genug, um zu wissen, dass manchmal das Leben nicht so lief, wie man es wollte.

Er warf einen Blick hinab auf die Frau an seiner Seite und das kleine Mädchen in seinen Armen, und obwohl er die Wahrheit kannte, änderte es gar nichts. Manchmal war die Welt grausam, und schlimme Dinge passierten. Manchmal bekam man nicht, was man wollte. Aber die Dinge, die wirklich wichtig waren – diejenigen, die auf jeden Fall wahr werden mussten – dafür würde er kämpfen, ganz gleich, was geschah.

Und das war der Grund, weshalb er alles tun würde, was in seiner Macht stand, damit dieser Moment für immer Realität wurde.

13

Die ganze Gruppe schaffte es zurück zur Lone Pine Ranch, bevor der Schnee wirklich zu fallen begann. Alle gingen sie zu ihren Fahrzeugen, es war keine Entschuldigung nötig, während sie sich beeilten, von der Straße zu kommen, bevor man nicht mehr fahren konnte.

„Leichte, flauschige Flocken, und trotzdem sind sie trügerisch", beschwerte sich Tansy bei Hanna, während sie die Füße in die Stiefel gleiten ließ und sich darauf vorbereitete, mit ihrer Schwester aufzubrechen.

Einen Augenblick vorher war Brads Handy losgegangen, und er redete im Hintergrund, wurde vermutlich weggerufen. Er schloss sich ihnen an, zog seine Jacke an und runzelte die Stirn nach draußen zu dem Fahrzeug, in dem die Mädchen gekommen waren. „Ich muss in die Stadt. Ich nehme euch mit", schlug er vor. „Ihr könnt euer Auto morgen abholen, sobald die Schneepflüge unterwegs waren."

Sie nahmen sein Angebot an und umarmten Hanna und Patrick, bevor sie hinausgingen.

Brad neigte das Kinn kurz vor seinem Vater, dann beugte er

sich vor und küsste Hanna rasch. „Ich muss los."

Sie hatte nicht einmal Zeit, verlegen zu werden, dass er sie so in aller Öffentlichkeit geküsst hatte. Alle huschten nur herum, und statt eines Hauses voller Leute waren es in knapp fünfzehn Minuten nur noch sie, Patrick und Crissy.

„Ich glaube, das ist ein neuer Rekord", sagte Patrick, als sie es ansprach. „Aber es ist schon sinnvoll. Es ist eine gute Idee, nach Hause zu kommen, bevor die Straßen nicht mehr befahrbar sind." Er bewegte sich langsam, als hätte er Schmerzen.

„Kann ich dir was holen?", fragte sie.

Patrick zögerte, bevor er widerstrebend nickte. „Ich hätte es nicht verpassen wollen, draußen dabei zu sein, aber ich nehme besser mal was, oder ich schlafe nicht, und es tut morgen noch mehr weh."

Sie stellte den Wasserkessel an, dann lief sie los, um Schmerzmittel aus seinem verschlossenen Schrank im Bad zu holen. Patrick nahm die Medikamente, dann setzte er sich ans Feuer. Er schloss die Augen, und als er sich entspannte, wurden die tiefen Schmerzlinien auf einem Gesicht leicht gelindert. Hanna nahm sich eine gestrickte Decke von der Couch und legte sie über ihn, ein Gefühl der Verbindung, das sie nicht erwartet hatte, erfüllte sie.

Crissy dachte, Patrick wäre Santa Claus, und darum würde man sich irgendwann mal kümmern müssen. Es stimmte schon, dass der alte Mann in der letzten Woche mehr als nur ein Bekannter geworden war.

Crissy war in dem Ausblick verschwunden, als ihre Freundinnen aufgebrochen waren. Hanna nahm an, dass sie losgezogen war, um mit ihren neuen Spielsachen zu spielen, aber nachdem sie Patrick eingepackt hatte, ging sie, um nachzusehen, und Crissy war nicht in ihrem Zimmer.

Hanna stand leise da, ihr Herz hämmerte, während sie

versuchte, herauszufinden, wo ihr kleines Mädchen hingegangen war. Sie schaute in ihrem Schlafzimmer nach, beiden Bädern, dem Bastelzimmer und nur für den Fall öffnete sie die Tür zu Brads Zimmer.

Dort war nichts, bis auf ein ordentlich gemachtes Doppelbett.

Erst da dachte Hanna daran, nach den Stiefeln zu sehen, und ihr wurde klar, dass sich Crissy wohl in die Scheune geschlichen hatte. Die Mädchen hatten vor der Fahrt auf den Hügel mit den Kätzchen gespielt, und Crissy hatte vermutlich auch ihnen Gute Nacht sagen wollen.

Sie zog sich ihre Jacke an und ging hinaus zu dem gemütlichen Unterstand, kam an den Boxen für die Pferde vorbei, die zufrieden auf ihrem späten Abendessen herumkauten. Auch wenn ihre Gesellschaft sich schnell verabschiedet hatte, hatten die ganzen Cowboys angehalten und sich gründlich um die Pferde gekümmert, bevor sie sie warm und zufrieden über Nacht zurückgelassen hatten.

Sie fand Crissy, die im Schneidersitz da saß, die Kätzchen auf dem Schoß, auf ihrem Gesicht Tränen.

„Liebling, was ist denn los?", fragte Hanna panisch, schaute nach und sah, dass es keine offensichtlichen Anzeichen für eine Verletzung gab.

Crissys Stimme war ein heulendes Weinen. „Wir haben Blackie vergessen."

Hanna verstand es nicht. „Wo hast du Blackie vergessen?"

Völliges Elend schaute zu ihr auf. „Wir haben Blackie mit rausgeschmuggelt, hinauf zur Hütte. Er war auf der Fahrt dorthin in meiner Tasche. Ich dachte, Emma hätte ihn zurückgebracht, aber sie konnte ihn nicht fangen, und dann ist sie mit ihrem Daddy geritten, und ich war auf dem Schlitten, und sie konnte es mir nicht sagen, bis wir zurückkamen, und jetzt ist er ganz allein."

Nach der ganzen Freude des Tages ließ die Angst und Trauer ihrer Tochter Hanna das Herz schmelzen. „In der Hütte ist es warm. Blackie wird es gut gehen."

„Aber nicht, wenn es kalt wird." Tränen liefen über Crissys Gesicht. Sie weinte so sehr, dass sie kaum ein Geräusch von sich gab.

„Es ist schon gut. Wir finden eine Möglichkeit, dass es gut wird", versprach Hanna, schob die Kätzchen von Crissys Schoß und zurück zu ihrer Mama, bevor sie das kleine Mädchen hochnahm und sich ins Haus aufmachte.

„Ich will Brad anrufen", flüsterte Crissy. „Er wird es besser machen."

Aber Brad war von der Feuerwehr weggerufen worden. Trotzdem wusste Hanna, dass er wollen würde, dass sie es ihm erzählte. „Ich rufe ihn sofort an."

Sie stand im Windfang, während Crissys loslief, wartete mit wenig Hoffnung, bis die Verbindung auf Brads Mailbox ging.

Man musste etwas anderes tun.

Crissy hatte Patrick bereits mitgeteilt, was los war. Der alte Mann hatte sich in die Küche begeben, lehnte sich unsicher an den Tisch, in seinem Blick stand Sorge. „Ich ziehe los und hole das kleine Ding."

Hanna legte ihm eine Hand auf die Schulter und hielt ihn davon ab, sich zu erheben. „Du machst nichts dergleichen."

„Aber Mommy ..."

„Aber Hanna, Mädchen ..."

Sie brachte sie beide mit einem strengen Blick zum Schweigen. „Das ist mir genauso wichtig wie euch, aber ich werde Mr. Patrick nichts Gefährliches tun lassen. Du hast genug Schmerzmittel genommen, um einen Elefanten schlafen zu legen", erklärte sie ihm streng. „Wie genau glaubst du denn, willst du zu der Hütte raufkommen, ohne dich zu verletzen?"

Er setzte sich schwer zurück auf seinen Sessel, eine seiner Krücken klapperte auf dem Boden, hallte wie ein Schuss. „Oh. Das."

Sie verschränkte die Arme vor der Brust. „Ja, das."

Crissy drückte das Gesicht an Hannas Bauch, das reine Elend lag in ihrer Stimme, als sie wieder sprach. „Wird Blackie sterben?"

Hanna strich mit der Hand über den Kopf ihrer Tochter. „Natürlich nicht. Wir müssen nur klug sein und einen Notfallplan machen. Manchmal muss man schnell sein, etwa als Mr. Brad dich aus dem Feuer geholt hat. Aber die meiste Zeit, wenn etwas schiefgeht, machen wir langsam und denken fest nach, damit wir einen klugen Plan fassen können. Arbeiten wir daran, okay?"

Sie zog einen Stuhl heraus und hob Crissy hinauf, bevor sie an die Anrichte ging, um Tassen mit heißer Schokolade zu machen. Obwohl sie es nicht wollte, wusste sie, dass auch für sie ein heißes Getränk eine gute Idee war.

Patrick tätschelte Crissy sanft an der Schulter. „Deine Mom hat recht. Ich kenne diese Regel, aber ich habe sie irgendwie vergessen."

Crissy schaute zu ihm auf, bevor sie ihm schüchtern versicherte: „Sorge um Kätzchen macht es schon schwer, den Regeln zu folgen."

„Das ist so, kleines Fräulein, das ist so."

Hanna setzte sich ihnen gegenüber hin, wartete, bis Crissy ein paar große Schlucke genommen hatte. Dann legte sie die Hände auf den Tisch und zählte die Möglichkeiten auf. „Brad ist arbeiten gegangen, und obwohl ich weiß, dass er uns helfen kann, wenn er nach Hause kommt, sollten wir Pläne machen für den Fall, dass das eine Weile lang nicht passiert. Patrick, wie lange glaubst du, wird die Hütte warm genug bleiben, dass es Blackie gut geht?"

Er dachte darüber gründlich nach, bevor er langsam sprach. „Mindestens bis zum Morgen. Wenn es so schneit, ist es nicht so kalt. Das Gebäude ist gut isoliert. Ich habe den Ofen am Abend oft ausgehen lassen, und man konnte bei einem solchen Wetter bis Mittag des nächsten Tages kurzärmlig rumlaufen."

„Dann muss man sich nicht zu sehr eilen", erklärte Hanna. „Am Vormittag, wenn Brad zu Hause ist, werden wir ihn fragen, ob er dich hochbringen kann, um Blackie zu retten."

Crissys Schultern entspannten sich, als die ganze Angst von ihr abfiel. Nur dass sie Patrick mit flehendem Blick anstarrte. „Bist du sicher, dass du Rudolph nicht schicken kannst?"

Der ältere Mann ließ Hanna einen Blick voller Sorge zukommen, bevor er den Kopf schüttelte und Crissy bedeutete, auf seinen Schoß zu steigen. „Du weißt, dass Santa Magie ist, oder?"

Sie nickte langsam, ihre Finger griffen vor, um durch seinen Bart zu streichen.

Er lächelte, Lachfalten zeigten sich in seinen Augenwinkeln. „Eines, was Santa macht, weil er nicht überall sein kann, ist Folgendes: Er teilt seine besondere Magie mit Leuten. Es ist nicht die Art Magie, mit der man Rentiere fliegen lassen kann, aber die Art, die Leute im Inneren ganz glücklich macht. Seine besondere Magie, die hilft, dass sie Dinge tun, die andere glücklich machen. So kann Santa so viel erledigen, obwohl er nur einer ist. Er bringt andere Leute dazu, für ihn die Vertretungssantas zu sein."

Crissys Augen wurden groß vor Verständnis. „Also, du bist nicht Santa, aber du kennst Santa?"

Hanna hielt die Luft an und fragte sich, wie um alles in der Welt Patrick verhindern würde, dass das Ganze in einer schrecklichen Situation explodierte.

Sie hätte wissen sollen, dass ein kluger, fürsorglicher Mann wie er damit fertig wurde.

Er tippte Crissy auf die Nase, bevor er den Finger auf die Lippen legte, als würde er ein Geheimnis teilen. „Santa kommt rum. Es besteht die Möglichkeit, dass du ihm auch schon begegnet bist, und keiner, der ihm je begegnet ist, geht daraus unverändert hervor. Du hast recht. Ich bin nicht Santa, aber ich kenne den alten Vagabunden ganz gut, und all die Dinge, die ihm wichtig sind, sind mir auch wichtig. Darunter der kleine Blackie. Ich habe kein magisches Rentier, das ihn nach Hause holen kann, aber mein Sohn und deine Mom, die werden schon alles hinbiegen."

Crissy schaute zu Hanna. Sie sprach flüsternd, als wäre Patrick gar nicht da. „Bist du Santa begegnet?"

Hanna dachte zurück an die Leute, die ihr geholfen hatten, als sie heimatlos und schwanger gewesen war. An die Leute, die für sie da gewesen waren, als sie sich als alleinerziehende Mutter durchgeschlagen hatte. An die neuen Freunde, die in den letzten Tagen so bereitwillig ihr und Crissy etwas gegeben hatten.

An Brad und Patrick, die ihr Heim geöffnet hatten, und ihre Herzen, für Freunde in Not.

„Ja", versicherte Hanna ihr. „Ich kenne eine Menge Helfer von Santa."

Crissy hob die Hand und deutete mit dem Daumen über die Schulter auf Mr. Patrick, hob die Augenbrauen, als würde sie nach Bestätigung fragen.

Hanna beugte sich vor. „Auf jeden Fall ein Helfer von Santa."

Ihre Tochter holte tief Luft und lehnte dann den Kopf an Patricks Brust. Ein erstaunter Ausdruck trat auf das Gesicht des alten Mannes, während er sie zögerlich an sie schmiegte.

„Ich dachte, man nennt Santas Helfer Elfen", sagte Crissy, ihre Stimme müde nach der Sorge und Aufregung des Tages.

Patrick lachte, ein Klang, der dem vom Brad so sehr ähnelte, dass etwas sich in Hanna regte. Eine weitere Erinnerung an die Verbindung, die zwischen ihnen allen wuchs. Etwas Warmes und Starkes – ganz ähnlich dem, wie Familie sich anfühlen sollte.

DER NOTRUF WAR NICHT aus dem Bezirk Heart Falls gekommen, sondern drei Zonen weiter, näher am Crowsnest Pass. Als Brandmeister des Bezirks musste er weiter hinaus, wenn es nötig war, aber es nervte, dass es einer dieser entfernten Notfälle war, zu einer Zeit, wo er gehofft hatte, nah an zu Hause bleiben zu können.

Das Schlimmste daran, so weit raus aufs Land zu fahren, war, dass man neun von zehn Mal keinen Handyempfang hatte, und heute war da keine Ausnahme. Brad konnte Hanna oder Patrick nicht anrufen, um sie wissen zu lassen, wo er war.

Er schüttelte dem Freiwilligen-Team die Hände, um eine erfolgreiche Mission zu beenden, dann fuhr er über eine Stunde durch die Dunkelheit, bevor die Sonne den Himmel zu erhellen begann. Lange, dunkle Tage waren im Dezember die Regel, aber mit der Dunkelheit und dem heftigen Schnee, der weiter fiel, hatte Brad nur im Schneckentempo fahren können, anstatt nach Hause zu eilen, wie er es wollte.

Nur mit Schwierigkeiten kam er die lange Straße zu Lone Pine hinauf, selbst mit seinem Allradantrieb, der in den tiefen Schneewehen kämpfte, die sich seit dem Vorabend aufgetürmt hatten. Er war verraucht und müde und versessen darauf, endlich die Eingangstür aufzuschieben und in die Wärme zu gehen.

Von einem kleinen Kind angefallen zu werden, das die Hände um in schlang und dann in Tränen ausbrach, war das letzte, was er erwartet hatte.

Er blieb stehen, um sie hochzunehmen, tätschelte Crissy den Rücken. „Hey, süße Maus. Was ist denn da los?"

Patricks Krücken kamen näher, das Gesicht seines Vaters war vor Sorge angespannt, während er sich ihnen im Gang anschloss. „Du hast deine Nachrichten nicht gelesen."

Brad schüttelte den Kopf. „Ich hatte keinen Empfang und dachte mir, ich sollte einfach nach Hause kommen."

Crissy nahm sein Gesicht und zwang ihn, sie anzuschauen. „Mommy ist losgegangen, um Blackie zu retten, aber nun wird sie sich im Sturm verirren."

Ein Adrenalinsturm rauschte durch seinen Körper, sodass fast alle Nerven in Alarmstimmung waren. „Was hat Hanna gemacht?"

Patrick hob eine Hand vor Crissy. „Mach mal langsam, kleines Fräulein. Lass es mich erklären, okay?"

Sie wand sich, bis Brad sie absetzte, rannte in die Küche, während Patrick sich beeilte, Brad aufzuklären. „Es scheint, die Mädchen hätten gestern auf unserem Schlittenausflug eines der Kätzchen rausgeschmuggelt, und das winzige Ding ist in der Hütte zurückgeblieben. Wir haben bis heute Morgen gewartet, aber Hanna hat darauf bestanden, dass sie es besser abholt, falls das Wetter noch schlimmer wird. Das war vor einer halben Stunde. Sie hätte inzwischen zurück sein sollen."

Brad hielt seine Flüche zurück, schaute rasch aus dem Fenster auf das, was er bereits wusste. „Der Schnee fällt noch stärker als vorher."

„Sie hat darauf bestanden, dass sie damit zurechtkommt, den Schlitten zu fahren, und sie kennt sich aus. Vielleicht hatte sie Motorschwierigkeiten oder so was."

Es ergab schon Sinn, aber Brad wollte sich treten, dass er

nicht da gewesen war, um zu helfen, bevor Hanna allein in die Wildnis aufgebrochen war. Er eilte den Gang entlang zu seinem Zimmer, um sich ein paar Sachen zu holen. „Was hat sie denn an?"

„Ihr ist warm. Ich habe dafür gesorgt, dass sie Connies Schlittenzeug anzieht, und sie hat nur für den Fall ein paar Vorräte mitgenommen." Patrick deutete den Gang entlang. „Wir haben ein bisschen mehr Essen zusammengepackt, also geh du mal los und such sie. Crissy und ich kommen klar, bis du sie zurückbringst."

Brad sammelte alles zusammen, was er dachte, dass sie brauchen könnten, stopfte einen Seesack mit weiteren warmen Klamotten und Notfallausrüstung voll, falls es zum Schlimmsten gekommen war.

Er ging in die Küche, um festzustellen, dass dort Crissy noch mehr Sandwiches machte. Ihr Gesicht war angespannt, als wäre sie entschlossen, nicht zu weinen, während sie vorsichtig Erdnussbutter verstrich.

Sie sprach, ohne zu ihm aufzuschauen. „Das ist meine Schuld", flüsterte sie.

Brad ging vor ihr auf die Knie, nahm ihre Schultern und brachte sie dazu, ihm in die Augen zu schauen. „Vielleicht hättest du das Kätzchen nicht mit zur Schlittenparty nehmen sollen, aber Unfälle passieren eben. Das ist niemandes Schuld, und ich will nicht, dass du dir Vorwürfe für etwas wie einen Schneesturm machst. Weißt du wirklich, wie man das Wetter steuert?"

Sie schüttelte den Kopf, ihre Augen wurden feucht. „Aber Mommy ist nicht hier, und das ist meine Schuld."

Brad drängte es danach, rauszugehen, aber Hanna hätte darauf beharrt, dass das wichtiger war. „Deine Mommy ist eine Erwachsene, und sie trifft ihre eigenen Entscheidungen. Wenn sie Blackie suchen gegangen ist, dann liegt das daran, dass sie das für das Richtige hält. Genauso wie ich ein Erwachsener bin, und ich werde tun, was ich für das Richtige halte."

„Wirst du Mommy und Blackie retten?"

„Ich werde ihnen ein bisschen zur Hand gehen", verbesserte er. „Ich glaube nicht, dass sie gerettet werden müssen. Ich glaube, sie brauchen einfach nur einen Freund."

Crissy schlang die Arme um seinen Nacken und drückte ihn fest. „Ich bin froh, dass du unser Freund bist."

„Ich bin auch froh", sagte er, erwiderte den Druck und zog Kraft aus der Freundschaft des kleinen Mädchens, um einige seiner Ängste zu vertreiben. Dann stapelten sie die Sandwiches und fügten sie dem Vorrat hinzu, den Patrick bereits vorbereitet hatte.

Die beiden begleiteten ihn zum Schuppen, wo er den Schlitten bereit machte. Crissy drückte ihm einen Kuss auf die Wange, bevor sie zurück an Patricks Seite ging.

„Du kümmerst dich um meinen Dad", erklärte Brad ihr streng. „Sag ihm, er soll zum Mittagessen gegrillte Käsesandwiches machen. Und wenn ich heute nicht mit deiner Mom zurückkomme, heißt das nur, dass wir in Sicherheit sind. Geh du rechtzeitig ins Bett, damit Santa kommen kann, okay?"

Crissy ließ die Hand in die von Patrick leiten. „Okay."

„Tu, was immer du tun musst, um sicher zu bleiben, und mach dir keine Sorgen um uns", befahl Patrick. „Wir kommen klar."

Es war, als würde man in den dichtesten vorstellbaren Nebel fahren. Das Einzige, was für Brad sprach, war, dass er das Land kannte, weil er schon hier herumgezogen war, seit er ein kleiner Junge gewesen war. Außerdem hatte ihm seine Mom beigebracht, wie man die wogenden Linien aus Senken und Höhen nutzte, um ihnen zu folgen, anstatt sich auf die Bäume zu verlassen – sie hatte sie gewarnt, dass es Zeiten geben würde, zu denen sie ihre Sicht nicht würden einsetzen können, aber sie konnten trotzdem herausfinden, wo sie waren.

Sie hatte ihnen beigebracht, dass es Zeiten gab, zu denen es unmöglich sein könnte, nach Hause zu kommen, aber man konnte trotzdem in Sicherheit bleiben. Sich einbunkern, beim Schlitten bleiben.

Das war das Einzige, vor dem er Angst hatte – dass Hanna irgendwo vom Weg abgekommen war, und er sie verpasst hatte.

Aber seine Mom hatte auch gesagt, dass man immer das Schlimmste planen und auf das Beste hoffen sollte, also fuhr Brad direkt zur Hütte, schob den Rest seiner Notfallpläne beiseite, bis er sicher wusste, dass man sie brauchen würde.

Er kam über die vorletzte Erhebung, als der Geruch nach Holzrauch ihn traf, stark und üppig, und obwohl er nichts sehen konnte, ließen seine Ängste ein wenig nach. Jemand war in der Hütte, denn der Rauch war dicht und frisch, nicht das Glimmen, das noch vom Vortag anhielt.

Er parkte neben dem Schlitten und holte die Notfallvorräte heraus, während er die Veranda hinaufging. Er stapfte mit den Füßen und schob sich den Schnee von den Schultern, bevor er die Tür öffnete und hinein spähte.

Das eine Zimmer der Hütte glühte im weichen Kerzenlicht, Flammen flackerten in der Glasfront des luftdichten Ofens. Hanna hatte sich an ihrem Platz am Feuer aufgerichtet, und eine kleine schwarze Katze sprang von ihrem Schoss und marschierte träge über den Boden.

Erleichterung mischte sich mit Freude, und er ließ seine Taschen auf einer Seite fallen, damit er die Tür zuschieben konnte, legte den Riegel gegen den zunehmenden Wind vor.

Hanna traf ihn auf halbem Weg, presste sich an ihn und packte ihn fest. Brad drückte sie, schloss die Augen und ließ sein Herz wieder zu einem normalen Rhythmus zurückkehren.

Als er die Augen öffnete, stellte er eine seltsame

Anordnung in einer Ecke des Raumes fest. Ein Stuhl stand auf einer Kiste oben auf dem Küchentisch, alles wie eine seltsame Stufe, die zum Dach zu führen schien. „Du hast umgebaut."

Hanna regte sich in seinen Armen. Ihre Wangen waren rosig, und sie war von Kopf bis Fuß in warmen Flanell gekleidet. „Ich hatte leichte Schwierigkeiten, Blackie zu holen", erklärte sie.

Er beäugte das Ganze etwas genauer, während er die Stiefel und die Schneekleidung auszog. Sie nahm ihm die Sachen ab, hängte die verschneiten Kleider an Haken und bewegte sich langsam, während das Feuer im Ofen knisterte.

„Ich nehme an, die undankbare Kreatur hat nicht geduldig an der Tür gewartet, dass du sie rettest?"

Hanna schüttelte den Kopf. „Wie geht es Crissy? Sie ist bestimmt zu Tode erschreckt."

„Ihr geht's gut. Patrick hat sie beruhigt. Sie hat eine Million Erdnussbutter-Sandwiches mitgeschickt, damit du nicht verhungerst." Er schloss den Abstand zwischen ihnen. „Du hast mir auch Angst eingejagt", flüsterte er. „Ich kann nicht glauben, dass du rausgekommen bist, um ein Kätzchen zu retten."

„Du hättest es auch so gemacht, und das weißt du auch", erklärte sie ihm knapp, legte eine Hand auf seine. „Ich habe nur kurz Luft geholt, bevor ich mich auf den Rückweg mache."

Der Wind suchte sich diesen Augenblick aus, um heranzubrausen, stärker als vorher. Er ratterte an den Fensterläden und schickte ein langes, tiefes Pfeifen durch die kleinen Ritzen zwischen den Stämmen.

„Wir gehen nirgendwohin", setzte Brad sie in Kenntnis. „Die Wahrscheinlichkeit, sich zu verirren, ist viel zu hoch."

Hanna ging zur Tür und zog sie auf, der eisige Wind wirbelte um sie herum und ließ ihre Haare heftig herumpeitschen. Brad lief an ihr vorbei, um die Tür zuzuschieben, legte seine Schulter dagegen, als sie ihm ein Windstoß fast wegriss.

„So war es nicht, als ich raufgefahren bin", erklärte ihm Hanna. „Ich wäre nicht rausgegangen, nicht mal für Blackie, wenn es so gewesen wäre."

Ihre Versicherung ließ das letzte bisschen Angst in seiner Brust wegschmelzen. „Gut."

Ihr Blick glitt über ihn, blieb an seiner Wange hängen, und sie trat näher, rieb mit dem Daumen über seine Haut, bevor sie sich zurückzog und ihm ein bisschen Ruß zeigte. „Ist alles gut gegangen?"

„Bis auf die Tatsache, dass ich eine Dusche brauche, ja." Es war, als würde der Gedanke sie beide gleichzeitig treffen. Er hatte sie gewarnt, dass sie nirgends hingehen würden, nicht, bis der Sturm vorbei war. Sie hatten etwas zu essen und Wärme, und zum ersten Mal, seit sie zusammen waren, waren sie ganz allein. Niemand würde bei ihnen hereinplatzen. Kein kleines Mädchen an der Tür klopfen, um sie zu stören ...

Hanna wandte sich ab, ging zu der Anrichte, wo sie den größten Topf aus dem Trockenregal abgestellt hatte, der gestern nach der Party stehen gelassen worden war. Sie kam zurück, ihr Gesicht war ausdruckslos. „Aber bevor du dich hier einrichtest, schätze ich, wir schmelzen besser mal etwas Schnee."

Er zog seine Jacke und die Stiefel wieder an und ging nach draußen, brachte auch zusätzliches Feuerholz mit, wenn er schon dabei war. Jedes Mal, wenn er die Tür öffnete, war Hanna an seiner Seite.

Keiner von ihnen sagte etwas über das, was womöglich passieren konnte. Aber sie dachten daran, sie beide, schrecklich laut. Brad wusste, ganz gleich, wie sehr er sie wollte, wenn sie nicht in erster Schritt machte, würde er sie nicht drängen.

Jetzt lag es an ihr. Ganz an ihr.

14

———

Es waren keine vierundzwanzig Stunden mehr bis Weihnachten, und Hanna wollte nichts mehr, als sich einmal intensiv mit Santa zu unterhalten.

Oder vielleicht sollte sie sich selbst rügen. Sie hätte es besser wissen sollen, als sich ganz nebenher Dinge zu wünschen, wie: *Könnte ich doch nur allein mit Brad Ford eine Weile festsitzen.*

Denn genau das war passiert. Sie saßen fest, ganz allein in einer abgelegenen Hütte, die warm war und noch wärmer wurde.

Der Geruch nach Holzrauch kam nicht nur aus dem Kamin, sondern trieb auch von dem sanften Riesen herüber, der am Tisch stand und die Nahrungsvorräte ordnete, die sie zusammen hatten. Er hatte den Holzstapel bis zum Überquellen aufgeschichtet, dann zwei riesige Eintopfkessel auf die Herdfläche gestellt, beide fest mit Schnee vollgepackt.

Nachdem er seine Kleidung für draußen ausgezogen, den frischen Schnee abgeschüttelt und sie zum Trocknen aufgehängt hatte, hatte er geholfen, ihre Behelfsleiter auseinanderzunehmen.

Ein Lachen grollte aus ihm heraus, während er die Entfernung zum Dach beäugte. „Wie ist Blackie denn überhaupt erst da raufgekommen?", fragte er erheitert.

„Er gehört wohl zu Santa und kann fliegen", sagte Hanna gewissermaßen genervt, denn die Feststellung, dass das Kätzchen nicht kooperieren würde, war eine Herausforderung gewesen, die sie zusätzlich zu allem anderen nicht auch noch erwartet hatte.

Und nun versuchte Brad äußerst bemüht, sie nicht anzusehen, was es ihr irgendwie auch wieder schön machte, denn sie hatte sich erneut am Sessel am Feuer niedergelassen, mit einer klaren Sicht darauf, wie er am Tisch arbeitete.

Er hatte sich die Ärmel hochgeschoben, und seine starken Unterarme waren mit leichten Rußstreifen beschmiert. Wieder einmal lagen ihr Worte auf den Lippen, die vorschlagen würden, dass er sich mal waschen sollte.

Aber das hätte geheißen, dass er sich auszog, und Hanna glaubte nicht, dass sie stark genug war, um ihm einfach den Rücken zuzuwenden und so zu tun, als wäre er nicht da. So zu tun, als würde sie nicht hinsehen, während er alle Kleider von seinem starken Körper schälte.

Es würde mehr Kraft brauchen, als sie besaß, um zu leugnen, dass sie sich nicht mit ihm ausziehen und diese Beziehung zum logischen nächsten Schritt weiterführen wollte.

Sie zog ihre Beine noch fester an, schlang die Arme um die Knie und starrte ins Feuer, ließ ihre rasenden Gedanken immer wieder kreisen, bis sich Frieden einstellte. Es schien unmöglich, sich auf die goldenen und roten Flammen zu konzentrieren und die Anspannung in ihrem Inneren verpuffen zu lassen. Und während die Wärme über ihre Arme strich, ließ Brad sich im Sessel neben ihr nieder, und Hanna merkte, dass sich ihre größten Ängste überhaupt nicht um ihn drehten.

Es war immer noch ihre Vergangenheit, die sie in den Grundfesten erschütterte. Es waren immer noch Sorgen, dass er sich, sollte sie noch einen Schritt weitergehen, abwenden und ihr das Herz herausreißen würde. Denn sie konnte sich in dieser Sache nicht mehr in die Tasche lügen – es war nicht nur die körperliche Anziehung zwischen ihnen.

Ihr Herz war mit dabei.

Hanna drehte sich um und musterte ihn ausgiebig, dachte an alles, was Brad zu dem machte, was er war. Sein bereitwilliges Lächeln, die Art, wie sehr er seinen großen Körper so behutsam bewegte, und wie er sich von einem Augenblick auf den anderen in eine Schutzmauer verwandelte.

Starke Hände, die er benutzt hatte, um vorsichtig Crissy zu wiegen, die gleichen Hände, die seinen Bruder aus dem Gleichgewicht gebracht und ihr Vergnügen beschert hatten ...

Die Dinge, die sie über ihn wusste, bewunderte sie. Er war nicht der Junge, der mit ihr geschlafen und ihr dann das Herz gebrochen hatte. Er war nicht ihre Familie, die sie verlassen hatte, als sie sie hätte unterstützen sollen.

Brad war solide, nicht nur körperlich, sondern auch im Inneren, und was immer für ein Schicksal sie an diesen Punkt geführt hatte, es war Zeit, ihre Vergangenheit loszulassen und ihre Zukunft in die Arme zu schließen.

Der Deckel in einem der Töpfe klirrte, als das Wasser kochte, und Hanna stand auf, ignorierte die Frage in seinem Blick, während sie die Sachen holte, die sie brauchte. Sie nahm einen Lappen, den sie in einer der Taschen gefunden hatte, und eine Waschschüssel, die sie auf den Tisch neben dem Holzofen balancierte. Erst gab sie ein paar Schöpfer kaltes

Wasser hinein, bevor sie weiteres vom Herd dazu fügte, bis die Schüssel die perfekte Temperatur hatte.

Hanna holte tief Luft, dann drehte sie sich zu ihm um. „Zieh dein Hemd aus", befahl sie.

Brad wurde reglos. Rührte sich nicht mehr, während er sie von oben bis unten musterte. „Hanna?"

Ihre Absichten kundzutun, verängstigte sie jenseits aller Vorstellungskraft, und doch verdiente er es, sie zu hören. Sie raffte ihren Mut zusammen und trat zwischen seine Knie, griff vor, um sein Hemd aufzuknöpfen. „Du riechst wie ein Lagerfeuer", sagte sie unverblümt zu ihm.

Erheiterung blitzte in seinen Augen. „Das ist bei mir nichts Ungewöhnliches."

„Ist mir aufgefallen. Mir macht es meistens auch nichts, aber ich will nicht, dass unser Bettzeug voller Ruß ist."

Er nahm ihre Handgelenke und hinderte sie daran, ihm das Hemd von den Schultern zu schieben. „*Hanna.*"

Diesmal sprach er ihren Namen irgendwo zwischen einem Versprechen und einem Flehen aus.

Sie schob sich gegen ihn, und er ließ sofort los und wackelte mit den Schultern, um ihr zu helfen, die erste Schicht abzunehmen. Er griff nach unten, sodass ihre Hände zusammenstießen, während er half, sein T-Shirt auszuziehen.

Von der Taille aufwärts nackt rückte er auf dem Stuhl vor, öffnete die Oberschenkel weiter, damit sie Platz hatte, um dichter heranzukommen, während sie ihm den Waschlappen brachte. Sie wischte ihm das Gesicht sauber, fuhr mit dem Stoff über seinen Kopf und seinen Nacken hinab. Hanna drehte sich, um den Stoff ins Wasser zu tauschen, wrang ihn aus und berührte ihn wieder damit. Sie wusch ihm die Schultern, die Arme, über seine breite Brust und die Rippen hinab. Sein Atem ging schneller, seine Brust hob und senkte sich unter ihrer Berührung.

Sein Ständer drückte sich vorne an die Jeans, dick und bereit.

Sie tauchte den Stoff wieder ein, dankbar um die kurzen Pausen zwischen den Berührungen, denn sie brannte vor Verlangen. Indem sie vor ihn ging statt hinter ihn, griff sie herum, um ihm den Rücken zu waschen, ihr Blick fest auf sein Gesicht gerichtet, während er sie intensiv beobachtete. In seinen strahlend blauen Augen stand Verlangen.

Hanna wusch den Lappen noch einmal aus, bevor sie ihm die Arme wusch, die Unterarme, mit dem weichen Stoff zwischen seinen Fingern durchstrich.

Das Wasser hatte sich abgekühlt, sodass sie einen weiteren Schöpfer mit heißem Wasser anfügte, und dann machte sie sich bereit, sich wieder umzudrehen, und bedeutete ihm, er solle aufstehen.

Er erhob sich, ragte über ihr auf, und trotzdem hatte sie das Gefühl, dass sie völlig gleich waren, gleichgestellt in der Bedürftigkeit und dem Verlangen und der Sehnsucht.

Hanna griff nach seinem Knopf und öffnete seine Hose.

Es war einer jener Momente, in denen Brad sich Sorgen machte, dass er die Magie irgendwie stören würde, wenn er auch nur ein Geräusch von sich gab. Dass Hannas zitternde Hände, die seine Jeans öffneten und halfen, sie über seine Hüften zu streifen, verschwinden würden, und das alles sich als eine Art lusterfüllter Fiebertraum erweisen würde.

Nur als sie half, seine Hose auszuziehen, und leise keuchte, während sie sich umdrehte, um ihren Waschlappen zu nehmen, wurde ihm klar, dass die Magie stark genug war, um weiter zu wirken.

Sie hatte sich entschieden, und er war so unfassbar dankbar.

Der warme Stoff strich über seine Oberschenkel. Hannas Augen wurden groß, während sie ihn berührte und ihm die Beine wusch, dabei aber um den Bereich herum arbeitete, der immer noch von seiner Unterhose bedeckt war. Es war süß, zu sehen, wie sie betont seinen Schwanz ignorierte, obwohl das harte Glied ganz offensichtlich versuchte, aus seiner beengten Lage zu entkommen.

Süß zumindest, bis sie vor ihm innehielt und langsam den Blick zu seinem hob. „Zieh sie aus", befahl sie, so fordernd wie jeder Drill-Sergeant.

Jetzt gab es nichts mehr zu verstecken. Sein Schwanz stand beinahe senkrecht, vor Vorfreude so hart, dass er schmerzte. Als sie den Waschlappen wieder eintauchte und den Stoff ganz herum legte, um vorsichtig zu reiben, fluchte Brad leise.

Wenn überhaupt, strich sie nur noch fester.

„Du bist damit besser mal bald fertig", warnte er sie, die Worte grollten heraus und waren kaum verständlich.

Hanna lachte, das Geräusch war ganz leicht und freudig, und sie trat weg, ihr Blick sehr viel fordernder, als er erwartet hatte.

Als sie die Hände zum unteren Rand ihres Oberteils hob und den Pulli über den Kopf zog, hämmerte sein Herz wie Trommelschläge.

Die süße Unschuld legte einen Strip vor ihm hin.

Sie faltete ihren Pulli sorgfältig zusammen, dann legte sie ihn auf den Sessel, bevor sie sich aus ihrer Hose wand. Sie trug nichts mehr bis auf einen einfachen weißen BH und ein Höschen, ihre Füße in grauen Wollsocken, während sie stehen blieb, die Hände an den Seiten gesenkt.

„Lieber Gott, Hanna, du bringst mich um."

Sie drehte sich auf der Stelle, griff langsam hinter sich und nahm ihren BH ab, bevor sie sich wieder zu ihm wandte. Die Brüste waren aufgerichtet, die Nippel hart. Ihre Wangen gerötet, während sie die Daumen unter den Rand ihres Höschens schob und sie über die Beine hinabzog, und dann war sie nackt, bis auf die Socken.

Sein Gehirn war etwa drei Sekunden davon entfernt, für immer offline zu gehen, aber bevor er eine komplette geistige Kernschmelze hatte, machte sich ein Moment der Panik breit.

Er hob einen Finger. „Rühr dich nicht", befahl er.

Brad eilte durchs Zimmer zu seiner großen Tasche und wühlte sich verzweifelt durch die Seitentasche, bevor er erleichtert einen Seufzer ausstieß, als er eine Handvoll Kondome herausholte.

Weiche, nackte Haut drückte sich an seine Seite, während Hanna sich über ihn beugte und mit den Fingern über seinen Unterarm strich, um ihm eines der Päckchen abzunehmen. „Ich bin froh, dass du Nachschub hast."

Brad wandte sich zu ihr, einen Augenblick lang wurde sein Gehirn von Schock geflutet. „Du hast Kondome?"

Sie zögerte. „Ich habe sie seit ein paar Tagen bei mir", beichtete sie.

Er hob sie hoch und trug sie zurück vor das Feuer, warf die zusätzlichen Vorräte auf eine Seite, bevor er das Wasser wieder erhitzte und den Waschlappen ausdrückte.

Dann fuhr er damit fort, sich enorm zu vergnügen.

Er wusch sie von Kopf bis Fuß, neckte sie und drückte den warmen Waschlappen an ihre Brüste, rieb, bis ihre Nippel rot leuchteten und ihre Brust bebte, weil sie so heftig atmete.

Er tauchte den Lappen wieder ein, drückte die Hände an ihre Schenkel, bis sie sie weit öffnete, damit er ihre Muschi streicheln konnte. Lange Bewegungen entlang ihrer Schamlippen folgten, kreisend über ihre Klitoris. Er legte den

Waschlappen um seinen Finger, damit er ganz präzise reiben konnte, bis ihre Hüften hilflos nach oben gingen.

Die Hitze des Feuers strömte vor, legte sich um sie beide. Feuerlicht strich über ihre Haut und beleuchtete jede ihrer Bewegungen. Brad legte den Lappen zur Seite und hob sie hoch, zog sie zum Bett und legte sie auf die Matratze, die mit einer Flickendecke bedeckt war.

Er legte sich neben sie, strich mit der Hand über ihre weiche Haut. „Ich will alles gleichzeitig. Ich will deine Brüste berühren." Er streichelte mit der Handfläche über sie, während er redete. „Ich will sie reizen, bis du dich windest. Ich will mich hinab zwischen deine Beine knabbern und mich dann an dir laben, bis du meinen Namen schreist. Ich muss in ihr sein."

Ihre Finger legten sich um seinen Schwanz, und er schnappte nach Luft. „Das alles brauche ich auch. Ich will dich, Brad."

Jetzt ließ es sich nicht mehr aufhalten. Er rollte sich herum, ihr schmaler Körper heiß wie eine glühende Kohle unter ihm. Er öffnete ihre Beine weiter und kam näher. Auf die Ellbogen gestützt, damit er sie nicht erdrückte, schaute er ihr in die Augen.

„Du hast mich", gestand er ein. „Alles an mir."

SIE WAR in einen Glückstraum geglitten, aber einen, der nicht außerhalb ihrer Reichweite war. Er war genau da, passierte hier. Ihre Haut prickelte, wo er sie berührt hatte, was so ziemlich überall war. Der saubere Geruch nach Seife auf seiner Haut brachte Erinnerungen daran zurück, ihn ganz vertraut berührt zu haben, seine Bereitwilligkeit gespürt zu haben, sie die Kontrolle übernehmen zu lassen.

Dieser Augenblick war jedoch vorüber, da er ihre Lippen zusammenführte und sie küsste ...

O Gott, was für ein Kuss. Heiß und intensiv und hochschießend im Verlangen nach Dringlichkeit, als wäre ein Thermometer an die Seite des Herdes gedrückt worden.

Als er sich ihren Hals hinab küsste, schloss Hanna die Augen und versuchte, ihre Atmung zu beruhigen, aber es half nichts. Er schien entschlossen, sie zu vernichten. Er drückte ihre Brüste aneinander, damit er schneller von einer zur anderen lecken konnte, als sie ihren Atem wieder unter Kontrolle brachte. Er knabberte an den Spitzen, die er bereits mit dem Waschlappen hochempfindlich gemacht hatte, bis sie bereit war, ihn an den Haaren zu packen und ihn zu zwingen, weiterzuziehen.

Dann war er weg, ließ sich zwischen ihren Beinen nieder, bereit und willens, sie auf eine ganz neue Art zu quälen. Er leckte und berührte und streichelte. Reizte ihre Klitoris, ließ seine Finger in sie gleiten. Ein langsames Vorwärtsstoßen, noch eines, doch als er die Finger krümmte, ging sie beinahe an die Decke. Sie packte die Flickendecke, als seine Berührung ihr einen elektrischen Schock verpasste.

„Was machst du da?", fragte sie, glücklich und panisch gleichzeitig.

Er lachte einfach und machte es noch einmal, dazu kam noch seine Zunge auf ihrer Klitoris. Es gab keinen Fluchtweg vor der Lust, die brüllend hochschoss, aus ihr explodierte, als wäre sie einer dieser Kracher, die mit nur einem kleinen Ploppen begannen und dann in ein Dutzend unterschiedliche Richtungen losgingen, während jeder mit einem lauten Pfeifen außer Kontrolle geriet.

Sie sah immer noch Sterne, als das Plastik einer Kondomverpackung knisterte. Dann war er zwischen ihren

Beinen, die breite Spitze seines Schwanzes an ihr. Schob sich vor, zog sich zurück.

Sie packte ihn an den Schultern und schaute ihm ins Gesicht. Seine Wimpern flatterten ein paarmal, während er tiefer in sie drang, aber es fühlte sich gut an. Oh, es fühlte sich so gut an, und als er schließlich anhielt, völlig in ihr versenkt, seufzte Hanna zufrieden.

„Endlich."

Seine Lippen wölbten sich, und ein leises Lachen entschlüpfte ihm, während er sich reglos hielt. Immer da, so völlig im Augenblick. Sie konnte nicht ignorieren, dass er in ihr war, hart und breit und perfekt.

Dann bewegte er sich, und es wurde nur noch besser. „Ich werde den Verstand verlieren", flüsterte er zur Warnung. „So verdammt gut."

Hanna öffnete die Knie noch weiter, hob sie hoch. Er glitt tiefer in sie. „Mehr", bettelte sie.

Ein Stöhnen kam von ihm, als hätte sie das Unmögliche verlangt, aber dann wurde er schneller. Presste sich tiefer in sie, stieß härter. Seine Schultern und Armmuskeln wölbten sich, als sie die Finger darüber streichen ließ.

Berührung war Verbindung. Verschmelzung – sogar noch intimer.

Er ließ die Hand über ihrem Bauch hinabgleiten, und seine Finger stießen an ihre Klitoris, verlangten eine Reaktion. Die Lust wirbelte noch höher hinauf, während er den Mund auf ihren drückte, leichte, pulsierende Bewegungen seiner Hüfte ließen die Spitze seines Schwanzes an ihrer empfindlichsten Stelle reiben. Seine Finger bewegten sich schnell.

„*Brad.*" Es dauerte ewig, dieses Wort auszusprechen, denn es dauerte ewig, bis ihr Körper aufhörte, sich zusammenzuziehen, alles in ihrem Inneren klammerte sich fest um ihn.

Er keuchte, erhob sich und stieß tief in sie. Brad versenkte sich in einer Reihe harter, heftiger Stöße immer tiefer in sie, zog ihren Orgasmus bis in die Ewigkeit, bis er erstarrte. Sein Schwanz zuckte in ihr, was eine weitere Woge der Lust auslöste.

Sie waren ineinander verstrickt, Beine und Arme, ihre Lippen bewegten sich zusammen zu einem letzten verzweifelten Kuss, bevor sie nach Luft schnappten.

Er rollte sie nach oben. Hannas Glieder waren schlaffe Nudeln, während sie ein Ohr an seine Brust drückte, um dem schnellen Hämmern zu lauschen.

„Das war umwerfend", sagte sie sehr viel später, als sie endlich die Energie fand, etwas zu sagen.

„Das war alles, was ich je wollte", sagte Brad, bevor er ihre Welt auf den Kopf stellte. Er rollte sie sorgsam herum, sodass sie Seite an Seite bei ihm lag und in sein Gesicht schaute, als würde er versuchen, sie sich einzuprägen. „Hanna, Süße. *Du* bist alles, was ich je wollte. Es gibt was, das ich dich fragen muss ..."

Von einem der Balken über dem Kopf plumpste ein kleines, felliges Wesen direkt auf Brads Kopf.

Hanna setzte sich hin, unterdrückte ihre Erheiterung und nahm das Kätzchen vorsichtig hoch, um es an sich zu schmiegen, wo es elend miaute.

Brad lachte, rollte sich weg und verließ das Bett. Sie war nicht sicher, was genau er tat, doch als sie sich ihm am Tisch anschloss, um Blackie vorsichtig an die Milchschale zu setzen, die Brad aufgetrieben hatte, sagte er nichts mehr darüber, was er sie hatte fragen wollen.

Und sie erinnerte ihn nicht daran, doch sie dachte, dass sie wusste, was er hatte fragen wollen, und der Gedanke war sowohl perfekt als auch perfekt entsetzlich.

Dieser Ausdruck in seinen Augen war Liebe gewesen. Dessen war sie sich sicher.

Im Lauf des Tages, während er das Feuer anschürte und sie beobachteten, wie der Sturm um die Fenster tobte, wartete Hanna darauf, dass er seine Frage zu Ende stellte. Ein Teil von ihr hoffte, dass er das nicht tun würde, denn sie wusste noch nicht, wie ihre Antwort lauten würde.

Sie spielten Spiele und kochten Essen und schmiegten sich aneinander, bis daraus eine weitere Runde Liebe wurde, und Hanna war fast hundertprozentig sicher, was sie sagen würde, falls er die Frage stellte ...

Was die Tatsache, dass er das nicht tat, umso frustrierender machte.

15

In der Hütte war es noch dunkel, und entweder war Hanna taub geworden und konnte den Wind nicht mehr hören, der daran vorbeiheulte, oder der Sturm hatte sich gelegt. Ihr Herz flatterte in dem Augenblick wieder, als sie komplett wach wurde und merkte, wo sie war. Im Bett, mit Brad.

Brad, der sie festhielt, als wäre sie wertvoll. Seine großen Arme schmiegten sie dichter an sich, dann zogen sie an ihr, bis sie auf ihm lag.

„Frohe Weihnachten", wünschte ihr Brad.

Sie wand sich – dann erstarrte sie, als ihr klar wurde, dass die felsenfesten Teile von ihm auch seinen Schwanz einschlossen, und sie genau darauf saß.

Er strich ihr mit dem Finger über die Wange, auf seinem Gesicht dieser zufriedene Ausdruck, den sie inzwischen viel zu sehr genoss. „So große Augen."

Drei Worte. Ein neuer Rekord. „Du wirkst gar nicht so grummelig wie üblich am Morgen", scherzte Hanna.

Brad hob eine Augenbraue. „Du bist in meinem Bett. Das

ist besser als Kaffee."

Hanna stürzte sich darauf, beugte sich vor, um ihn zu küssen, strich mit den Händen über ihn, weil sie es konnte. Er stöhnte, während sie ihre Position anpasste, die Knie zu beiden Seiten seines Körpers, ihr Geschlecht direkt über seinem harten Ständer. Sie wand die Hüften noch ein paar Mal, und sein Atem ging schneller. Angespannter.

Und als sie sich zur Seite beugte und sich ein Kondom schnappte, wurde sein Lächeln breiter.

Flüche erklangen – leise – während sie seine Boxershorts nach unten schob und es ihm aufzog. Sie war ein wenig ungeschickt, während sie die Ränder des Kondoms mit der Hand über ihn rollte, bis er sie am Handgelenk erwischte und aufhielt.

„Hanna."

Er bettelte. Er bettelte, und sie war bereit, während sie sich über ihm aufrichtete und ihn in ihren Körper lotste, langsam, vorsichtig über seinen großen Schwanz glitt, und Hanna seufzte zufrieden.

Erst als sie ganz unten saß, völlig miteinander verbunden, beugte sie sich vor. „Frohe Weihnachten", flüsterte sie.

Sie küsste ihn, während sie sich hob und wieder hinabließ. Brad nahm sie an den Hüften und half, bewegte sie zusammen, bis sie beide atemlos waren, und irgendwie richtete er sich auf, und sie lag fest in seinen Armen.

Sie schauten einander in die Augen, als sie kamen, und sie war nur Sekunden davon entfernt, ihm zu sagen ...

Der Wind ratterte am Fenster, und sie schauten beide auf den Flecken Sonnenlicht auf dem Boden. „Ich glaube, dieser Sturm ist noch nicht vorbei", warnte Brad. „Wir machen uns lieber auf den Heimweg, bevor wir den Rest der Woche hier fest sitzen."

Sie strich ihm mit der Hand übers Gesicht. „Bis auf die

Tatsache, dass das Crissy einen Schrecken einjagen würde, wäre das nicht die schlimmste Katastrophe", gab sie zu.

Sein Lächeln war felsenfest und ließ nicht nach, während sie in der Hütte sauber machten und ihre Sachen einpackten. Sie schoben den Schnee von den Schlitten und machten sich auf in den klaren, kalten Tag. Sonnenlicht glitzerte blendend hell auf dem Haufen aus frischem Pulverschnee.

Es war aufregend und wunderbar, und inmitten von allem machte sich Zufriedenheit breit, und Hanna wusste es.

Sie liebte ihn. Sie vertraute ihm, und wenn er dazu kam, sie zu fragen, würde sie ja sagen, obwohl es überhaupt keinen Sinn machen mochte. Sie waren so schnell vorgeprescht, nachdem sie am Anfang ihrer Beziehung so langsam gemacht hatten, aber es schien, als wäre es ihnen bestimmt, zusammen zu sein.

Er war derjenige, den sie wollte. Sie wollte ihn jetzt und noch Jahre in der Zukunft. Sie konnte sie sogar in der Zukunft hören, wie sie übereinander sprachen, so wie es Patrick über die Frau tat, die seine andere Hälfte gewesen war.

Sie fuhren in die Scheune, und Crissy kam herausgelaufen, hinter ihr lächelte Patrick, der sich schwer auf seine Krücken stützte.

Hanna hielt ihr kleines Mädchen dicht an sich und küsste sie. „Frohe Weihnachten, mein Liebling."

„Frohe Weihnachten, Mommy. Wir haben Frühstück gemacht, Mr. Patrick und ich."

Crissy lief hinüber zu Brad, um auch ihm eine Umarmung und einen Kuss zu geben und ihm Blackie abzunehmen, woraufhin sie das Kätzchen tadelte, während sie es zu seiner Mutter trug.

„Uns ging's gut", versicherte Patrick Hanna. „Wenn ihr jetzt Hunger habt, hat Crissy genug für eine ganze Horde gemacht."

Alles wirkte leuchtender, als sie in die Küche kamen.

Crissy erzählte ihnen von den Geschichten, die Patrick ihr am Vorabend vorgelesen hatte. Wie sie darauf gewartet hatten, dass Santa durch den Kamin kam ...

Brad hob eine Hand und entschuldigte sich. „Ich bin gleich zurück", versprach er.

Hanna hörte zu, wie ihre Tochter begeistert erzählte. Brad kam mit ein paar bunt eingewickelten Päckchen in den Armen vorbei, bevor er in die Küche zurückkehrte, wo sie sich an Pfannkuchen, Pfirsichen und Schlagsahne vollaßen.

Patrick rührte einen weiteren Löffel Zucker in seinen Kaffee. „Mein Bauch ist randvoll. Ich schätze, es ist Zeit für ein Nickerchen", sagte er und streckte die Arme träge in die Luft.

Crissy bebte auf ihrem Stuhl, Sorge stand auf ihrem Gesicht.

„Ja, das ist das Beste für einen trägen Weihnachtsvormittag." Patrick nickte Hanna zu, dann zwinkerte er, als Crissy es nicht sehen konnte. „Ich kann mir nicht vorstellen, was ich sonst machen sollte."

„Wir könnten Geschenke auspacken", schlug Crissy ganz nebensächlich vor.

„Aber Nickerchen sind schön", sagte Hanna, wobei sie, soweit es ihr möglich war, keine Miene verzog.

Das Flattern in ihrem Bauch wurde stärker, als Brad einen Blick mit ihr wechselte, bevor er sich zu Wort meldete. „Echt jetzt? Ich muss Crissy schon zustimmen. Ich glaube, wir öffnen die Geschenke lieber mal vor dem Nickerchen als danach", sagte er.

„Aber du findest trotzdem, dass heute ein Nickerchen stattfinden sollte", scherzte Hanna.

Seine Augen blitzten. „Es ist gut, sich ein wenig auszuruhen nach der großen Aufregung. Ich glaube, wir sollten uns später alle mal hinlegen."

Ihr Mund wurde trocken. *Also gut dann.*

Sie versammelten sich im Wohnzimmer, wo der Baum in der gegenüberliegenden Ecke vom Kamin stand, ein kleiner Stapel bunt verpackter Geschenke lag darunter. Hanna erkannte ein paar, die Crissy und sie für Patrick und Brad ausgesucht hatten, aber es gab sehr viel mehr.

Patrick bedeutete Crissy, vorzutreten. „Die Jüngste im Raum ist der Elf", legte er fest, während er sich eine rote Santa-Mütze aufsetzte.

Sie hielt inne, die Hände auf den Knien. „Okay. Diesmal bin ich der Helfer."

Crissy hob ein Geschenk auf und brachte es Brad, und sie beobachteten alle, wie er einen neuen Bilderrahmen auspackte – ein Geschenk von seinem Vater.

Einer nach dem anderen packten sie abwechselnd Überraschungen aus. Patrick öffnete eine kleine Reihe von Schachteln, die von seinen Freunden kamen, in denen neue Werkzeuge für seine Werkstatt waren. Crissy öffnete ein Päckchen von Patrick, in dem warme Pantoffeln und ein Bademantel waren. Und in der Tasche steckte ein Plüschhase, der passend gekleidet war, und sie lachte vor kindlicher Freude, während sie ihn fest umarmte.

Das nächste Päckchen war für Hanna. Es war etwas mühsam, denn die Schachtel war schwer, und Brad half Crissy, um sie über den Boden zu Hannas Füßen zu ziehen.

„Da steht: *für die Lanes*", setzte Crissy sie in Kenntnis. „Das bedeutet für dich *und* mich, oder?"

„So ist es. Willst du mir helfen, es auszupacken?"

Was für eine dumme Frage. Papier flog in alle Richtungen. Hanna schaute auf, um zu sehen, dass Brad sie genau beobachtete.

Crissy hatte nur einen Augenblick später den Deckel abgerissen. Ihr stand der Mund offen, es war fast schon komisch. „Meine Bücher!"

Hanna beugte sich dichter heran, um festzustellen, dass in der oberen Box eine Lage Kinderbücher war, manche Taschenbücher, manche gebunden.

Alles vertraute Titel.

Crissy schnappte sich ein Buch in jeder Hand und sprang auf und ab vor Aufregung. Sie wirbelte zu Hanna herum und stieß die Hände vor. „Hier ist *Andrew und die wilden Fahrräder*, und *Die geheime Welt Og*, und ...“

Sie lachte, wühlte erneut in der Schachtel, während Hannas Herz von Freude erfüllt wurde.

Sie schaute zu Brad, der Crissy erfreut beobachtete. „Wo kommen denn die ...?“

„Das ist kein Buch“, unterbrach Crissy, ihr Gesicht legte sich verwirrt in Falten, während sie eine weitere Lage Geschichten wegnahm, um eine robuste Plastikkiste zu enthüllen.

Hanna öffnete den Deckel und konnte nicht mehr atmen.

Darin waren Fotos. Bilder von Crissy als Baby – manche in Hannas Armen, manche nicht. Crissy als Kleinkind, oft mit anderen Kindern. Als Hanna sie durchblätterte, gab es Bilder aus jedem Lebensalter, seit sie nach Heart Falls gekommen waren. Selbst noch ein paar von vorher ...

Alles, was sie komplett verloren geglaubt hatte, vom Feuer zerstört. All die kleinen Erinnerungsstücke waren gleich vor ihr.

Nun war es an ihr, Brad mit offenem Mund anzuschauen. „Wie? Wie um alles in der Welt?“ Es war ein Kloß in ihrer Kehle, und sie schluckte schwer, ihre Atmung wurde abgehackt.

„Ich habe mich umgehört. Bei Lehrern, Freunden. Allen, die vielleicht ein Foto von dir oder Crissy haben könnten. Projekte von der Schule, bei denen man Babyfotos brauchte. Alle deine Freundinnen haben in den letzten paar Tagen herumgewühlt und Kopien angefertigt. Du musst sie zusammen in ein Album kleben, aber jetzt hast du die Bilder, um das zu tun. Und eines der Bilder hat einen Teil von Crissys Buchregal gezeigt, also habe ich es vergrößert und die Titel gelesen, damit ich ein paar bestellen konnte."

Crissy raste rüber, um Brad fest zu umarmen, bevor sie durch den Raum an Patricks Seite huschte, damit er ihre wiedergefundenen Schätze bewundern konnte.

Hannas Hände bebten, während sie die Fotokiste sorgsam zur Seite stellte, aus dem Sessel stieg und sich durch das Zimmer bewegte, um sich vor Brad zu stellen.

Vielleicht sagten die Tage auf dem Kalender, dass es zu schnell ging, aber sie hatte keinen einzigen Zweifel. Dieser Mann, der so sorgsam und sanft mit ihr und ihrer Tochter umgegangen war – ihm waren sie wichtig. Ihm waren sie wichtig genug, um ihnen zu helfen, ein Stück ihrer Vergangenheit zu finden. Die süßen Erinnerungen, die so schwer loszulassen gewesen wären.

Das war der Mann, neben dem sie in Zukunft sein wollte.

Sie stellte sich neben ihn, während sie versuchte, Worte zu finden. Er wartete geduldig – natürlich tat er das, denn er war *Brad*, und er war genau das, was sie im Leben brauchte.

Sein Lächeln wurde langsam breiter. „Ich freue mich, dass dir mein Geschenk gefallen hat."

„Ich liebe dich." Die Worte entschlüpften ihr, weil sie durch ihre Seele tobten.

Im Zimmer wurde es still, Patrick und Crissy waren plötzlich reglos im Hintergrund.

Brads Blick richtete sich auf sie.

Sie sagte es noch einmal, diesmal war es leicht und fühlte sich sogar noch richtiger an. „Ich liebe dich. So sehr."

Er zog sie in seine Arme und küsste sie. Sanft und zärtlich, seine Arme wiegten sie. Er ging gerade weit genug zurück, um an ihrer Wange zu flüstern: „Das freut mich, denn ich liebe dich auch."

Sie vergrub das Gesicht an seinem Hals und holte tief Luft, atmete seinen Geruch ein. Spürte seine starken Arme um sich.

Sie war wohl vernebelt von Weihnachtsdämpfen oder so was, denn so schockierend es war, vor ihm einzugestehen, was sie empfand, sie machte damit nicht Halt. „Ich will nicht mehr deine Freundin sein", sagte sie bestimmt.

Er schob sie zurück und hob ihr Kinn. „Ääähm ..."

„Crissy will einen Daddy zu Weihnachten, und ich glaube, Santa sollte liefern." Es war kaum mehr als ein Flüstern, aber sehr, sehr deutlich.

Sie hatte erwartet, dass er verwirrt wirkte, oder schockiert, aber er legte den Kopf zurück und lachte. Ein tiefes, glückliches Geräusch, das tief aus seinem Inneren heraufwogte, während er sie fest nahm und drückte.

Er küsste sie auf die Wangen und flüsterte an ihrem Ohr: „Ich wäre stolz, Crissys Daddy zu sein, und sehr froh, dein Mann zu sein."

Er küsste sie wieder, und all die Schmerzen, die sich um ihr Herz gelegt hatten – die Abweisung und Einsamkeit – wurden weggebrannt, ließen sie so rein und sauber zurück wie den Schnee vor der abgelegenen Hütte.

Leuchtend vor Liebe.

Er hatte noch niemals solche Geschenke unter dem Baum gehabt, aber Brad würde nicht fragen, weshalb ihm dieses Glück zuteilwurde. Hanna war in seinen Armen, und Crissy kam langsam vor, eine verwirrte, aber hoffnungsvolle Miene auf dem Gesicht.

„Warum weint Mommy?"

Brad machte Platz, damit Crissy sich anschmiegen konnte. „Weil sie glücklich ist."

„Oh." Sie beäugte Brads Arme um Hanna, dachte nach, dann zuckte sie mit den Schultern. „Okay."

Crissy kroch auf seine Knie, damit sie den Kopf an den von Hanna lehnen konnte. „Weine nicht, Mommy. Es ist Weihnachten."

Hanna hob eine Hand, um ihrer Tochter über die Haare zu fahren. „Ich bin glücklich, mein Liebling, Brad hat recht. Manchmal, wenn echt gute Sachen passieren, kommen auch die Tränen."

„Also etwa, wenn man sich freut, dass Blackie in Sicherheit ist?"

„Genauso", sagte Brad zu ihr. Er schaute hinab auf Hanna, wartete auf ihre Erlaubnis, ihre perfekten Neuigkeiten zu teilen.

Sie stahl sich ein Taschentuch aus der Schachtel neben dem Sessel, atmete tief ein, bevor sie sich an ihre Tochter wandte. „Wir müssen dir was Besonderes sagen."

Crissy legte den Kopf schief und wartete.

Brad warf einen Blick durch das Zimmer auf seinen Vater. Patrick hatte sich zurückgelehnt und grinste voller Vorfreude. Den konnte man nicht überraschen.

„Deine Mommy und ich werden heiraten", sagte er zu Crissy. „Weil ich sie sehr liebhabe. Und dich habe ich auch lieb."

Ihr stand der Mund offen, während sie zu Hanna und dann zurück zu ihm schaute. „Echt jetzt?", wollte sie wissen.

Aus Hanna brach ein Lachen hervor, Freude tanzte durch den Raum wie glitzernde Lichter, die vom glänzenden Baumschmuck zurückgeworfen wurden. „Sie klingt bereits wie du", zog sie Brad auf, bevor sie ihrer Tochter antwortete. „Ja, *echt.*"

Es dauerte eine Zeit lang, bevor die ganzen Umarmungen zu Ende waren, und es gab noch ein paar weitere Tränen zu trocknen, als Crissy plötzlich merkte, dass dadurch Patrick zu ihrem Opa werden würde.

Hanna bekam auch ganz feuchte Augen, als Patrick einen Arm um ihre Schultern gleiten ließ und sie festhielt und ihr einen Kuss an die Schläfe drückte.

Sie mussten keine Worte wechseln. Brad wusste, wie viel es ihr bedeutete, wieder eine größere Familie zu haben.

Schließlich verlegten sie die Party in die Küche, um ein paar Stücke von Patricks Kuchen zu servieren. Sie wollten sich gerade setzen, als die Glocke läutete.

„Ich gehe hin." Brad fragte sich, wer um alles in der Welt diese Fahrt auf sich genommen hatte.

Er öffnete die Tür, um festzustellen, dass sein Bruder dastand, den Hut in einer Hand, in der anderen eine Tüte mit eingepackten Geschenken.

„Du solltest die Tür vor mir zuknallen, aber ich hoffe, das machst du nicht", sagte Mark ganz schnell. „Ich weiß, ich bin dumm genug, dass ich vermutlich irgendwann das Falsche sage, aber ich will aufhören mit dem Streit. Ich will meine Familie zurück, und ich bin bereit, mich zu entschuldigen."

In Brads Kopf drehte sich alles, aber er ging rückwärts und winkte seinen Bruder herein. „Wir sind in der Küche. Lass mich gehen und Dad vorwarnen."

Aber Patrick stand bereits im Eingang, schwer auf seine Krücken gestützt, während er schockiert seinen ältesten Sohn anschaute.

Mark zögerte. „Frohe Weihnachten, Dad."

Patricks Gesicht war vor lauter Gefühlen in Falten gelegt, dann nickte er einmal fest. „Frohe Weihnachten, Sohn."

Er stand einen Augenblick lang da, bevor Mark vortrat, um ihm eine feste Umarmung zu geben, und ihm die Schulter tätschelte, bevor er rückwärtsging, indem er so tat, als müsse er seine Geschenke ordnen. „Ich habe ein bisschen was mitgebracht. Nur Kleinigkeiten eigentlich, aber ich wollte nicht mit leeren Händen auftauchen."

Brad hielt inne, fragte sich, ob er vorauseilen sollte, um Hanna zu warnen, aber das Chaos ging weiter, denn sie war auch da. Brads Mund klappte beinahe auf den Boden, als sie sich um Patrick herumschob, um Mark eine Umarmung zu geben.

Nach der Umarmung floh sein Bruder in die Küche, als könne er nicht reden. Patrick folgte ihm, Crissy tanzte zwischen ihnen, begierig darauf, dem neuen Familienmitglied vorgestellt zu werden.

Brad erwischte Hanna am Handgelenk, bevor sie verschwinden konnte. „Was ist da gerade passiert?", wollte er wissen.

Hanna warf einen Blick über die Schulter in die Küche und dann zurück zu Brad. „Sieht aus, als hätte sich jemand entschieden, ihm mal gehörig den Kopf zu waschen."

„So, wie es aussieht, sollte ich dich fragen, ob du eine Rolle dabei gespielt hast." Er lächelte, während er sie dichter an sich zog, der Stolz auf ihrem Gesicht war nur allzu sichtbar. „Du, Hanna Lane, bist eine erstaunliche Frau."

„Ich werde Hanna Ford", rief sie ihm in Erinnerung. „Wir sind verlobt, oder nicht?"

„Du bekommst auf jeden Fall meinen Namen. Mein Herz hast du schon", erklärte er ihr, bevor er nach vorne deutete. „Oh, sieh mal, ein Mistelzweig."

Sie schaute auf. „Ich sehe gar nichts."

„Komisch. Ich schon."

Dann küsste er sie weiter, so wie er vorhatte, sie in den nächsten fünfzig Jahren und länger zu küssen, ob es nun Mistelzweige gab oder nicht.

EPILOG

Juli, Lone Pine Ranch, Heart Falls

Brooke Silver bemühte sich, ihre Erheiterung zu kontrollieren, während sie beobachtete, wie ihr Freund Mack wieder an die Badtür hämmerte.

„Brad? Alles klar da drin, Kumpel?" Mack zwinkerte ihr zu, und ihre Erheiterung verlegte sich auf etwas Wärmeres. Heißeres.

Seine dunklen Haare waren ordentlich gestutzt, und mit seinem starken Kinn und den lachenden Augen war Mack Klassen bereits die personifizierte Versuchung. In einem Anzug war er so verdammt heiß.

Das tiefe Stöhnen als Antwort hinter der Tür war etwas beruhigender als die Stille, die sie die letzten beiden Male bekommen hatten, als Mack versucht hatte, den Bräutigam von dort loszueisen, wo er verschwunden war, nachdem sein Gesicht eine interessante Grünfärbung angenommen hatte.

Es schien, dass Macks bester Freund Brad Ford sich zwar ohne mit den Wimpern zu zucken einem Feuer stellen konnte, aber der Gedanke, seine gerade mal ein Meter fünfzig große Braut unter der riesigen Laube zu treffen, die im vorderen Hof der Lone Pine Ranch aufgebaut worden war, war mehr, als der robuste Mann verkraftete.

„Hanna wird am Altar stehen und auf ihn warten, wenn er sich nicht beeilt", warnte Brooke.

Mack kicherte, dann richtete er sich auf, ganz ernst und voller Entschlossenheit, ein Hauch seines militärischen Hintergrunds kam durch. „Wenn Brad den Arsch nicht hochbekommt, habe ich null Probleme damit, diese Tür aus den Angeln zu reißen und ihn über meiner Schulter vor dem Priester zu schleppen."

„Du würdest dich als Lieferjunge echt gut machen, aber hoffen wir, dass er aus eigener Kraft dorthin kommt."

Brooke warf einen letzten befriedigenden Blick von oben nach unten auf Macks vom Anzug bedeckten muskulösen Körper und lächelte zustimmend. „Na ja, ich überlasse dich deiner Unterhaltung. Ich muss mal gehen und sicherstellen, dass die Braut keine Zweifel hegt."

„Sag ihr, dass ich alles unter Kontrolle habe", rief Mack.

Sie eilte den Gang entlang, ihre moderaten Absätze klickten auf dem Holzboden, während sie sich zu dem Schlafzimmer begab, wo Hanna die letzten Vorbereitungen für den großen Moment traf. Hanna hatte nicht vor, wegzulaufen – sie war so verliebt in ihren großen Feuerwehrmann, dass es aus ihr hervorstrahlte.

Brooke schlüpfte in das Schlafzimmer, um festzustellen, dass Hanna einen Hocker weit genug herabgelassen hatte, damit ihre Tochter Crissy winzige weiße Blumen in den Zopf stecken konnte, der um ihren Kopf lag.

Hanna hob den Blick, blieb aber reglos. „Alles in Ordnung?"

Es war der perfekte Augenblick, in dem Brooke eine Lüge

vom Stapel lassen konnte. „Alles ist toll, und *du* bist wunderschön."

Der Teil war nicht gelogen. Hanna war wie eine Vision, ihr Kleid ein nicht ganz weißes Hochzeitskleid, eher schon ein einfaches Sommerkleid. Es war etwas, von dem Hanna sagte, sie würde es immer wieder tragen können, um sich an diesen Tag zu erinnern, und Brooke dachte, das wäre mit das Süßeste, was sie je gehört hatte.

Crissy platzierte die letzte der winzigen Blüten in den Haaren ihrer Mutter. Sie trat zurück und hob eine Hand an den Mund, Tränen standen ihr in den Augen. „Du siehst aus wie eine Prinzessin, Mommy."

Hanna zog ihre Tochter in ihre Arme, unterdrückte strategisch etwas, das wie ein Ansturm von Tränen wirkte. „Danke, meine Liebe." Sie küsste das kleine Mädchen. „Jetzt gehen wir mit Brooke, damit sie deinen Korb fertigmachen kann. Dann können wir nach draußen. Es sollte fast Zeit sein, deinen Daddy zu treffen."

Crissy schaute auf zu Brooke. „Ich darf ihn Daddy nennen, weil er mich lieb hat."

„Es ist was Wunderbares, einen Daddy zu haben, der dich lieb hat", erwiderte Brooke ernsthaft.

Sie hielt Crissy eine Hand hin und führte sie zur Küche. Ein rascher Blick den Flur entlang verriet ihr zum Glück, dass Mack nicht mehr vor der Badtür stand. Es schien, als wäre die Krise abgewendet.

Sie legte die letzten paar Rosen in einen kleinen Silbereimer, den Crissy hielt, kurz bevor eine weitere ihrer Freundinnen die Tür einen Spalt breit öffnete und flüsterte: „Es ist Zeit!"

Brooke warf einen Blick auf Hanna, um sicherzustellen, dass sie bereit war.

Mehr als nur bereit, wenn man von dem Glück ausging,

dass auf ihrem Gesicht leuchtete, während sie die Hand ihrer Tochter hielt und dann Brooke zunickte.

Es war Showtime.

Brook ging voraus über den Grasweg, um Familie und Freunde unter dem Apfelbaum versammelt zu sehen. Niedrige Stühle standen auf jeder Seite des Mittelganges. Alle blieben sitzen, während Brooke zur Seite trat und um die Versammlung ging, um sich Mack am Rande anzuschließen.

Brad wartete vorne, gleich neben einem großen Baumstamm. Sein Blick war auf Hanna und Crissy gerichtet, sein Lächeln zeigte keinen Hauch des Nervenzusammenbruchs vorhin. Dort stand nichts außer Vorfreude und Liebe.

An Brookes Seite ließ Mack eine Hand um ihre gleiten und hielt sie fest.

Zu sehen, wie ihre Freundin sich verliebte, war toll gewesen, und nun zu sehen, wie sie und Brad sich ein Leben lang aneinanderbanden, war besonders großartig.

Hier als Zeuge mit Mack an ihrer Seite zu stehen – sogar noch besser. Brooke warf einen verstohlenen Blick zu ihm, schaute aber rasch dorthin, wo Brad eine von Hannas Händen in seine beiden genommen hatte, und sie drehten sich um, um sich zu dem Priester zu stellen und in der Öffentlichkeit ihr Ehegelübde zu sprechen.

Wollte sie das für sich? Vielleicht, aber es gab keinen Grund zur Eile. Wenn sie und Mack eines Tages bereit für mehr waren, würde der nächste Schritt passieren. Brooke glaubte ziemlich fest daran, dass zum richtigen Zeitpunkt alles schon funktionieren würde – sie hatte im Lauf der Jahre genug gutes Karma angesammelt, um sich vom Schicksal leiten zu lassen.

Heute ging es darum, Brad und Hanna zuzujubeln, und der kleinen Crissy, die einen Daddy hatte, der sie lieb hatte.

Brooke lehnte sich fester an Macks Seite und vertraute darauf, dass die Zukunft irgendwann schon kommen würde.

November, Calgary

MACK PFIFF TRÄGE vor sich hin, während er aus dem Sportladen in das Einkaufszentrum trat. Seine Mission, die benötigten Gegenstände fürs Training auf der Feuerwache abzuholen, war beendet. Nun hatte er Zeit totzuschlagen, bis die anderen mit dem Einkaufen fertig waren. Er bog um eine Ecke und kam abrupt zum Stillstand, sein Blick auf ein riesiges Bild von Brooke gerichtet, das an die Wand gepflastert war. Ihr hellbraunes Haar mit den blonden Strähnen fiel wunderschön über ihre Schultern, und sie schaute mit liebevollem Blick zu einem dunkelhaarigen Mann auf, der am Rand des Posters kaum sichtbar war.

Was zum Teufel?

Sein Puls ging hoch. Er hätte auch mitten auf einer Mission oder bei einem Notruf mit einem Feuer sein können, so heftig traf ihn der Adrenalinrausch. Das war *seine* Brooke ...

Als er sich das Ganze näher anschaute, wurde klar, dass die Frau ihr sehr ähnlich sah, aber nicht seine Freundin war. Es dauerte eine Weile, bis er den Ansturm von Zorn und Verwirrung zum Nachlassen brachte.

Es dauerte einen weiteren Augenblick, um den Mut zusammenzuraffen und den Grund zuzugeben, weshalb er sich so beunruhigt fühlte, nämlich, dass Brooke keinen anderen Mann so anschauen sollte.

Sie hatten aus ihrer Beziehung offiziell noch nicht mehr gemacht, als dass sie längerfristig zusammen wären, und es gab gute Gründe dafür, aber er wusste schon seit einer Weile, dass es Zeit war, den nächsten Schritt zu gehen. Er liebte es, mit ihr zusammen zu sein, liebte jedes bisschen Zeit, das sie zusammen verbrachten. Sie brachte ihn zum Lachen, und sie hörte zu, und die Tatsache, dass er gerade jetzt vor einem Juwelier stand, der für Verlobungsringe warb, die eine Frau trug, die fast genau aussah wie Brooke ...

Das Karma spielte wohl Spielchen mit ihm.

Er löste den Blick von dem Poster und ging weiter durch das Einkaufszentrum, schob entschlossen den Augenblick der Eifersucht beiseite und beschäftigte sich stattdessen mit der Erkenntnis, die ihm klar geworden war. Es war Zeit, den nächsten Schritt zu unternehmen.

Er musste ihr einen Antrag machen, aber es musste etwas sein, das mehr war, als sie einfach nur zum Essen auszuführen und ihr einen Ring zu geben. Selbst auf ein Knie zu gehen, wirkte nicht, als wäre es ein erinnerungswürdiges Ereignis, das ausreichen würde ...

Er murmelte tonlose Flüche, als ihm ein weiteres Bild von Brooke unterkam. Ein zweiter Schmuckladen, und eine weitere riesige Werbung, auf der eine Frau war, die ihr auf den ersten Blick ähnlich genug sah, dass er hätte schwören können, es wäre sie, die die Arme um den Hals eines anderen Mannes geschlungen hatte.

Es war nicht gut, dass er sich sofort vorstellte, wie seine *Hände* sich um den Hals des Mannes legten. Brooke hätte Macks Höhlenmenschengedanken nicht gutgeheißen, und er musste sie sofort unter Kontrolle bekommen.

Diesmal ging er allerdings ein wenig näher. Spähte durch das Fenster des Ladens und schaute auf die ausgestellten Ringe. Es waren nicht die Preisschilder, die ihn sich abwenden ließen, es war die Tatsache, dass die Ringe alle gleich aussahen.

Hübsch, nahm er an, und glänzend, aber keiner war gut genug für seine Brooke.

Bis er das Ende des Einkaufszentrums erreicht hatte und zwei weitere Erfahrungen gemacht hatte, in denen er von Angesicht zu Angesicht Verlobungsring-Angeboten und Werbematerial gegenübergestanden hatte, das sein Blut zum Hämmern brachte, beschloss Mack, dass das Karma sich nicht mehr nett benahm. Es war wohl fest dazu entschlossen, dass er sich darauf vorbereitete, den Antrag zu machen.

Er war genauso entschlossen, sich an seine Vorgehensweise zu halten. So hübsch die Ringe waren, wenn Brooke sie sich nicht selbst hinter dem Tresen aussuchte, würde er ihr nichts von dem Allerweltszeug kaufen.

Aber je eher er aus diesem Einkaufszentrum kam, umso besser. Den Läden entfliehen, und schon wäre das Karma vorübergehend geschlagen.

Seine Teammitglieder kehrten zurück, und die drei nahmen den Truck und fuhren über den Highway, auf der Rückreise nach Heart Falls.

„Mist – Mack, kannst du da beim Baumarkt drüben ranfahren?" Alex deutete auf die Seite der Hauptstraße. „Ich habe vergessen, dass ich ein paar Dinge für Silver Stone abholen muss."

„Kein Problem."

Während die beiden anderen Männer im Baumarkt verschwanden, trieb es Mack in den Secondhandladen nebenan. Es war ein etwas kleineres Geschäft, einer dieser Gemeinschaftsläden, der von einer Familie betrieben wurde. Der langhaarige Gentleman hinter dem Tresen lächelte ermutigend, während Mack sich ein paar T-Shirts aussuchte, die er tragen konnte, wenn er Drecksarbeiten auf der Feuerwache zu erledigen hatte.

Er bezahlte gerade seine Käufe, als das Karma, dieses beharrliche Miststück, beschloss, die völlige Kontrolle über sein Leben zu übernehmen.

Als nächstes kam eine Erfahrung, die er sich freute, mit Brooke teilen zu können – nachdem er ihr den Antrag gestellt hatte und sie ja gesagt hatte.

Denn weit jenseits jeder Logik und jedes Verstandes hatte das Karma gewonnen.

Als er draußen vor dem Gebäude stand und auf den Ring hinabschaute, der auf seiner Handfläche lag – den Ring, den er gekauft hatte, weil er absolut perfekt für Brooke war – wusste er nur noch sicher, dass er irgendwann in der nächsten Zukunft eine wichtige Aufgabe vor sich hatte.

Die denkwürdigste Möglichkeit zu finden, um Brooke zu bitten, für immer bei ihm zu bleiben.

New York Times-Bestsellerautorin Vivian Arend lädt nach Heart Falls ein. Diese Weihnachtsgeschichten spielen in einem kleinen Städtchen in Alberta, Kanada, das sich in das sanfte Vorgebirge schmiegt. Es ist ein Genuss, dabei zu sein, wie jeder dieser Freunde das ewige Glück findet.

Weihnachten in Heart Falls
Ein Feuerwehrmann zu Weihnachten
Ein Soldat zu Weinachten
Ein Held zu Weihnachten
Ein Cowboy zu Weihnachten
Ein Rancher zu Weihnachten

Vivian lässt derzeit ihre vielen Serien übersetzen. Bitte besuchen Sie deren Website für alle aktuellen Informationen.
www.vivianarend.com/de

ÜBER DIE AUTORIN

Mit über 3 Millionen verkauften Büchern ist Vivian Arend eine *New York Times*- und *USA Today*-Bestsellerautorin von mehr als 70 zeitgenössischen und paranormalen Liebesromanen.

Ihre Bücher lassen sich alle einzeln lesen und haben keine Cliffhanger. Sie sind witzig, aber auch emotional, es gibt heiße Szenen und glückliche Enden. Für Vivian ist das der beste Job der Welt. Sie lebt in British Columbia, Kanada, zusammen mit ihrem langjährigen Mann – der Inspiration für alle Helden ist und ein bereitwilliger Gefährte auf Abenteuern aller Art.

www.vivianarend.com

9 781990 674853